Simone Schwarz-Bart · Télumée

Simone Schwarz-Bart

Télumée

Roman

Aus dem Französischen von Udo Schlögl

Peter Hammer Verlag

Titel der Originalausgabe: *Pluie et vent sur Télumée Miracle*

Aus dem Französischen übersetzt von Udo Schlögl

4. Auflage 1993
Rechte der Übersetzung
beim Verlag Rütten & Loening, Berlin 1975

Umschlaggestaltung: Wolf Erlbruch
Gesamtherstellung: Ebner Ulm
Satz: Data System, Wuppertal

Die Deutsche Bibliothek – CIP-Einheitsaufnahme

Schwarz-Bart, Simone:
Télumée: Roman / Simone Schwarz-Bart. [Aus d. Franz. übers. von Udo Schlögl]. – 4. Aufl., Neuausg. – Wuppertal: Hammer, 1993
Einheitssacht.: Pluie et vent sur Télumée Miracle <dt.>
ISBN 3-87294-532-7

Schön ohne das feste Land
Ohne Fußboden ohne Schuhe ohne Bettücher

PAUL ELUARD,
DIE FRUCHTBAREN AUGEN

für dich

Erster Teil

Geschichte meiner Angehörigen

I

Häufig hängt das Land vom Herzen des Menschen ab: es ist winzig, wenn er engherzig, und unermeßlich, wenn er großherzig ist. Ich habe nie unter der Beengtheit meines Landes gelitten, ohne deshalb zu behaupten, großherzig zu sein. Gäbe man mir die Macht dazu, so wollte ich wiederum hier, in Guadeloupe, geboren werden, leiden und sterben. Dabei ist es noch nicht lange her, daß meine Vorfahren Sklaven waren auf dieser Insel der Vulkane, der Zyklone und der Moskitos, der schlimmen Gedanken. Ich bin aber nicht auf die Erde gekommen, um alle Traurigkeit der Welt abzuwägen. Lieber träume ich, immer und immer wieder, in meinem Garten stehend, so wie es alle alten Frauen in meinen Jahren tun, bis der Tod mich in meinem Traum ereilt, mit all meiner Freude ...

In meiner Kindheit erzählte mir meine Mutter Victoire oft von meiner Großmutter, der Schwarzen Toussine. Sie sprach mit Inbrunst und Verehrung von ihr, denn, so sagte sie, durch die Erinnerung ganz verklärt, Toussine war eine Frau, die euch half, vor dem Leben nicht den Kopf zu senken, und selten sind die Menschen, die diese Gabe besitzen. Meine Mutter verehrte sie so sehr, daß ich meine Großmutter Toussine schließlich als ein mythisches Wesen betrachtete, das anderswo als auf der Erde wohnt, so daß sie schon zu Lebzeiten für mich zur Legende wurde.

Ich hatte mich daran gewöhnt, meine Großmutter mit dem Namen zu nennen, den die Menschen ihr gegeben hatten: Reine Sans Nom, Königin Namenlos; ihr wirklicher Name aber, den sie einmal als Mädchen trug, war Toussine Lougandor.

Ihre Mutter Minerve war ein Glückskind; die Abschaffung der Sklaverei hatte sie von einem für seine grausamen Launen berüchtigten Herrn befreit. Danach irrte Minerve ohne rechtes Ziel, auf der Suche nach einem Zufluchtsort fern von dieser Pflanzung, umher, und in L'Abandonnée blieb sie. Dorthin waren entlaufene Sklaven in Schwärmen gekommen, und ein Dorf war entstanden. Unzahlige zogen damals auf der Suche nach einer Unterkunft umher, und viele wollten sich nirgendwo fest ansiedeln, immer und ewig in der Furcht, die alten Zeiten könnten wiederkehren. So kam auch aus Dominica ein Schwarzer, der gleich wieder verschwand, als er von seiner Vaterschaft erfuhr, und die Leute aus L'Abandonnée, die Minerve geringgeschätzt hatte, lachten nun über ihren gewölbten Bauch. Als aber der Mischling Xango Minerve, meine Urgroßmutter, von dieser Schande befreite, hörte das Lachen plötzlich auf, und wer sich über eines andern Unglück lustig gemacht hatte, den erstickte nun die Galle. Das Kind Toussine erblickte das Licht der Welt, und Xango liebte es, als wäre es sein Werk. Wie das Mädchen mit der Anmut des Zuckerrohrs der Sonne entgegenwuchs, wurde sie zum Licht der Augen dieses Mannes, zum Blut seiner Adern, zur Luft seiner Lungen. So konnte die selige Minerve durch die Liebe und die Achtung, die Xango ihr entgegenbrachte, fortan ohne Schande auf der Dorfstraße promenieren, mit erhobenem Kopf, durchgedrücktem Kreuz und in die Hüften gestemmten Händen; der modrige Odem wandte sich von ihr ab, um über geeigneteren Gründen zu wehen. Und das Leben begann für die junge Toussine zart wie ein Sonnenaufgang bei klarem Wetter.

Sie bewohnten einen Weiler, wo die Winde des Landes und die Winde des Meeres einander ablösten. Ein abschüssiger Weg zog sich an Abgründen und Einöden hin, es schien, als führte er zu nichts Menschlichem, darum auch nannte man dieses Dorf L'Abandonnée. An manchen Tagen befiel alle eine Unruhe, und die Menschen fühlten sich wie in der Fremde verloren. Minerve, noch ganz jung und kräftig, die Lenden stets mit dem Leinen der Tagelöhnerin gegürtet, hatte eine Haut wie rotes Mahagoni und schwarze Augen voller Sanftmut. Sie besaß einen unerschütterlichen Glauben an das Leben. In Zeiten des Ungemachs pflegte sie zu sagen, daß nichts und niemand die Seele verderben könnten, die Gott für sie ausgewählt und in ihren Körper gefügt habe. Das ganze Jahr lang zog sie Vanille, erntete Kaffee, jätete Bananenhaine und Yamswurzelreihen. Auch ihre Tochter Toussine hatte keinen Hang zu langen Träumereien. Schon als Kind, kaum konnte sie stehen, machte sie sich gern nützlich, sie fegte aus, half bei der Obsternte, säuberte Wurzelwerk. Nachmittags ging sie in den Wald, pflückte Hasenlaub vom Gesträuch, und manchmal, einer plötzlichen Eingebung folgend, kniete sie im Schatten der Mahagonibäume hin, um jene flachen und lebhaft gefärbten Samen zu suchen, aus denen man Halsketten macht. Kam sie aus dem Wald zurück, einen großen Haufen Gras auf dem Kopf, dann jubelte Xango, wenn er sie so sah, das Gesicht in den Gräsern verborgen. Er warf beide Arme in die Luft und begann zu schreien ... haßt mich, wenn ihr nur Toussine liebt ... quält mich bis aufs Blut, aber wagt nicht, auch nur den Saum ihres Kleides zu berühren ... und er lachte und weinte vor diesem strahlenden Mädchen mit dem offenen

Gesicht, dessen Züge, wie man sagte, denen des Schwarzen aus Dominica ähnelten, dem er gern einmal begegnet wäre, nur um sich davon zu überzeugen. Dabei hatte sie noch nicht einmal ihre volle Pracht entfaltet; mit fünfzehn Jahren aber unterschied sie sich in ihrer ungewöhnlichen Grazie eines hoch in den Bergen wachsenden roten indischen Blumenrohrs deutlich von allen Mädchen, so daß sie allein, wie die Alten sagten, die ganze Jugend in L'Abandonnée war.

Zur gleichen Zeit gab es in L'Abandonnée einen jungen Fischer mit Namen Jérémie, der euch die Seele mit ebensolchem Licht erfüllte. Er aber betrachtete die Mädchen mit gleichgültigen Augen, und Jérémies Freunde warnten sie lachend ... wenn Jérémie sich einmal verlieben wird, dann in eine Sirene. Solche Reden vermochten nicht, ihn häßlicher zu machen, und die Mädchenherzen krampften sich in Liebesgram zusammen. Er war neunzehn Jahre alt und schon der beste Fischer der Caretbucht. Woher nur holte er diese Ladungen von Vivaneaux, von Tazars und blauen Balarous? ... nirgendwo sonst fischte er sie als unter seinem Boot »Vent-d'avant«, mit dem er ausfuhr, endlos zu tanzen, vom Morgen bis zum Abend und vom Abend bis zum Morgen, denn er lebte nur, um in den Ohren das Rauschen der Wellen zu hören und im Gesicht das sanfte Streicheln des Passats zu spüren. Das war Jérémie zu der Zeit, da Toussine allen wie das hoch in den Bergen wachsende rote indische Blumenrohr erschien.

An windstillen Tagen, wenn die See spiegelglatt war, ging Jérémie in den Wald, um Lianen zu schneiden, die ihm zum Flechten von Reusen dienen sollten. Eines Nachmittags verließ er das Meeresufer, um solche Lianen schneiden zu gehen, und dabei lief ihm mitten im Wald Toussine über den Weg. Sie trug ein altes Kleid ihrer Mutter, das ihr bis zu den

Knöcheln reichte; das große Grasbündel auf dem Kopf, das sich lockerte, ihre Augen verdeckte und ihr die Sicht nahm, kam sie daher, als wäre sie von Sinnen. Der junge Mann sprach sie an mit den Worten ... das ist jetzt wohl die neue Mode in L'Abandonnée, herumzulaufen wie ein Packesel? Sie warf das Bündel ab, schaute auf den jungen Mann und sagte, überrascht und den Tränen nahe ... ich bin ein Mädchen, das Gras aus dem Wald holen will, und nun ernte ich Beschimpfungen. So sprach das Mädchen, brach in Lachen aus und eilte ins Dunkel davon. Das war genau der Augenblick, da Jérémie in das schönste Netz stolperte, das er je gesehen. Als er von diesem Ausflug zurückkam, bemerkten die Freunde seine abwesende Miene, stellten ihm aber keine Fragen. Bei den echten Fischern, die das Meer zur Heimat verkoren haben, sieht man häufig diesen Ausdruck von Verlorenheit, so daß die Freunde einfach dachten, das Festland sei nichts für Jérémie, sein eigentliches Element sei wahrhaftig das Wasser. Sie änderten aber ihre Meinung in den folgenden Tagen, als sie sahen, daß sich Jérémie um die »Vent-d'avant«, die auf dem Strand aufgelaufen war, nicht kümmerte, sie sich selbst überließ. Sie berieten untereinander und kamen auf die Idee, Jérémie könnte vom unheilvollsten aller Geschöpfe verhext sein, der Guiablesse, dieser Frau mit dem Pferdefuß, die sich ausschließlich von eurer Lebensfreude nährt und euch mit ihrem Zauber über kurz oder lang in den Selbstmord treibt. Sie fragten ihn, ob ihm nicht an jenem verfluchten Tage, als er in den Wald hinaufgegangen war, jemand begegnet sei. Da die Freunde ihn bedrängten, gestand Jérémie ... die einzige Guiablesse, der ich an jenem Tag begegnet bin, sagte er, heißt Toussine, Xangos Toussine. Verstohlen lachend, sagten sie ihm daraufhin ... jetzt verstehen wir es besser, und die Sache ist viel einfacher, als es schien, denn unseres Wissens, wenn du unsere Meinung hören willst, gibt es in L'Abandonnée keine Fürstentochter. Zum Glück sind wir alle nur ein Haufen Schwarze in ein und derselben Schlinge, ohne Mutter und ohne Vater vor dem Ewigen. Hier ist jeder jedem ebenbürtig, und keine unserer Frauen kann sich rühmen, drei Augen zu haben oder zwei Turmaline zwischen ihren Schenkeln. Gewiß, du wirst uns sagen, diese sei nicht von der üblichen Art, keine von den Frauen, die überall herumkriechen wie Echsen, geschützt schon durch die Fadheit ihres Fleisches, und wir antworten dir: Du sprichst wahr, Jérémie, wie stets. Wir haben ebenso Augen im Kopf wie du, und wenn Toussine unsere Pupillen streift, ist unser Blick erfrischt. Nun, Freund, mit allen diesen Worten wollen wir dir eines sagen: so schön das Mädchen sein mag, es gleicht dir, und wenn du an ihrer Seite durch die Straßen gehst, wird es nicht zum Nachteil für sie sein. Und noch etwas, wenn du zu ihren Eltern gehst, ihnen deine Absichten mitzuteilen, so denke daran, daß es hier keine Kannibalen gibt und daß Xango und Minerve dich nicht verschlingen werden . . .

Und sie ließen Jérémie mit sich zu Rate gehen, damit er als Mann seine Entscheidung treffe.

Gesegnet seien die Freunde, sagte sich Jérémie an dem Tage, da er die Eltern von Toussine besuchte, gekleidet wie gewöhnlich, einen schönen Fang rosenfarbener Pagues in der Hand. Gleich auf der Schwelle sprach er ihnen von seiner Liebe zu Toussine, und die Eltern luden ihn in die Hütte ein, ohne das Mädchen vorher gefragt zu haben. Auf ihre Weise zeigten sie, daß sie Jérémie gut kannten und wußten, was er im Leben tat, zu Wasser und zu Lande, ein Mann, der imstande ist, eine Gefährtin zu nehmen, Kinder in die Welt zu setzen und zu ernähren. So begann einer jener freundlichen Nachmittage auf Guadeloupe, der just an seinem Ende mit Toussines Ankunft verschönt wurde, als auf einem Tablett mit besticktem Deckchen Wermut für die Männer und Sapotelikör für das schwache Geschlecht gereicht wurden. Als er Abschied nahm, erklärte Minerve, daß die Tür dieser Hütte ihm von nun an bei Tag und Nacht offenstehe, und Jérémie begriff, daß er diesen Wermut und diese Einladung als endgültigen Sieg betrachten konnte; denn bei einem so schönen Gewächs wie Toussine wirft man sich gewöhnlich dem Mann nicht an den Hals, vor allem nicht bei seinem ersten Schritt, so als hoffte man, sich eines kranken Tieres entledigen zu können. Um diesen Sieg zu begehen, beschlossen Jérémie und seine Freunde am Abend einen nächtlichen Fang. Sie brachten so viel Fisch heim, daß ihre Ausfahrt in L'Abandonnée allen in Erinnerung blieb. Es hatte ihnen aber zuviel Freude gemacht, die Coulirous zu fangen, als daß sie sie einfach am Strand verkaufen wollten, und so blieb auch die Verteilung der Fische im Dorf im Gedächtnis aller. An jenem Mittag hielten die Männer ein Glas Rum in der Hand, schlugen sich dreimal an die geschwellte Brust und waren außer sich vor Entzücken ... kaum zu glauben, aber die Rasse der Menschen ist wahrlich nicht ausgestorben ... die Frauen jedoch schüttelten über ihre Versicherungen den Kopf und zischelten ... was einer tut, zerstören tausend andere ... immerhin, ließ eine von ihnen fast widerwillig fallen, gibt das zu hoffen ... und man ließ den gesättigten Zungen freien Lauf, während in Jérémies Kopf die Wellen wieder zu rauschen begannen.

Jérémie kam jeden Nachmittag, und er galt im Haus nicht als der Bräutigam, sondern eher als der Bruder von Toussine, als der Sohn, der Minerve und Xango versagt geblieben war. Keine Säure hatte die Seele des jungen Mannes zerfressen, und die Augen meiner armen Urgroßmutter konnten sich an ihm nicht sattsehen. Von Natur aus fröhlich, war sie in Gegenwart von diesem Stück Heimat, von diesem Mann, den der heilige Antonius persönlich ihrer Tochter geschickt hatte, doppelt fröhlich. Und im Überschwang ihrer Freude neckte sie manchmal Mademoiselle Toussine ... ich hoffe, daß du Fisch magst, komm her, du Glückskind, damit ich dich lehre, eine ganz besondere Fischbrühe zuzubereiten, nach der sich Jérémie alle zehn Finger lecken wird, so gesittet er auch sein mag ...

Und kaum hatte sie das gesagt, breitete sie ihren weiten gelben Rock aus und sang ihrer Tochter vor:

»J'ai besoin d'un mari pêcheur
Pour me pêcher des daurades

Je ne sais pas si vous le savez
J'ai besoin d'un mari pêcheur

O rame devant il me fait plaisir
O rame derrière il me fait mourir« *

Aber Toussine hörte den Gesang ihrer Mutter kaum. Seit Jérémie seine Nachmittage bei ihr verbrachte, tanzte ständig sein Bild vor ihren Augen, und ohne daß es jemand ahnte,

* Ich brauch einen Fischer als Mann,
Der mir Goldbrassen fängt.
Ich weiß nicht, ob ihr es wißt,
Ich brauch einen Fischer als Mann.
O Ruder vorwärts, er bringt mir Lust,
O Ruder achterwärts, daß ich schier vergeh.

war die Braut den lieben langen Tag damit beschäftigt, den Geliebten in aller Heimlichkeit, wie sie glaubte, zu bewundern. Sie betrachtete den Körper des Mannes und sah, er war schlank und geschmeidig, sie betrachtete seine Finger und sah, sie waren schmal und beweglich wie die Blätter der Kokospalme im Wind, sie schaute in seine Augen, und eine große Ruhe durchströmte ihren Leib. Besonders aber liebte sie an dem Mann, den der heilige Antonius ihr geschickt hatte, die dunkel schimmernde Haut, die an das saftige Fleisch gewisser violetter Ikakopflaumen erinnerte, in das man so gerne hineinbeißt. Ihr Fischerlied auf den Lippen, wußte Minerve genau, womit ihre Tochter die Stunden verbrachte, und so sang sie ihr Lied und tanzte, allein um des Vergnügens willen, Toussine in aller Freiheit träumen zu sehen.

HIER WIE ÜBERALL sind Lachen und Singen, Tanzen und Träumen nicht die ganze Wirklichkeit, und scheint ein Sonnenstrahl auf eine Hütte, bleibt das restliche Dorf im Schatten. Während die Hochzeit vorbereitet wurde, gab es noch immer die gleiche Stumpfheit in L'Abandonnée, den gleichen Eifer der Menschen, noch eine Stufe tiefer zu sinken, lastete noch die gleiche Bosheit in den Vorhöfen der Herzen. Die Brise, die über Minerves Hütte strich, verbitterte die Frauen und machte sie noch wunderlicher, grilliger, unbändiger und mehr denn je bereit zu zänkischen Äußerungen ... ich behaupte, Toussine ist nichts als ein schöner Nichtsnutz, die Schönheit war nie auf dem Markt, nicht das Heiraten ist die Hauptsache, man muß auch zusammenbleiben im Wechsel der Jahreszeiten, sagte die eine ... jetzt lachen sie, aber nach dem Lachen kommt das Weinen, und in drei Monaten wird Minerves fröhliche Schar mit ihren sechs Augen dasitzen und heulen, sagte eine andere. Am giftigsten waren diejenigen, die ihre Hütte mit einer Zufallsbekanntschaft teilten. Sie neideten Toussine schon vorher das Stück Gold, das an ihrem Finger glänzen würde, und fragten sich, ob es an ihr wirklich etwas so Einzigartiges, Außerordentliches, eine so große Tugend und ein so großes Verdienst gab, die die Heirat erheischten. Und um sich zu trösten, um einen alten Groll zu besänftigen, kamen sie in der Dämmerung dicht an Minerves Hütte und murmelten irgendwie frenetisch und in wilder Verzückung Beschwörungsformeln wie:

»Mariée aujourd'hui
Divorcée demain
Mais Madame quand même« *

Minerve wußte, daß diese Frauen nichts im Leben hatten, ein paar Bretter auf vier Steinen und das Defilee der Männer auf ihrem Bauch. Für diese von Gott und der Welt verlassenen Schwarze war die Heirat die größte und vielleicht die einzige Würde. Als Minerve es jedoch nicht mehr aushielt, ihre Reden zu hören, erhob sie sich, stemmte die Hände in die Hüften und schrie ihnen zu ... meine schmachtenden Schönen, ich bin nicht die einzige, die eine Tochter hat, und ich wünsche euren Töchtern die gleichen hübschen Sachen, die ihr meiner Toussine wünscht, denn soviel ich weiß, hat sich unter der Sonne noch immer das Wort erfüllt, das da lautet: wer das Schwert ergreift, wird durch das Schwert umkommen ... Und sie ging in das Haus zurück, schloß die Türen und ließ die wütenden Hündinnen kläffen.

* Heute verheiratet, morgen geschieden, aber dennoch Madame.

Am Tage der Hochzeit waren alle Wege des Dorfes gefegt und zu beiden Seiten geschmückt wie zum Gemeindefest. Rund um das Häuschen von Xango und Minerve standen Hütten aus geflochtenen Kokospalmenblättern. Die der Jungvermählten, mit Hibiskus-, Reseda– und Orangenblüten besteckt, war wie ein riesiger Blumenstrauß von berauschendem Duft. An endlosen Reihen von Tischen bot man euch das Getränk, wonach euch dürstete, und das Fleisch, das euren Gaumen erfreute. Es gab Schweinefleisch, Hammelfleisch. Rindfleisch und sogar Geflügel im eigenen Saft. Die Rotwurst türmte sich zu glänzenden Bergen, die hohen Kuchen bogen sich unter der Last ihres Zuckerwerks, und Sorbets aller Art, Kokosmilchsorbets, Pommelianesorbets und Anonaceensorbets, drehten sich vor euren Augen. Aber für die Schwarzen von L'Abandonnée war das alles gar nichts ohne ein bißchen Musik, und als sie die drei Orchester erblickten, eines für die Quadrillen und die Mazurkas, eins für die modernen Beguines sowie die traditionelle, von Holzblasinstrumenten und einem Horn begleitete Trommel, wußten sie, daß sie etwas Schönes zu erzählen haben würden, wenigstens einmal in ihrem Leben. Das erleichterte die neidgeblähten Herzen. Drei Tage lang verließen die Leute Hügel und Hochflächen, Elend und Unwürdigkeiten, um nach Herzenslust zu tanzen und die Vermählten zu feiern, immer wieder an dem Paar, das in der blühenden Hütte saß, vorbeizuziehen und Toussine zu ihrem Glück und Jérémie zu seinem noch größeren Glück zu gratulieren. Man konnte die Lippen nicht zählen, die das Wort Glück aussprachen, denn unter diesem Zeichen wollten sie später ihren Nachkommen von der Hochzeit Toussines und Jérémies berichten.

Die Jahre gingen darüber hin; Toussine blieb dieselbe Libelle mit den schimmernden blauen Flügeln und Jérémie derselbe Seebär mit dem glänzenden Haar. Er fuhr weiterhin allein zum Fischfang hinaus und brachte nie ein leeres Boot zum Strand zurück, so ungnädig das Meer auch sein mochte. Die Lästerzungen meinten, er nehme Zuflucht zur Hexerei und lasse sich an Tagen, da das Meer fischlos ist, von einem Geist helfen, der an seiner Statt fische. In Wahrheit aber bestand das einzige Geheimnis des Mannes in seiner unermeßlichen Geduld. Bissen die Fische weder auf der rechten noch auf der linken Seite an, so glitt Jérémie in das Wasser, um nach Flügelschnecken zu tauchen. Fand er keine Flügelschnecken, machte er sich lange Angelruten zurecht und versah sie mit Eisenspitzen und lebenden Krabben, um die Kraken anzulocken. Er kannte das Meer, wie der Jäger den Wald kennt. War der Verkauf beendet und das Boot an Land gezogen, schlug er den Weg zu seinem kleinen Häuschen ein, schüttete seiner Frau das Geld in den Rock, aß einen Happen und wartete, daß die Sonne milder werde. Dann gingen beide hinaus, um gemeinsam ihren Garten zu bestellen; während er umgrub, zog sie die Furchen, während er Gras verbrannte, säte sie, und die Dämmerung der Inseln überfiel sie so plötzlich wie immer; in der aufkommenden Dunkelheit genoß Jérémie auf der nackten Erde eine kleine Vorspeise vom Körper seiner Frau, wobei er allerlei Dummheiten murmelte, wie am ersten Tag ... Frau, ich weiß noch immer nicht, was ich am meisten an dir liebe, einmal sind es deine Augen, ein andermal dein flötenhelles Lachen, einmal ist es dein Haar, ein andermal dein leichter Gang, einmal ist es dein Schönheitsmal an der Schläfe, ein andermal sind es die Grübchen, die ich sehe, wenn du mir zulächelst. Bei diesen Mandolinenklängen bebte Toussine vor Wohlgefühl und antwortete mit einem heiseren, munteren Flötenliedchen ... mein Liebster, sieht man dich auf der Straße, gibt man dir die Hostie ohne Beichte, dabei bist du ein gefährlicher Mann und hättest mich schon längst unter die Erde gebracht, wenn man vor Freude sterben müßte ... dann kehrten sie in ihr Haus zurück, und am Abend sagte Jérémie, mit einem letzten Blick über die Felder ... wie sollte man seinen Garten nicht lieben?

Ihr Wohlstand begann mit einer von Kokospalmen überschatteten Rasenallee, die sie so schön instand hielten, als mündete sie auf ein Schloß. Diese Allee führte zu einem kleinen Holzhaus, zwei Zimmer ein Strohdach und ein Fußboden, der auf vier großen Ecksteinen ruhte. Eine Hütte diente als Küche, drei rauchgeschwärzte Steine bildeten den Herd, und eine überdeckte Zisterne ersparte Toussine den Schwatz mit den Gevatterinnen bei der Wäsche unten am Flußufer. Um ihre Arme kräftiger zu rühren, suchten die Frauen beim Waschen gerne Streit, hielten sich gegenseitig ihr Schicksal vor und füllten sich die Seele nach Herzenslust mit Bitterkeit und Groll. Währenddessen wusch Toussine ihre Wäsche in einer Schüssel auf dem Hof und nutzte jede Minute, ihr Häuschen zu verschönern. Direkt vor dem Eingang hatte sie auf ein großes Beet indische Nelken gepflanzt, die das ganze Jahr hindurch blühten, rechts daneben einen Kolibriorangenbaum und links Kongoteesträucher, die sie nachmittags, zur Vesper ihrer Töchter Eloisine und Méranée, schneiden ging. In dieser Umgebung bewegte sie sich stets mit einer Freude, einem Gefühl der Erfüllung, als reichten indische Nelken, Kongoteesträucher und ein Kolibriorangenbaum aus, ein Frauenherz glücklich zu machen. Um dieser Erfüllung, dieser Freude willen, die sie an so geringen Dingen hatte, wurde sie beneidet und gehaßt. Sie konnte sich in das Innerste ihrer Seele zurückziehen, sie war verschlossen, aber nicht verbittert. Und da sie so in der Einsamkeit aufging, bezeichnete man sie als »unnütze Aristokratin«. Jeden Sonntag ging sie spätabends an Jérémies Arm spazieren, um sich das Dorf, die Leute, die Tiere anzusehen, bevor die Nacht sie auslöschte. Sie war glücklich, sie selbst war Teil des Schauspiels, dieses vertrauten, unmittelbaren Universums, sie war den einen eine Qual und den anderen eine Freude, und weil sie dann so entrückt schien, hielt man sie für eine Aristokratin.

Nachdem die Rasenallee angelegt war, erhielt das Häuschen rundum eine Veranda, wo man jederzeit Kühle und Schatten fand, wenn man nur die Bank rückte. Dann kamen die beiden Fenster nach vorn hinaus an die Reihe, richtige Fenster mit Persiennes, die es gestatteten, die nächtlichen Düfte zu atmen, und dennoch den Geistern den Zutritt verwehrten. Das eigentliche Zeichen ihres Wohlstandes aber war das Bett, das sie von Xango und Minerve geerbt hatten, ein riesengroßes Bett aus Courbarilholz mit hohem Kopfende. Drei Matratzen türmten sich darauf, die das ganze Zimmer ausfüllten. Toussine schob Iwarankusawurzeln und Zitronenkraut unter die Matratzen, und sooft man sich darauf ausstreckte, verbreiteten sich in der Luft die schönsten Düfte, die das Bett, so sagten die Kinder, zu einem Zauberbett machten. So ein Bett war eine Sehenswürdigkeit in diesem armen Dorf, wo alle sich noch mit Lumpen begnügten, die sie am Abend auf den Boden warfen und am Morgen wieder sorgfältig zusammenlegten und gelegentlich wegen der Flöhe in der Sonne ausbreiteten. Die Leute kamen herbei und taxierten die Rasenallee, die Fenster mit den Persiennes, das hinter der offenen Tür thronende Medaillonbett und die Bettdecke mit den roten Volants, die gleichsam eine zusätzliche Herausforderung für die Blicke war. Und einige Frauen sagten mit Bitterkeit in der Stimme ... wofür halten diese Schwarzen mit ihrem Überfluß sich eigentlich ... mit ihrem Zweizimmerhäuschen, ihrer Holzbohlenveranda, ihren Persiennes vor den Fenstern, ihrem Bett mit drei Matratzen und roten Volants ... Toussine und Jérémie glauben wohl, sie seien dadurch weiß geworden?

Später bekam Toussine noch ein seidenes Tuch, eine breite Halskette aus grünem Gold, Granatohrringe, hochhackige Schuhe, die sie zweimal im Jahr anzog, zu Aschermittwoch und am Weihnachtstag. Und da diese Flut anscheinend kein Ende nehmen wollte, kam die Zeit, wo die Schwarzen nicht mehr darüber staunten, sondern von anderen Dingen, anderen Leuten, anderen Schmerzen und anderen Wundern sprachen. Sie hatten sich an diesen Wohlstand ebenso gewöhnt wie an ihr eigenes Elend, und das Kapitel: Toussine und der Überfluß der Schwarzen, war für sie erledigt; all das wurde zu etwas Alltäglichem.

WEHE DEM, der einmal lacht und sich daran gewöhnt, denn die Ruchlosigkeit des Lebens kennt keine Grenzen, und wenn es euch mit einer Hand überschüttet, so, um euch mit beiden Füßen zu treten, um dieses wahnwitzige Weib auf eure Spur zu setzen, das Unheil, das nach euch schnappt, euch zerreißt und die Fetzen eures Fleisches den Raben zum Fraß hinwirft ...

Die Zwillinge Eloisine und Méranée waren etwa zehn Jahre alt, als das Glück ihre Mutter Toussine verließ. Im Dorf war eine Schule eröffnet worden, ein Lehrer kam zweimal in der Woche, um für ein paar Sous zum Leben das Abc zu lehren. Eines Abends, als sie das Abc lernten, bat Méranée ihre Schwester, die Petroleumlampe in die Mitte des Tisches zu rücken, und warf ihr vor, sie beanspruche das ganze Licht für sich allein. Und auf einen einfachen kleinen Satz hin war das Unheil an Land gegangen ... kannst es haben, dein Licht, sagte Eloisine und stieß wütend gegen die Lampe. Und alles war zu Ende: das Porzellan brach in Stükke, das brennende Petroleum ergoß sich über die Beine, die Schultern, die Haare Méranées. Schreiend entfloh eine lebendige Fackel, hell lodernd im Abendwind, in die Nacht. Mit einer Decke in der Hand lief Toussine dem Mädchen hinterher und rief ihr zu, sie solle stehenbleiben, aber wahnsinnig vor Angst, rannte das Kind kreuz und quer, einen leuchtenden Schweif hinter sich herziehend wie eine Sternschnuppe. Dann brach Méranée zusammen. Toussine wikkelte sie in die Decke, nahm sie in ihre Arme und kehrte zum Haus zurück, das nicht aufhören wollte zu brennen. Jérémie tröstete Eloisine, und alle setzten sich mitten in ihre schöne Allee, auf den abendfeuchten Rasen, von wo sie zusahen, wie ihr Schweiß, ihr Leben, ihre Freude verbrannten. Ein großer Auflauf entstand, und die Schwarzen verharrten gebannt, geblendet von dem Ausmaß des Unheils. Sie blickten starr in die Flammen, die den Himmel in Brand setzten, sie standen wie angewurzelt, mit wiegendem Körper, hin und her gerissen zwischen zwei Gefühlen, wollten klagen und fanden dennoch, dieses Verhängnis bringe die Dinge wieder ins rechte Lot. Sie vergaßen darüber ihr eigenes Geschick, verglichen die Grausamkeit dieses Schicksals mit der Erbärmlichkeit ihres Unglücks ... uns kann das nicht passieren, sagten sie.

Méranées Agonie war schrecklich, ihr Körper war eine einzige große Wunde, die mit fortschreitender Verwesung die Fliegen anlockte. Toussine vertrieb die Insekten mit einem Fächer, goß linderndes Öl in die Wunden und schrie sich mit ausdruckslosen Augen die Lunge aus dem Hals, um den Tod herbeizurufen, der nicht kam, weil er ohne Zweifel anderswo beschäftigt war. Als man Toussine am Krankenbett ablösen wollte, antwortete sie mit einem sehr sanften Lächeln ... sorgt euch nicht um mich, so schwer die Brüste einer Frau sein mögen, sie ist immer stark genug, sie zu tragen. Siebzehn Tage und siebzehn Nächte mußte sie ausharren und dem Tod schmeicheln, bevor Méranée starb und das Unheil einen anderen Ort heimsuchte. Gleichförmig ging das Leben weiter, ohne das kleinste Stückchen Herz, ein Floh, der sich an eurem letzten Blutstropfen labt und frohlockt, euch leblos und wund zurückzulassen, Himmel und Erde verfluchend und den Bauch, der euch zur Welt brachte ...

Wo Misshelligkeiten und Traurigkeit sind, gibt es und wird es immer auch die Launen des Menschen geben. Dank der Laune eines Weißen hatten Toussine und Jérémie wieder ein Dach über dem Kopf. Jener, ein Kreole namens Colbert Lanony, hatte sich einst, gleich nach der Abschaffung der Sklaverei, in eine verängstigte kleine Schwarze verliebt. Nunmehr ein verpönter Weißer, war er zum Schutz vor den Blicken, die durch seine Liebe beleidigt wurden, in eine öde, unzugängliche Wüste geflüchtet. Von dieser ganzen Geschichte waren nur schöne Steine übriggeblieben, die an einem seltsamen, verlassenen Ort verwitterten, Säulengänge, wurmstichige Decken, Fayencefliesen, die noch von der Vergangenheit, von der Laune eines verfluchten Weißen für eine Schwarze zeugten. Denen, die sich über eine solche Behausung an diesem Ort wunderten, antworteten die Leute gewöhnlich, das sei L'Abandonnée, die Verlassene; später bezeichnete man den ganzen Weiler mit diesem Namen. Ein einziger Raum war bewohnbar, eine Art Kammer im ersten Stock, deren Öffnungen mit Pappe verschlossen waren. Wenn es regnete, lief ein Wasserstrahl in einen Trog, der unter dem Mauerriß aufgestellt war, und in der Nacht suchten Kröten, Frösche und Fledermäuse im Erdgeschoß Unterschlupf. Aber nichts schien Toussine zu stören, die sich, unberührt von diesen Umständen, wie ein seelenloser Körper in diesem Turm eingerichtet hatte. An den ersten neun Abenden empfing sie, der Sitte gemäß, den Besuch aller Bewohner des Ortes, die gekommen waren, die Seele der Verstorbenen zu ehren und den Lebenden im Angesicht des Todes Gesellschaft zu leisten. Toussine weinte und jammerte nicht, sie saß ganz steif auf einer Bank in einer Ecke, und es war, als wäre jeder Lufthauch Gift für sie. Eine Barke wie Toussine wollten die Leute nicht sich selbst überlassen, der Anblick war aber so unerträglich, daß sie die Zeremonie abkürzten, eintraten, grüßten und wieder gingen, voller Nachsicht und in dem Glauben, die Frau sei für immer verloren.

Das Blatt, das in eine Pfütze gefallen ist, verfault nicht am selben Tag, und Toussine wurde mit der Zeit immer trauriger und rechtfertigte so die schlimmsten Vermutungen. Jérémie fuhr noch dreimal in der Woche aufs Meer hinaus, dann zweimal, dann einmal und dann gar nicht mehr. Das Haus, das stets den gleichen trostlosen Anblick bot, schien unbewohnt. Toussine verließ das Zimmer mit den Pappfenstern nicht mehr, und Jérémie holte das, was sie zum Leben brauchten, aus den umliegenden Wäldern: Portulak, Löffelkraut, rote Makangabananen. Früher hatten die Trägerinnen einen Pfad benutzt, der an der Ruine vorbeiführte, eine Abkürzung zur Kolonialstraße, über die sie dann nach Basse-Terre zum Markt gingen, um dort ihre Waren zu verkaufen. Jetzt aber mieden sie aus Furcht diesen Weg und machten einen großen Umweg durch den Wald wegen dieser vom Teufel besessenen Toussine, die nicht sprach, nicht einmal antwortete, beharrlich woandershin schaute, die so mager war, daß man ihre Knochen zählen konnte, die schon tot war. Dann und wann, wenn man auf sie, auf Jérémie und auf die kleine Eloisine zu sprechen kam, kletterte ein Mann auf einen hohen Baum, hielt lange Ausschau und sagte, es habe sich nichts bewegt, das Haus biete noch immer denselben Anblick, es habe sich nicht von der Stelle gerührt.

Drei Jahre vergingen, bevor man wieder von ihnen sprach. Wie gewöhnlich stieg ein Mann auf einen Baum und schaute zu der Ruine; diesmal aber sagte er nichts, schien gar nicht mehr vom Baum heruntersteigen zu wollen. Man bedrängte ihn mit Fragen, er gab Zeichen, daß noch ein Späher heraufkommen solle. Der zweite verkündete die Neuigkeit: Toussine, diese kleine gesunkene Barke, die Frau, die man endgültig verloren geglaubt, hatte ihren mit Pappe zugenagelten Turm verlassen und machte in der Mittagssonne ein paar Schritte vor ihrem Haus.

TROTZ DER Erleichterung, die die Schwarzen bei dieser Nachricht verspürten, blieben sie weiter abwartend, zögerten sie, sich wirklich zu freuen, lauerten sie, bis sie das Zicklein samt dem Strick in der Hand hätten, um nicht ihr Messer vergebens schärfen zu müssen. Und als sie ausspähten, da sahen sie: Toussine schnitt um die Ruine herum das Unkraut, fröstelte einen Augenblick, ging ins Haus, kam fast sofort wieder heraus, um ein Gebüsch, ein Gestrüpp umzuhauen, mit der lebhaften und jähen Bewegung einer Frau, die das Vordringlichste tut und keine Minute zu verlieren hat ...

Seit diesem Tag begann der Ort ein wenig von seiner Trostlosigkeit zu verlieren, und die Händlerinnen nahmen wieder den kürzeren Weg nach Basse-Terre. Toussine hatte die Ihren in ihr Gefängnis mitgeschleppt und ließ sie nun wieder auferstehen. Zuerst sah man Eloisine im Weiler wieder, leicht, ein vertrockneter Strohhalm, und dann den armen Jérémie, der bis zum Strand ging, sich die Augen mit dem Anblick des Meeres füllte, sich einen langen Augenblick faszinieren ließ und dann lächelnd, wie zu der Zeit, da das Lied der Wellen in seinem Kopf getanzt hatte, auf seinen Hügel zurückkehrte ... und mitten auf seiner Stirn stand deutlich geschrieben, daß er wieder aufs Meer hinausfahren werde. Toussine hängte Gardinen an die Fenster, pflanzte um die Ruine herum indische Nelken, Angolaerbsen, Wurzwerk, Kongoteesträucher für Eloisine und setzte eines schönen Tages einen Kern des Kolibriorangenbaums. Die Schwarzen aber sahen ihr von weitem zu, noch nicht bereit, sich zu freuen. Sie dachten an die Toussine von gestern, die in Lumpen, und verglichen sie dann mit der Toussine von heute, die keine Frau war, denn: was ist eine Frau? ... ein Nichts, sagten sie, während Toussine ganz im Gegenteil ein Stück Welt war, ein ganzes Land, ein Bild von einer Schwarzen, Schiff, Segel und Wind, denn sie hatte.sich nicht an das Unglück gewöhnt. Dann wurde ihr Bauch dick, öffnete sich, und das Kind hieß Victoire; und darauf hatten die Schwarzen gewartet, um sich zu freuen. Am Tag der Taufe traten sie vor Toussine hin und sprachen zu ihr:

»Als du in deiner Seide und in deinem Schmuck gingst, nannten wir dich Reine Toussine, Königin Toussine. Wir hatten uns nicht getäuscht, denn du bist wirklich eine Königin. Heute aber, mit deiner Victoire, kannst du dich rühmen, heute hast du uns in Verlegenheit gebracht. Wir haben einen

Königinnennamen gesucht, der zu dir paßt, aber umsonst, denn es gibt wahrlich keinen Namen für dich. Deshalb nennen wir dich von nun an Reine Sans Nom, Königin Namenlos.«»Und die Schwarzen tranken, aßen und freuten sich. Seit diesem Tage nennt man meine Großmutter Reine Sans Nom.

Bis zum Tode meines Großvaters blieb Reine Sans Nom mit ihren beiden Töchtern, Eloisine und Victoire, meiner Mutter, in L'Abandonnée. Dann, als ihre Töchter Frauenbäuche hatten, überließ sie sie sich selbst, auf daß sie mit eigenen Segeln den Strom ihres Lebens beführen. Sie wollte dieses Haus verlassen, in dem ihr Mann und Fischer sie geliebt, liebkost und in der Zeit der Betrübnis gestützt hatte, als ihr Kleid in Fetzen hing und ihr Haar ungekämmt war. Sie sehnte sich nach der Einsamkeit und ließ sich an dem Ort Fond-Zombi, der als wild und rauh gilt, eine Hütte bauen. Dort lebte ihre Freundin aus der Kindheit, Man Cia, eine große Hexe, durch deren Vermittlung sie mit Jérémie in Kontakt zu treten hoffte. Sie lebte in ihren Wäldern und kam sehr selten nach L'Abandonnée.

2

MÜTTERCHEN VICTOIRE war Wäscherin, sie rieb sich die Handgelenke an den flachen Felsen der Flüsse wund, und, bei Kerzenlicht gebügelt, wurde ihre Wäsche unter dem schweren Eisen wie neu. Jeden Freitag ging sie über den alten Pfad der Händlerinnen zur Kolonialstraße hinab, wo ein großes Wäschebündel auf sie wartete, das auf einem Pferdewagen herbeigeschafft worden war. Sie hob das Bündel auf ihren Kopf und erreichte die Anhöhen von L'Abandonnée. Kaum angekommen, begann sie singend ihre Wäsche zu waschen, trocknete, stärkte und bügelte sie, stets ein Lied auf den Lippen. Dann arbeitete sie den ganzen Nachmittag im Freien an einem Tisch, der zu Füßen eines Mangobaumes stand, und sang dabei wie eine glückliche Elster. Wenn sie über den Weg zur Straße ging, riefen ihr die Gevatterinnen bisweilen zu ... so ein zartes Ding wie du, und hantierst mit dem schweren Bügeleisen, du wirst dich noch totschuften. In Victoires Augen zeigte sich dann ein schüchternes Lächeln, und sie antwortete ... ein kleines Beil spaltet grobes Holz, und wenn Gott will, werden wir es weiter schaffen. Meine Schwester Régina und ich sprangen um sie herum und hörten, wie sie zu sich selbst sagte ... das Leid trägt Verachtung ein, besser man erregt Neid als Mitleid ... singe, Victoire, singe, und wieder stimmte sie ihr Liedchen an.

Wir wohnten abseits vom Dorf, auf einer Art Plateau, das die ersten Hütten überwölbte. Unsere Mutter war keine von den Frauen, die jedem ihr Herz ausschütteten. Sie hielt das menschliche Wort für ein geladenes Gewehr und empfand, nach ihren eigenen Worten, eine Unterhaltung zuweilen wie einen Blutsturz. Sie sang vor sich hin, sprach ein wenig über die aus ihrem Leben Entschwundenen, die in ihren Kinderaugen bedeutend gewesen, und das war alles. Unser Durst nach Dingen, die sich in der Gegenwart abspielten, wurde nicht gestillt. Deshalb gingen wir, meine Schwester Régina und ich, nachmittags, wenn die Luft so durchsichtig war wie Wasser, unter die große Terrasse des »Pitt« von Monsieur Tertullien, wo sonntags alle Hähne des Ortes kämpften. Monsieur Tertullien betrieb auch einen Ausschank, und die Leute versammelten sich unter seiner Veranda bei einem Glas Rum oder Absinth, lachten, stritten sich und zogen über die her, die sie für wehrlos hielten. Eines Tages, als wir wie gewöhnlich beim schönsten Klatsch waren, hörten wir, daß man über unsere Mutter sprach ... Victoire besitzt weder Namen noch Schmuck, dieses Weib, außer ihren zwei Bastarden an Stelle von Ohrringen ... warum also meidet sie beharrlich ihre Gesellschaft, als wären sie, die Hiesigen, ein Haufen Aussätziger? Das Wort schien tief in der Erde zu zerplatzen, wie ein verlorenes Korn, das nie keimen wird; die Leute kratzten sich nachlässig, ließen ihre Fingergelenke knacken, müde, schon bevor sie sprachen. Schließlich verzog der Dorfälteste mit sichtlicher Unlust den Mund und sagte sehr langsam ... was wollt ihr es noch leugnen, Nachbarn, was wollt ihr denn? ... Jeder hält sich auf Erden in einer bestimmten Höhe, das liegt im Blut: die Lougandor sind immer gerne höher geflogen, sie haben sich Flügel angesteckt und sich aufgeschwungen, und Victoire ist noch nicht einmal auf ihrer wahren Höhe angekommen, endete er in kategorischem Ton. In diesem Augenblick aber bemerkte der Alte uns, er hüstelte, sah uns mit verlegenem Lächeln an, und man begann über etwas anderes zu sprechen. Als wir zu Hause Mutter auszufragen versuchten, antwortete sie uns geheimnisvoll wie immer:

»Sie können reden, was sie wollen, die, die ihr Bett nicht weich finden, bevor sie über jemanden hergezogen sind; ich bin trotzdem, was ich bin, nicht mehr und nicht weniger, und ich laufe nicht mit bettelnden Händen durch die Straßen, um eure eingefallenen Bäuche zu füllen ...«

MÜTTERCHEN war eine Frau, die ihren Kopf hoch trug über einem zarten Hals. Ihre stets halbgeschlossenen Augen schienen zu schlafen, zu träumen im Schatten ihrer dichten Wimpern. Schaute man aber genauer hin, so las man in ihrem Blick die Entschlossenheit, auch im Brausen der Stürme heiter zu bleiben und alle Dinge hoch erhobenen Kopfes zu betrachten. Niemandem in L'Abandonnée war aufgefallen, daß meine Mutter schön war, denn sie war sehr schwarz, und erst nachdem mein Vater den Blick auf sie geworfen hatte, taten die anderen es auch. Wenn sie in der Sonne saß, spielte auf ihrer lackschwarzen Haut ein rosenholzfarbener Glanz, wie man ihn auf alten Schaukelstühlen sieht. Bewegte sie sich, floß das Blut in ihre Haut, mischte sich mit ihrer Schwärze, und auf ihre Backenknochen legte sich ein dunkelroter Schimmer. Hielt sie sich im Schatten auf, färbte sie sogleich die Luft ringsumher, und es war, als entstünde um sie herum eine rauchdunkle Aureole. Wenn sie lachte, spannte sich ihr schwellendes Fleisch, bis es durchsichtig wurde und die grünen Venen auf ihren Handrücken Furchen bildeten. War sie traurig, schien sie sich wie ein Holzfeuer zu verzehren; ihre Haut nahm die Farbe von verbranntem Rebholz an, und vergrößerte sich ihr Leid, wurde sie fast grau. Selten aber konnte man sie überraschen, wenn sie diese Farbe frischer Asche hatte, denn in der Öffentlichkeit, selbst vor den Kindern, war sie niemals traurig.

Als sie zum drittenmal schwanger war, unterbrach sie wie zum Vorwurf ihr Lied und sagte traurig zu meiner älteren Schwester ... nach deiner Geburt, Régina, habe ich den Mann Angebert bei mir aufgenommen, aber nur, weil ich Brot brauchte. Und wie du siehst, habe ich Fleisch geerntet, immer wieder, erst Télumée, dann das hier, und nicht immer ist Brot auf meinem Tisch. Nach diesem Geständnis schien ihr Herz erleichtert, ihre Galle besänftigt, in ihre Augen kehrte die alte, stets gleichbleibende Entschlossenheit zurück, und sie öffnete die Lippen zu einem sanften Lächeln. Aber eines Tages, als sie die Wäsche zum Bleichen ausbreitete, glitt sie auf einem Felsen aus, und man konnte sie noch so schnell wegtragen, ihr Kühlung zufächeln, sie mit Rum und Kampfer einreiben, das Kind wurde zu früh geboren und starb. Es war ein schon vollkommen ausgebildeter Knabe, und Mütterchen war sehr stolz darauf. Manchmal hielt sie im Bügeln inne, strich sich leicht über den Bauch und sagte ... die Leute sehen mich auf der Straße, wer aber weiß, daß er einen Mann getragen hat, einen Mann, der lacht und weint und Papst werden kann, wenn es ihm gefällt ... ja, wer weiß schon, was dieser Bauch getragen hat?

Mein Vater hörte ihr sehr aufmerksam zu und beobachtete die Mondviertel, in der Hoffnung, daß der gleiche Mond ihm ebenso ein Kind bringen würde, der gleiche Mond am Himmel, in der gleichen Stellung ... und wenn es soweit ist, wird das, was man tut, gut sein ... murmelte er sanft.

Angebert war ein von Natur aus bedächtiger Mann, der sich weder zum Lachen noch zum Ernstsein zwang. Er sah das Leben nicht als Dschungel an, durch den man sich mit allen Mitteln einen Weg bahnt. In Wirklichkeit wußte er nicht, wo er sich befand, und möglicherweise war es doch ein Dschungel, gestand er bisweilen einem Freunde zu, aber das beunruhigte ihn nicht weiter ... raubt, zerstört, plündert, ich bin nicht mit von der Partie. Er war ein Schwarzer von ziemlich kleiner Statur, der danach strebte, möglichst zurückgezogen zu leben. Angebert ging gemessenen Schrittes durch das Leben, beseelt von dem glücklichen Gedanken, daß es mit seinen Angelegenheiten zum besten stand, da niemand seine Anwesenheit auf Erden bemerkte. Aufmerksam allen Dingen gegenüber, brauchte er nicht erst lange Palaver mit den Freunden, um zu sehen, was sich in seiner Umgebung abspielte. Aber, dachte er, wer vermutet schon, daß ich solche Augen habe? ... Ja, wer? ... Und das Gesicht meines Vaters strahlte vor innerer Ruhe.

Er kam aus Pointe-à-Pitre und war, wie viele andere, hier am Fuße der Berge, hängengeblieben, weil es in L'Abandonnee zu jener Zeit aussah wie am Ende der Welt. Auf seinem Weg durch das Dorf hatte er einen Blick in die Hütten geworfen, wo er mehrere durchgesessene Stühle gesehen haben wollte. Auf gut Glück verkündete er, er übe den Beruf eines Stuhlflechters aus, wartete nach dieser Erklärung monatelang und erhielt nie einen Stuhl zur Reparatur. So lebte er in aller Ruhe im Wald, legte im Fluß Krebsfallen, pflückte die Früchte des Brotbaums und grub nach wilden Wurzeln, die er mit etwas Salz und einem Tropfen Öl zubereitete. Eines Abends sehnte er sich nach dem Lachen der Menschen, kleidete sich an und schlug den Weg zu der kleinen Schenke von Monsieur Tertullien ein, die stets voller Männer und Frauen war, die sich stritten, würfelten, tranken und über Leben und Tod spotteten. Die Veranda war zu klein für alle, und am Straßenrand, im Dunkeln, standen kleine Gruppen und schwatzten. Einsame für eine Stunde zogen nachdenklich an ihrer Pfeife. Angebert trank nicht gern, hütete sich aber davor, von den Trinkern schlecht zu denken. Jeder kann fallen, sagte er, das Schwein stirbt, und wer das Schwein tötet, stirbt auch, das ist nur eine Frage der Zeit. Er war hergekommen, um Lachen zu hören, es war aber nicht die rechte Jahreszeit, wohl weil die Zuckerrohrernte schon vor allzu langer Zeit beendet war. Er wollte gerade in seine Einsamkeit zurückkehren, als Victoire herankam, der meine ältere Schwester Régina folgte. Meine arme Mutter war völlig betrunken und schwankte bei jedem Schritt. Wild gestikulierend unterhielt sie sich mit einem unsichtbaren Wesen: vor der kleinen Schenke, in der es von Menschen wimmelte, machte sie halt und erklärte ihrem Gespenst plötzlich ... hab ich's dir nicht gesagt, hier gebe ich den Ball, ich bin die Braut und heirate Hubert ... als ich hoch oben in der Kokospalme hockte, habe ich den ganzen Himmel gesehen, meine Eltern saßen neben dem Allerhöchsten, und der hat mich angeblickt und ganz einfach zu mir gesagt: kehre um und heirate, Victoire, denn der Ball wird mit Hubert beginnen.

Nach dem, was man mir mehr als zwanzig Jahre später erzählte, war jener Hubert ein Schwarzer aus Désirade, der sich mehrere Tage lang in der Ruine des Weißen aufgehalten hatte und dann spurlos verschwunden war. Gleich nach seinem Verschwinden ließ Victoire ihre Bügeleisen im Stich, ihre Lieder verstummten, und sie irrte, vom Rum erleuchtet, sechs Monate lang umher. Währenddessen paßte eine Nachbarin auf meine Schwester Régina auf. Eines Tages aber sah die Kleine ihre Mutter durch die Straße torkeln, und von diesem Augenblick an folgte sie ihr überallhin.

An jenem Abend nahm Angebert Victoire unter den Arm und führte sie so schnell wie möglich zu der Ruine von L'Abandonnée, das Kind folgte ihnen, ohne ein Wort zu sagen. Er brachte meine Mutter ins Bett, wo sie sofort einschlief, und saß in aller Stille; Régina betrachtete ihn mit staunenden Augen. So begründeten meine Eltern ihren Hausstand.

Er wußte um die Geschichte mit Hubert, dem Schwarzen aus Désirade, und wartete geduldig darauf, daß Victoires Kummer verflog, ohne je die Hand gegen sie zu erheben, auch nicht, wenn er sie torkelnd auf der Straße überraschte. Es sei nicht seine Aufgabe, die Leute zu verprügeln, sagte er, und außerdem sehe er keine Überlegenheit darin, nicht zu trinken, mit offenen Augen durchs Leben zu gehen. Aber jedesmal, wenn er Victoire, vom Rum niedergeworfen, bewußtlos, zu Bett bringen mußte, hüllte ein kleiner eisiger Hauch sein Herz etwas mehr ein. Er wurde eine Beute der Leere, er kämpfte vergeblich auf seinem Strohsack, um ein Stückchen festen Bodens zu finden, das nicht unter seinen Füßen einsank. Dieses Gefühl der Leere wurde er nicht los, und später, als ich noch ganz klein war, strich er zuweilen zärtlich über meine krausen Zöpfe und sagte besorgt . . . ich bin es, ich, Angebert, erkennst du mich?

Auf dem Grund der Flüsse stellte Vater Reusen auf und verkaufte die gefangenen Krebse regelmäßig an die Leute aus der Stadt oder an Monsieur Tertullien, der ihm dafür Salz für unsere Mahlzeiten und Stockfisch gab. Von Zeit zu Zeit schleppte ein Mann namens Germain seine Einsamkeit, seinen fluchbeladenen Körper bis zu uns. Wir gaben ihm einen Teller Suppe, und wenn er guter Laune war, holte er uns etwas Holz und wilde Wurzeln, die er in der Tränktonne für die Schweine kochte. Er war ein notorischer Krebsdieb und Vater sprach stets zu ihm:

»Hüte dich, mich zu bestehlen, Germain, denn das wird dich sehr teuer zu stehen kommen. Es gibt viele andere Reusen im Fluß, du mußt nur so tun, als würdest du meine nicht sehen. Die anderen kannst du bei deiner nächtlichen Ernte bestehlen, soviel du willst, hüte dich aber, mir auch nur einen einzigen Krebs wegzunehmen, denn sie sind das Brot meiner Familie ... Das ist sehr ernst gemeint, sag ich dir, sieh dich vor.«

Germain schwieg mit funkelnden Augen und führte weiter sein ewiges Leben eines Diebes, der aus der Mühsal der anderen seinen Nutzen zieht. Allnächtlich suchte er mit einer Fackel in der Hand die Flüsse heim und leerte Reuse um Reuse, mit Ausnahme derjenigen seines Freundes Angebert. Alle wußten, wer so stahl und stibitzte, den Schweiß des Schwarzen geringschätzte, und mehr als einmal wurde unser Mann verprügelt. Obwohl diese Strafen verdient waren, demütigten sie ihn zutiefst. Er verbarg sich im Gebüsch, fiel sein Opfer unerwartet an und ließ gehörig seinen Groll an ihm aus. Eines Tages verfluchte ihn ein Reusenbesitzer mit den Worten ... du entlaufener schwarzer Sklave, du gewissenloser Dieb, du wirst so schlimm enden, daß selbst der Teufel dich auslacht ... du bist nichts weiter als ein Hund an der Kette, der zum Sprung ansetzen will, du wirst aber nicht weit kommen, und dein Sprung wird dich höchstens in den tiefsten Kerker bringen ... denn auf den Sprung folgt erst die Ermüdung, dann der Zusammenbruch. Der Reusenbesitzer hatte seine Augen geschlossen, den Kopf zurückgeworfen, und die Adern am Hals traten hervor, als er Germain vor allen Leuten im Dorf, die durch den ungewöhnlichen Lärm aufgeschreckt worden waren, verfluchte. Die unglückselige Prophezeiung durchdrang weder Himmel noch Erde, noch die Stämme der Bäume, noch verwob sie sich mit der beginnenden Dämmerung; sie blieb in euren Herzen, und man spürte, daß irgendwo eine Greueltat sich vorbereitete. Von diesem Tage an war Germain ein anderer Mensch. Allabendlich sah man, wie er an Angebert herantrat und traurig zu ihm sprach ... ach, das Leben ist zerrissen, überall zerrissen, und der Stoff kann nicht wieder zusammengenäht werden ... Jemand schleudert ein Wort in die Luft, einfach so, und der Wahnsinn schlägt zu, er überfällt einen, und man tötet und wird getötet. Vater nahm seinen Arm, und die beiden Männer gingen in die Schenke, still, mit gesenkter Stirn, und kippten ein randvolles Glas Tafia hinunter. Erleichtert durch den Alkohol, stießen die beiden Freunde einen Seufzer aus, beobachteten die anderen Trinker und spielten eine Partie Lotto. Und es kam Wind auf, der die Monate und die Jahreszeiten, die Träume und die Klagen des Menschen vor sich her trieb. Die Ernte ging zu Ende, es kam die Arbeitslosigkeit, die Zeit, wo man sich durchschlagen mußte. Die Ersparnisse der Schwarzen waren in jenem Jahr noch schneller dahingeschmolzen. Man lebte von wilden Wurzeln, und einige setzten ihre Hoffnung auf den Krebsfang, um durchzuhalten, bis das Zuckerrohr hoch stand. Alle Reusen wurden bewacht, getarnt, den Wildbach aufwärts in unzugänglichen Verstecken ausgelegt, geleert, bevor Germain ihr Geheimnis erraten konnte. Er schlich durch L'Abandonnée wie ein Raubtier im Käfig, lief die Straße hinauf und hinab, alleine, mit offener Brust, oder legte sich plötzlich mitten in den Weg und rief den Führern der Ochsenkarren zu ... zerquetscht mich! Zerquetscht mich! Wohin gehöre ich denn? Ich gehöre der Straße, hebt mich nicht auf, sage ich euch, zerquetscht mich! ... Und die Leute hielten sich die Ohren zu und schlossen die Augen, um diesen Germain nicht zu sehen, der dem Schicksal zuvorkommen wollte. Nun war unsere Hütte völlig entblößt von allem, und Mütterchen drehte und wendete die Ölflasche vergeblich über unseren Wurzelscheiben. Mein Vater hatte alle seine Reusen ausgelegt und ließ seinen guten Fang »anwachsen«, in der Hoffnung, ihn am Sonntagvormittag an die Leute aus der Stadt verkaufen zu können. Im ersten Dämmerlicht des Samstagmorgens fand er jedoch alle neu ausgelegten Reusen und auch die »Köcher« leer, die am Abend noch prall voller Krebse mit langen blauen Schwänzen gewesen waren. Auf dem Nachhauseweg sah er den Dieb Germain, der kläglich lächelte und sagte ... Angebert, gib heute acht auf dich, denn ich werde dich töten. Mein Vater sah elend aus, seine Augen waren blicklos, und gelber Schweiß floß aus seinem Körper, als schwitzte er Galle. Indes kam ihm Germains Angriff so sonderbar vor, so völlig fehl am Platze, daß er einfach lachen mußte ... geh, sprach er schließlich mit sehr sanfter Stimme zu ihm, geh sofort, geh mir aus den Augen, sonst kann ich nicht mehr an mich halten. Germain entfernte sich sofort mit ernster und erstaunter Miene, und mein Vater saß den ganzen Tag schweigend auf seiner kleinen Holzbank, den Kopf in die Hände gestützt. Am Abend erhob er sich, fütterte das Vieh, zog saubere Kleidung an und ging ruhigen Schrittes in die Dorfschenke. Régina, Mütterchen und ich folgten ihm von fern, damit unsere Frauenangst ihn nicht anstecke. Germain lümmelte sich mit den Ellbogen auf der Theke herum, mein Vater packte ihn beim Kragen, gab ihm einen Fußtritt und schrie ... warum hast du das getan, warum? Die beiden

Männer gingen hinaus und begannen in der Dämmerung auf einer Wiese neben der Schenke zu kämpfen. Plötzlich hörte man die Stimme meines Vaters ... ah, Germain, du erstichst mich ... dann ein Röcheln. Die Leute kamen aus der Schenke und fanden meinen Vater in seinem Blute liegend und Germain neben seinem Opfer stehend, ein verschmiertes Federmesser in der Hand. Sogleich warf er das Messer in ein Akaziengebüsch am Rande der Wiese. Man entzündete eine Fackel, und Monsieur Tertullien kroch auf den Knien bei den Akazien herum und suchte das Federmesser, mit dem Angebert getötet worden war. Nun strömten die Leute herbei, jeder erzählte den Mord auf seine Weise, und einer aus der Menge schlug Germain mitten auf die Brust. Dieser erste Schlag war wie ein Signal, schon spuckte man Germain ins Gesicht, kniff ihn, als wollte man ihn zerfleischen, dann zog man ihn nackt aus, um, so sagte man, zu sehen, wie ein Verbrecher gemacht sei. Auch ich versetzte ihm einen kräftigen Faustschlag. Eine Frau tauchte ihre Hände in das Blut meines Vaters, beschmierte Germains Gesicht, seinen bloßen Oberkörper, seine Arme und schrie mit schriller Stimme ... Mörder, du bist befleckt, beschmutzt für immer von diesem Blut ... atme ihn nur ein, diesen süßen Duft. Es hagelte Beschimpfungen und Schläge, und ich erkannte den Mann nicht wieder in diesem nackten Etwas, das die Hände schützend um sein Geschlecht legte und mit geschlossenen Augen unaufhörlich wiederholte ... ich habe Angebert erstochen, und ihr könnt mich töten, los, ihr seid im Recht ... aber ich schwöre, es ist nicht meine Schuld, nein, nicht meine Schuld ... Diese Klagen verzehnfachten den Haß, und schon war Germain in L'Abandonnée zu einem Fremdkörper geworden. Der Mord hatte sich vor den Augen der Einwohner abgespielt, und sie hatten ihn nicht verhindern können. Schon immer hatte es ein jeder von ihnen in seinem Innern gewußt: Germain mußte eines Tages töten, er war der geborene Mörder, und dennoch hatte sich niemand gerührt, als die beiden Männer die Schenke verließen. Dieser Gedanke ließ die Leute noch grausamer gegen Germain vorgehen, und zweifellos hätten sie ihn umgebracht, wären nicht Gendarmen zu Pferd aufgetaucht, die irgendwer gerufen hatte. Schwankend, einen Strick um den Hals, verschwand Germain langsam hinter ihnen in der Nacht. Dann hoben zwei Männer den Leichnam auf, und in der tiefen Dunkelheit hörte man eine Stimme sagen ... ich verzeihe Germain, denn er war seines Willens nicht mehr mächtig: das Leid der Menschen ist so groß, daß es aus einem Mann alles machen kann, sogar einen Mörder, ja, Messieurs, das ist kein Scherz, sogar einen Mörder ...

Schon verschwanden die Boten in der Nacht, um den Tod des Schwarzen Angebert zu verkünden. Der Trauerzug setzte sich zur Ruine L'Abandonnée in Bewegung, wo die Totenwache gehalten werden sollte. Mit tränenlosen, halbgeschlossenen Augen ging Mütterchen im Schein der Sterne dahin, eine Schulter höher als die andere, mit schleppendem Schritt, fast hinkend, wie unter einer Last, die schwerer war als sie selbst.

An den langen blauen, warmen Tagen, wenn die Tollheit der Antillen in der Luft über den Weilern, den Tälern und den Höhen zu wirbeln beginnt, überfällt Bangigkeit die Menschen bei dem Gedanken an das Verhängnis, das über ihnen schwebt, bereit, sich wie ein Raubvogel auf den einen oder anderen zu stürzen, ohne daß er den mindesten Widerstand leisten kann. Diesmal berührte der Vogel die Schultern

Germains, er legte ihm ein Messer in die Hand und richtete es auf das Herz meines Vaters. Der Mann Angebert hatte ein stilles, zurückgezogenes Leben geführt, er hatte sein Gesicht so gut verborgen, daß man eigentlich nie erfuhr, wer an jenem Tag gestorben war. Bisweilen denke ich über ihn nach und frage mich, was dieser liebenswürdige, sanftmütige Mann auf Erden gesucht haben mag. Aber all das ist nicht mehr, vor mir dehnt sich die Straße, macht eine Biegung und verliert sich in der Nacht.

Zweiter Teil

Geschichte meines Lebens

I

Zwei Jahre nach Angeberts Tod machte ein Fremder, ein Mann namens Haut-Colbi, im Dorf Station und veränderte den Lauf meines Schicksals. Er war ein gut gewachsener karibischer Schwarzer, aber man hätte meinen können, er bewege sich im Wasser, seinem eigentlichen Element, man hätte meinen können, er schwimme, so geschmeidig war sein Körper. Seine Blicke legten sich auf euch wie ein Seidenschal, und sein betörender Mund, sein sprudelndes Lachen, seine dunkle Haut mit den violetten Schatten machte auf jede Frau, die ihm zufällig auf der Straße begegnete, einen tiefen Eindruck. Der Mann kam von der Côte-sous-le-vent.

Trotz ihrer beiden Bastarde war meine Mutter keine gefallene Frau. Sie schritt weiter durch das Leben mit der gleichen Erwartung, mit der gleichen Leichtigkeit wie zu der Zeit, da noch keine Männerhand sie berührt. Die Jahre hatten sie nur ein wenig mehr erschlossen, und sie war jetzt eine aufgebrochene Vanilleschote in der Sonne, die endlich ihren ganzen Duft verströmt. Eines schönen Morgens ging sie fort, einen Auftrag zu erfüllen, anmutsvoll, vor sich hin singend wie stets. Da sah sie Haut-Colbi, und ihr Lied verstummte mit einemmal. Man sagte, sie seien mitten auf der Straße vor aller Augen stehengeblieben und hätten einander eine Stunde lang angeschaut, ergriffen von der Verwunderung, die das Menschenherz zusammenschnürt, wenn zum erstenmal Traum und Wirklichkeit einander begegnen. Sie säumten nicht, zusammenzuziehen und mein Geschick zu verändern. Haut-Colbi war zufällig in unser Dorf L'Abandonnée gekommen, hatte meine Mutter gesehen und war geblieben.

Es reichen wahrlich ein Nichts, eine Idee, eine Grille, ein Staubkorn, um den Strom eines Lebens zu verändern. Hätte Haut-Colbi nicht im Dorf Station gemacht, wäre meine kleine Geschichte ganz anders verlaufen. Doch hatte meine Mutter an jenem Tag ihren Gott gefunden, und dieser Gott war ein großer Liebhaber von Frauen – oder stand wenigstens in diesem Ruf. Die erste Sorge meiner Mutter war, mich zu entfernen, meinen kleinen zehnjährigen Körper aus dem Weg zu schaffen, um sich das Leid zu ersparen, einige Jahre später auf dem Bauch zu tanzen, der sie verraten hätte. So beschloß sie, mich zu meiner Großmutter nach Fond-Zombi zu schicken, weit weg von ihrem karibischen Schwarzen.

Man tadelte sie sehr, und die Leute warfen ihr vor, auf ihren eigenen Bauch zu spucken, und wofür, für wen? . . . für einen betörenden Mund, für einen Mann, der von der Côte-sous-le-vent gekommen war. Sie aber kannte das Leben seit langem, meine verliebte Mutter mit ihren zwei Bastarden an Stelle von Ohrringen; und sie wußte, daß man sich meist die Eingeweide herausreißen und den Bauch mit Stroh füllen muß, wenn man ein bißchen in der Sonne wandeln will.

Reine Sans Nom war nicht gerade einverstanden mit der Art und Weise, wie ihre Tochter ihr Schiff durch die Wasser des Lebens steuerte. Als aber Haut-Colbi sich in unserem

Turm niederließ, fand sie, daß Victoire alles in allem doch nicht so schlecht fuhr. Denen, die das Verhalten ihrer Tochter kritisierten, entgegnete sie mit leiser, belustigter Stimme ... meine Freunde, das Leben ist keine fette Suppe, und noch lange werden die Menschen denselben Mond, dieselbe Sonne sehen und dieselben Qualen der Liebe erfahren. In Wahrheit aber jubelte sie bei der bloßen Vorstellung, ihr weißes Haar mit dem Kranz meiner Unschuld zu schmükken, und als sie mich abholte, verließ sie L'Abandonnée mit Segenswünschen für meine Mutter.

Es war das erstemal, daß ich von zu Hause wegging, aber ich war nicht traurig darüber. Ich war im Gegenteil fast begeistert, an der Seite einer Ahne, deren Erdenleben ich vollendet glaubte, diese weiße, kreidige, von Filaos gesäumte Straße entlangzuwandern. Wir bewegten uns schweigend mit kleinen Schritten vorwärts, Großmutter, um nicht außer Atem zu kommen, ich, um den Zauber nicht zu zerstören. Gegen Mittag überließen wir die kleine weiße Straße der glühenden Sonne und schlugen einen tiefroten, durch die Trockenheit rissig gewordenen Lehmweg ein. Dann kam eine Schwimmbrücke, die über einen fremden Fluß führte, an dessen Ufern riesige Courbarilbäume wuchsen und die Gegend in immerwährendes bläuliches Halbdunkel tauchten. Über meine kleine Person gebeugt, lächelte Großmutter und strahlte vor Zufriedenheit ... schau, meine kleine Flöte, wir sind an der Brücke von Autre Bord ... Mit der einen Hand faßte sie mich an, mit der anderen klammerte sie sich an das rostige Kabel, und so brachte sie mich langsam über dieses halsbrecherische Bauwerk aus losen, vermoderten Brettern, unter dem das Wasser des Flusses brodelte. Und plötzlich tat sich Autre Bord, die Region Fond-Zombi, vor meinen Augen auf in einem fernen, unwirklichen Licht,

Hügel hinter Hügel, Savanne hinter Savanne, bis hin zu dem Gebirge Balata Bel Bois, das den Himmel zerschnitt. Hier und dort tauchten Hütten auf, die, eine an die andere gelehnt, einen gemeinsamen Hof einfaßten oder einsam und fest dastanden, sich selbst, dem Geheimnis der Wälder, den Geistern, der Gnade Gottes preisgegeben . . .

Die Hütte von Reine Sans Nom war die letzte des Dorfes, sie begrenzte die Welt der Menschen und schien an das Gebirge angebaut. Reine Sans Nom öffnete die Tür und ließ mich in das kleine Zimmer eintreten, das ihre ganze Wohnung war. Sobald ich die Schwelle überschritten hatte, fühlte ich mich wie in einer Festung, sicher vor allen bekannten und unbekannten Dingen im Schutze von Großmutters weitem Faltenrock. Wir hatten L'Abandonnée am frühen Morgen verlassen, und nun senkte sich der Abendnebel herab. Großmutter zündete eine Lampe an, die am Hauptbalken der Decke hing, schraubte den Docht herunter, um Petroleum zu sparen, küßte mich flüchtig, wie nebenbei, nahm mich bei der Hand und zog mich mit sich fort, um mir ihr Schwein, ihre drei Kaninchen, ihre Hühner und den Pfad, der zum Fluß führte, zu zeigen; als dann der Nebel gefallen war, gingen wir wieder ins Haus.

Über das eiserne Bett in der Hütte war das Bettzeug der Armen gedeckt, vier Mehlsäcke, deren Aufschriften dem häufigen Waschen widerstanden hatten. Das Bett alleine nahm schon die Hälfte des Raumes ein. Auf der anderen Seite standen ein Tisch, zwei Stühle und ein Schaukelstuhl aus naturfarbenem, unlackiertem Holz. Großmutter öffnete eine Metalldose und nahm zwei Maniokfladen heraus. Um die Trockenheit herunterzuspülen, tranken wir hinterher Wasser in kleinen Schlucken aus dem Tonkrug, der mitten auf dem Tisch thronte. Beim Schein der Lampe wagte ich zum erstenmal, Großmutter ins Gesicht zu schauen, sie offen und ohne Arglist anzusehen. Reine Sans Nom war wie die »Schwarzen mit Tuch«gekleidet, die als Kopfbedeckung ein Madrastuch tragen. Es umspannte fest die Stirn und endete in drei Zipfeln à la »alles ergötzt, nichts bindet mich«auf ihrem Rücken. Sie hatte ein fast dreieckiges Gesicht, einen schmalen Mund, eine kleine, gerade, regelmäßige Nase und Augen von einem ausgeblichenen, verwaschenen Schwarz, wie ein Kleidungsstück, das allzu oft Sonne und Regen ausgesetzt war. Sie war groß, dürr, der Rücken kaum gebeugt, die Hände und Füße seltsam mager; in stolzer Haltung saß sie in ihrem Schaukelstuhl und prüfte mich durch alle Nähte hindurch, während ich sie ebenso musterte. Unter ihrem fernen, ruhigen, glücklichen Blick erschien mir das Zimmer plötzlich unendlich, und ich spürte, daß sich darin noch andere Personen aufhielten, deretwegen Reine Sans Nom mich prüfte und nun, erleichterte Seufzer ausstoßend, küßte. Wir waren nicht nur zwei lebende Wesen in einer Hütte, mitten in der Nacht; mir schien, da sei etwas anderes, sehr viel mehr, ich wußte aber nicht, was. Schließlich flüsterte sie verträumt mir und sich selbst zu ... ich dachte, mein Glück sei tot, aber heute sehe ich es wohl: ich wurde als eine vom Glück begünstigte Schwarze geboren und werde als eine vom Glück begünstigte Schwarze sterben.

So verlief mein erster Abend in Fond-Zombi, und die Nacht war traumlos, denn ich hatte schon im hellen Sonnenschein geträumt.

Grossmutter war zu alt, den Rücken auf dem Boden der Weißen zu krümmen, Zuckerrohr zu binden, Unkraut auszureißen, zu jäten, ihren Körper dem Wind auszusetzen und von der Sonne pökeln zu lassen, wie sie es ihr Lebtag getan hatte. Ihr Greisenalter war herangekommen, der Strom ihres Lebens war gesunken, war jetzt ein Rinnsal, das langsam zwischen den Steinen dahinfloß in seinem schwachen täglichen Lauf: einige Handgriffe für einige Sous. Sie hatte ihren Garten, ihr Schwein, ihre Kaninchen und ihre Hühner, sie backte auf einem Blech Maniokfladen und Kokoskuchen, machte Gerstenzucker, kandierte süße Bataten, Sauerampfer, verbotene Früchte und lieferte sie allmorgendlich an Vater Abel, dessen Laden direkt an unser Haus stieß. Ich half ihr, so gut ich konnte, holte Wasser, jagte dem Schwein und den Hühnern nach, suchte Erdkrabben mit behaartem Rückenschild, die, mit grobem Salz zubereitet, so wohlschmeckend sind, rupfte gemeinsam mit den »kleinen Banden«in den Zuckerrohrfeldern der Fabrik Unkraut, lief mit einer kleinen Bürde Dünger umher, trug ständig irgend etwas auf dem Kopf: den Wasserkrug, den Graskorb, die Kiste mit dem Dünger, der mir beim ersten Windstoß die Augen verbrannte oder im Regen über mein Gesicht rann, während ich mich mit den Zehen in der Erde festkrallte, vor allem an den Hängen, um nicht die Kiste und damit mein Tagwerk umzustoßen.

Manchmal ertönte irgendwo Gesang, eine schmerzliche Musik drang in meine Brust, und es war, als schöbe sich eine Wolke zwischen Himmel und Erde und überzöge das Grün der Bäume, das Gelb der Wege und das Schwarz der menschlichen Haut mit einer dünnen Schicht grauen Staubes. Das geschah vor allem des Sonntags früh am Flußufer, wenn Reine Sans Nom ihre Wäsche wusch und die Frauen ringsherum zu lachen begannen, sehr sonderbar mit Lippen und Zähnen lachten, so als husteten sie. Beim Tanz der Wäsche dann murmelten die Frauen giftige Worte, das Leben schlug um in Wasser und Hohn, und mit den durchsichtigen, glänzenden Schaumspritzern schien ganz Fond-Zombi aufzuspritzen, zu kreisen und sich wieder in das schmutzige Wasser zu ergießen. Eine von ihnen, eine gewisse Vitaline Brindosier, eine schmierige, alte, rundliche Person mit schneeweißem Haar und unschuldsvollen Augen, hatte ein ganz besonderes Talent, die Gemüter zu erregen. Wenn in der Stunde, da das Leben des Schwarzen zu einem Hohn, einem Nichts wird, die Herzen schwer wurden, schwang Madame Brindosier siegesbewußt ihre Arme wie Flügel und schrie, das Leben sei ein zerrissenes Kleid, ein unbrauchbarer Fetzen. Und vor Freude konnte sie sich nicht mehr halten, sie lachte, schlug auf ihre schönen, rundlichen Arme und fügte in bittersüßem Ton hinzu ... ach, wir Schwarze von Guadeloupe, wir kriechen wirklich schon auf dem Bauch, ach, ach. Und dann brachen die anderen Frauen in dieses sonderbare Lachen aus, das wie ein kurzer Husten war, nur mit Lippen und Zähnen, und schon senkte sich auf mich der Schatten, und ich fragte mich, ob ich nicht durch einen Irrtum auf die Erde gekommen sei, während ich dicht an meinem Ohr Reine Sans Nom flüstern hörte ... komm, Télumée, komm schnell weg, die sind nichts weiter als dicke gestrandete Wale, die das Meer nicht mehr will, und wenn die kleinen Fische ihnen zuhören, weißt du, dann verlieren sie ihre Flossen. Eilig verließen wir den Fluß, Großmütterchen stützte sich auf meine Schulter, und die Wäsche auf dem Kopf, erreichten wir langsamen Schrittes die Hütte. Manchmal blieb sie schwitzend am Wegrand stehen und musterte mich belustigt ... Télumée, mein kleines Kristallglas, sagte sie nachdenklich, drei Pfade sind schlecht für den Menschen: die Schönheit der Welt zu sehen und zu sagen, sie sei häßlich; am frühen Morgen aufzustehen, um etwas zu tun, was man nicht bewältigt; und seinen Träumen freien Lauf zu lassen, ohne sich zu beobachten, denn wer träumt, wird das Opfer seines eigenen Traumes. Dann setzte sie sich wieder in Bewegung, und bald summte sie ein Lied, irgendeine Beguine aus alter Zeit, die sie auf eine ganz bestimmte Art und Weise modulierte, mit einem verborgenen ironischen Unterton, damit ich genau begriffe, daß gewisse Worte null und nichtig seien, daß man sie gut und gern hören, aber besser vergessen möge. Dann schloß ich die Lider, drückte fest Großmütterchens Hand und sagte mir, es müsse doch eine Möglichkeit geben, das harte Leben der Schwarzen so einzurichten, daß sie seine Last nicht Tag für Tag, Stunde für Stunde, Sekunde für Sekunde auf ihren Schultern spürten . . .

Waren wir angekommen, breiteten wir die Wäsche über die Büsche im Umkreis, und damit ging der Arbeitstag zu Ende. Es war die Stunde, wo die Brise aufkommt und, geschwellt von all den Düften, die sie unterwegs aufgelesen hat, sanft den Hügel hinaufweht. In der Hütte nahm Großmutter in ihrem Schaukelstuhl Platz, zog mich zu sich heran und begann, mir in aller Ruhe Zöpfe zu flechten, bei jeder Bewegung ihrer Finger vor Wohlbehagen seufzend. Bei ihr kratzte der Metallkamm nur den Wind. Sie benetzte jedes Haarbüschel mit einem Tropfen Carapateöl, damit es glänzte und geschmeidig wurde, und mit der Behutsamkeit einer Näherin entwirrte sie die einzelnen Haare, fügte sie zu Strähnen und dann zu steifen Flechten, die sie über meinen ganzen Kopf verteilte. Da sie von melancholischer Gemütsart war, sang sie dabei leise langsame Mazurkas, Walzer, honigsüße Beguines und hielt nur inne, um sich den Hals, die Schulter oder ein Ohr zu kratzen, das sie juckte. Sie sang »Yaya«, »Ti-Rose Congo«, »Agoulou«, »Selbstverschuldetes Leid« und viele andere Wunderwerke aus der alten Zeit, so viele schöne, längst vergessene Dinge, die den Lebenden nicht mehr lieblich in den Ohren klingen. Sie kannte auch alte Sklavenlieder, und ich fragte mich, warum Großmutter, wenn sie diese Lieder summte, mein Haar noch sanfter flocht, als zerflössen ihre Finger vor Mitleid. Sang Reine Sans Nom die üblichen Lieder, so glich ihre Stimme ihrem Gesicht, in dem nur die Wangen in Höhe der Backenknochen zwei Lichtflecke bildeten. Bei den Sklavenliedern aber löste sich die zarte Stimme plötzlich von ihren Gesichtszügen einer alten Frau, erhob sich in der Luft, stieg in Höhen, Weiten und Tiefen, erreichte ferne, fremde Gestade in Fond-Zombi, und ich fragte mich, ob vielleicht nicht auch Reine Sans Nom durch einen Irrtum auf die Welt gekommen sei. Und ich hörte ihre herzzerreißende Stimme, ihren geheimnisvollen Ruf, und das Wasser begann sich bedenklich zu trüben in meinem Kopf, besonders wenn Großmutter sang:

»Maman où est où est où est Idahé
Ida est vendue et livrée Idahé
Ida est vendue et livrée Idahé . . .« *

Dann beugte sich Großmutter über mich, streichelte mein Haar und machte mir ein kleines Kompliment dazu, obwohl sie wußte, daß es viel zu kurz und zu kraus war. Ich liebte ihre Komplimente, und als ich, den Kopf in ihrem Schoß, seufzte, faßte sie mich unters Kinn, senkte ihren Blick in meinen und flüsterte mit einem erstaunten Ausdruck: »Télumée, du kleines Kristallglas, was ist es nur, das in eurem lebendigen Körper steckt . . . und das Herz einer alten Schwarzen so tanzen macht?«

* Mama, wo ist Idahé? Ida ist verkauft und ausgeliefert.

2

DAS LEBEN in Fond-Zombi spielte sich bei offenen Fenstern und Türen ab, die Nacht hatte Augen, der Wind lange Ohren, und keiner stillte je seine Neugierde. Kaum im Dorfe angekommen, wußte ich, wer zerfetzt und wer zerfetzt wird, wer im Hafen seiner Seele bleibt und wer versinkt, wer in den Gewässern des Bruders, des Freundes wildert, wer leidet und wer stirbt. Aber je mehr ich erfuhr, um so mehr schien es mir, als ob das Wichtigste meiner Aufmerksamkeit entginge, als ob es mir durch die Finger glitte wie ein Aal, den man greifen will ...

Vater Abels Laden befand sich, wenige Schritte von unserer Hütte entfernt, auf der anderen Straßenseite, aber nicht zum Gebirge, sondern zum Dorf hin. Wenn Reine Sans Nom mich losschickte, um Kassawa, Kokoszucker, Kilibibihörnchen oder kandierte Früchte gegen etwas Öl, Salz und ein Stück Stockfisch einzutauschen, hielt ich mich möglichst lange bei Vater Abel auf, spitzte die Ohren nach allen Seiten, in der Hoffnung, das Geheimnis der Erwachsenen zu erlauschen, mit dessen Hilfe sie sich den ganzen Tag über auf den Beinen hielten, ohne zusammenzubrechen. An einem Brett, das ihm als Ladentisch diente, verkaufte Vater Abel Öl und Kabeljau, Petroleum, Kerzen und Pökelfleisch, Streichhölzer in Schachteln oder zu jeweils drei Stück, Aspirin in der Packung oder einzeln, genauso Zigaretten sowie allerlei Naschwerk, das Reine Sans Nom für ihn herstellte, um die Herzen seiner Kunden zu erwärmen. Hinter einer Gitterwand war die Schenke, in der die Männer saßen, während die Frauen auf der Veranda blieben und die Ohren spitzten, um die Rufe zu hören, die beim abendlichen Rum, beim Lotto- und Würfelspiel, bei Müdigkeit und Langeweile aus dem Hinterzimmer drangen. Ich hockte gewöhnlich unter dem Ladentisch, während der Sohn von Vater Abel, ein Junge in meinem Alter, auf der anderen Seite, in der eigentlichen Schenke, hin und her ging. Beim Bedienen und Abräumen warf mir der schwarze Junge von Zeit zu Zeit einen langen, ungläubigen, träumerischen Blick zu. Aber vollkommen vom Geschehen in der Schenke gefangengenommen, beachtete ich ihn kaum. Die Zungen waren ständig in Bewegung, aus geheimnisvollen Gründen ballten sich die Fäuste, die Würfel trudelten geräuschvoll über die Tische, und auch meine Gedanken schienen durcheinanderzutrudeln, so daß ich sie unmöglich zusammenhalten konnte. Bisweilen überkam mich eine dunkle Furcht, und mein Verstand löste sich auf gleich einem Perlenhalsband, dessen Faden zerrissen ist. Dann sagte ich ängstlich zu mir selber ... man sieht Dinge auf Erden, Jesus, man sieht Dinge, nein, das ist nicht zu glauben ...

Meist war die Schenke ein einziges Getöse von Würfeln, Lotto- und Dominosteinen, die wie Axthiebe auf den Tisch krachten. Es herrschte eine streitsüchtige und spöttische Stimmung, Herausforderungen wurden in die Runde geworfen und fielen nie zu Boden. Als ich wieder einmal unter dem Ladentisch hockte, sah ich, wie ein schmächtiger junger Mann namens Ti Paillè sich plötzlich aufrichtete, die Augen blutunterlaufen vor Zorn, und schrie ... kein Volk verdient den Tod, aber ich sage euch, der Schwarze verdient den Tod für das Leben, das er lebt ... verdienen wir etwa nicht den Tod, meine Bruder? Alles war still, dann erhob sich ein Mann und sagte, er werde Ti Paillè auf der Stelle töten und sei es nur, um ihn leben zu lehren. Ti Paillè aber antwortete, er habe Lust zu sterben, genau das wünsche und wolle er, und als man ihn etwas später mit einer Kopfwunde forttrug, lächelte er. Dieses Ereignis beeindruckte mich tief. Ebenso erregt war ich immer, wenn die Männer begannen, von Geistern und Zauberei zu erzählen, von dem Gevatter, den man in der vergangenen Woche als Hund hatte herumlaufen sehen und von der alten Man Cia, die, unzufrieden mit ihrer menschlichen Hülle, allnächtlich über den Hügeln, den Tälern und den Hütten von Fond-Zombi schwebte. Großmutter hatte mir schon von dieser Frau, ihrer Freundin, die den Toten näher stand als den Lebenden, erzählt und mir immer versprochen, ich werde sie an einem der nächsten Nachmittage kennenlernen. So lauschte ich denn sehr aufmerksam allem, was über Man Cia gesprochen wurde. Eines Tages erzählte Vater Abel, wie Man Cia ihm die Narbe auf dem Arm beigebracht, ihn mit den Krallen einer fliegenden Schwarzen verletzt hatte. Er kam von einem nächtlichen Fischfang zurück, als plötzlich zwei große Vögel über seinem Kopf schwebten. Einer davon hatte üppige Brüste, die ihm als Flügel dienten, und Vater Abel erkannte sofort Man Cia an ihren durchsichtigen Augen und an ihren Brüsten, die er einmal gesehen, als sie am Fluß Wäsche wusch. Sowïe Man Cia sich erkannt sah, flog sie in einem kreisförmigen Bogen herab und ließ sich auf den Asten eines nahen Flammenbaumes nieder, der um Vater Abel herumzugehen begann; alle anderen Bäume in der Nähe taten desgleichen und rauschten dabei mit ihren Blättern. Da Vater Abel nicht aus der Fassung zu bringen war, wichen die Bäume zurück, und vom Himmel herab kam eine gewaltige Welle, aus der Schaum, Steine und Haie mit tränengefüllten Augen hervorspritzten. Fast ebenso schnell, wie sie gekommen, kehrte die Wasserhose in die Tiefen des Himmels zurück, und das war die zweite Niederlage der Man Cia. Dann erschien ein Pferd, groß wie drei Pferde übereinander. Aber Vater Abel wich keinen Zoll zurück, und das Tier entfernte sich. Bevor es jedoch endgültig verschwand, peitschte es die Luft mit seinen Hufen und fügte ihm diese Schmarre zu.

Während Vater Abel die Narbe, die vom Ellbogen bis zum Handgelenk ging, mit dem Fingernagel nachzog, murmelte er mit tonloser Stimme ... ach, ich sah mich vor einem Abgrund, zurückweichen hieß sterben, aber ich hatte keine Angst. Und hier bin ich nun mit meiner Zunge im Mund, um euch zu sagen, steht mir bei, meine Freunde ...

Als ich Großmutter diese Geschichte erzählte, verwundert, daß sie die Freundin eines solchen Geschöpfs sei, zuckte sie die Achseln und räumte lächelnd ein ... gewiß, Man Cia gibt sich mit der menschlichen Gestalt, die der liebe Gott ihr verliehen, nicht zufrieden, sie hat die Macht, sich in jedes beliebige Tier zu verwandeln ... und wer weiß, vielleicht ist sie die Ameise, die da über deinen Hals läuft, und hört das Böse, das du über sie sagst ...

»Sag mir, Großmutter, warum wird sie Vogel, Krabbe oder Ameise, sollten nicht jene eher Menschen werden?«

»Man darf Man Cia nicht verurteilen, denn nicht der Mensch hat das Unheil erfunden, und die Fliegen lebten schon, bevor die Erdbeerpocken auf die Erde kamen, um uns die Fußsohlen zu zerfressen. Die Leute haben Vergnügen daran, Man Cia auf der Zunge zu führen und sie durchzuwalken wie die Wäsche, die man am Fluß auf die Steine schlägt, damit der Schmutz herausfällt. In Wahrheit aber sprechen die Menschen mit Scheu von ihr, denn es ist immer ein Wagnis, diesen Namen auszusprechen: Man Cia. Aber sagen sie dir auch, was sie tun, wenn ihre Knochen sich verschieben, wenn ihre Muskeln sich verkrampfen und wenn es ihnen nicht mehr gelingt, wieder Atem zu schöpfen im Leben?«Und ruhig lächelnd, schloß sie mit fester Stimme: »In Wirklichkeit ist Man Cia eine gute Frau, man darf sie nur nicht in Harnisch bringen.«»Am nächsten Tag warf mir Großmutter einen sonderbaren Blick zu, erledigte ihre häuslichen Arbeiten, versorgte die Tiere, schloß die Tür, versperrte sie sorgfältig mit einem langen Stock und sagte: »Wir gehen zu Man Cia.«Wir schlugen einen kleinen, unter Unkraut verborgenen Pfad ein, der ins Gebirge führte. Anfangs war der Pfad von einfachen Farnen gesäumt, dann von Malakkaröhrchen, Tamarinden und Chinapflaumenbäumen mit ihren verführerischen Früchten. Aber ganz damit beschäftigt, den langen, schweigenden Schritten von Reine Sans Nom zu folgen, dachte ich nicht einmal daran, welche zu pflücken. Hoch oben berührten die Kronen der großen Bäume einander, wiegten sich im Wind und verdeckten das Himmelsgewölbe. Der Pfad mündete auf eine Lichtung, eine riesige Scheibe roter, sonnenverbrannter Erde, in deren Mitte eine kleine, wacklige Hütte stand. Die Blachen auf dem Dach waren blau angelaufen, die ausgewaschenen Bretter hatten die Farbe von Moos, Felsen und dem Herbstlaub, das die umstehenden Büsche schmückte, und sie schien ganz den Geistern der tiefen Wälder ausgeliefert zu sein, die man in der Nähe in dem zögernden Licht der Dämmerung wahrnahm. Hier und dort waren Lappen an die Zweige geknüpft, Pfähle in den Boden gerammt und Muscheln in Kreuzform ausgelegt, die die Hütte vor dem Bösen schützen sollten. Reine Sans Nom trat rasch auf die Hütte zu und rief mit gedämpfter Stimme ... ist dieses Haus bewohnt? Und ohne eine Antwort abzuwarten, ging sie zu einem nahen Mangobaum, wo wir uns still auf schöne flache Flußsteine setzten. In diesem Augenblick verließ eine unscheinbare, barfüßige, kleine Greisin die Hütte, sie war in ein kreolisches Faltenkleid gehüllt, und über den Rücken fiel ihr ein großes weißes, im Nacken verknotetes Madrastuch. Als sie lebhaft auf dem tonigen Erdboden näher kam, erblickte ich ein zartes, ekstatisches Gesicht und schloß unwillkürlich die Augen. Die Alte hob den Saum ihres Kleides, wischte den Schweiß von Großmutters Stirn und küßte sie mehrmals; mich schien sie nicht zu bemerken.

»Was stellst du mit dem Leben an, Toussine?«fragte sie Großmutter.»

»Ich mache einen Traum daraus, Cia, einen Traum, den ich dir hier zur Labsal für deine Augen mitgebracht habe ...«

»Was für ein Traum?«rief Cia und tat, als verstünde sie nichts.»

»Ich mache eine Glücksblume daraus«, sagte Großmutter lächelnd, »und bringe sie dir mit zum Beschnuppern ...«

»Man Cia wandte sich zu mir um, sah mich endlich, betrachtete mich lange und begann mich zu küssen: einen ersten Kuß auf die Stirn, für sich selbst, wie sie sagte, zu ihrem eigenen Vergnügen; einen zweiten auf die linke Wange, da ich nicht zu denen gehörte, die man wie eine Puppe am Faden tanzen lassen kann; einen dritten, damit die rechte Wange nicht eifersüchtig werde, und einen letzten, da sie schon jetzt sah, daß ich eine tapfere kleine Schwarze sei. Sie umfing mich mit ihrem schönen, ruhigen Blick und fügte hinzu: »Wie eine Kathedrale wirst du auf der Erde stehen.«

Die beiden alten Frauen begannen unter dem großen Mangobaum zu reden, während ich Man Cia begierig anschaute und herauszufinden suchte, was sie von den anderen Menschen unterschied. Ich betrachtete ihre Finger mit den wie Krallen gebogenen, längs gerieften Nägeln, ihre grauen Füße mit den breiten, hervorstehenden Fersen, ihren kleinen, knochigen, fast kindhaften Körper, ihr an einigen Stellen schuppiges, wie mit Patina überzogenes Gesicht, und je mehr ich sie ansah, um so mehr fand ich sie jedermann ähnlich: eine unscheinbare, kleine alte Frau aus Fond-Zombi. Und doch hatte die Freundin der Reine Sans Nom etwas an sich, ja, was hatte Man Cia denn Besonderes? Ihre Augen waren es, diese riesigen, durchsichtigen Augen, die, wie man sagte, alles sehen, alles ertragen konnten, denn sie schlossen sich nicht einmal im Schlafe.

Wie ich sie so ungeniert beobachtete, richtete sie plötzlich ihre durchsichtigen Hexenaugen auf mich und sagte: »Warum schaust du mich so an, mein Kind? Willst du, daß ich dir beibringe, dich in einen Hund, in eine Krabbe, in eine Ameise zu verwandeln? Willst du dich von den Menschen absondern, sie dir von heute an vom Leibe halten?«

Ich hätte gerne diesem klaren, ruhigen und insgeheim amüsierten Blick standgehalten, der dem Ernst der gesprochenen Worte zu widersprechen schien. Aber eine große Furcht hielt mich zurück, ich senkte beschämt den Kopf und murmelte mit versagender Stimme: »Sie sehen es wohl, ich bin keine Kathedrale ... und wenn Sie die tapfere Schwarze suchen, hier ist sie nicht.«

Großmutter runzelte die Brauen.

»Ist das alles, was ihr euch an einem so schönen Sonntag zu sagen habt, was für eine Verschwendung von Licht!«

Nun neigte sich Großmutter ihrer Freundin zu und erzählte ihr den folgenden Traum: Sie badet in einem Fluß, Dutzende von Blutegeln schwimmen um ihren Kopf herum, und als sich einer an ihrer Stirn festsaugt, sagt sich Großmutter: an dieser Stelle habe ich schlechtes Blut, das das Tier aussaugen will. »Aber hat mir der Blutegel nicht das Leben ausgesaugt, war das kein Zeichen für meinen baldigen Tod?« schloß sie mit einem unsicheren Lächeln.

»Was für ein Tod?« rief Man Cia munter. »Das Tier hat dir das schlechte Blut ausgesaugt, das ist alles. Wenn deine Stunde gekommen ist, wirst du im Traum deine Zähne herausfallen sehen, wirst sehen, wie dein Körper und deine Wäsche den Fluß hinabtreiben, wirst dich in einem fremden Land wiederfinden mit Bäumen und Blumen, wie du sie noch nie gesehen. Glaube nur diesem und keinem anderen Traum. Bis dahin aber, meine Liebe, berauscht mich bei allen Phantastereien über Tod und Leben der Duft des Bratens, der auf dem Feuer steht, und ich spüre schon, wie mir das Fleisch auf der Zunge zergeht. Gehen wir ...«

Wir standen lachend auf, und als wir kurz darauf zurückkamen, jede mit einer Schüssel dampfenden Bratens in der Hand, seufzte Reine Sans Nom: »Ach, du Verfluchte, du verstehst dich aufs Reden; drei, vier Worte von dir, und Tod und Teufel gibt's nicht mehr!«

Bei diesen Worten setzte sie sich, von einem schrillen Lachen geschüttelt, so plötzlich hin, daß aus ihrem Napf ein wenig Soße neben ihre Füße floß. »Aha«, sagte Man Cia, »jetzt wird den Toten wohl schon zuerst aufgetragen.«

»Du weißt doch«, antwortete Großmutter lächelnd, »Jérémie hatte immer eine Schwäche für Schweinebraten.«

»Und wie geht es ihm?« erkundigte sich Man Cia ernst.

»Er hat mich nicht vergessen«, sagte Großmutter glücklich, »er besucht mich ausnahmslos jede Nacht. Er hat sich nicht verändert, er ist wie zu Lebzeiten . . .«

»Aber es geht ihm gut?« fragte die Freundin noch einmal.

»Es geht ihm sehr gut«, versicherte Großmutter ernst.

Die Helligkeit des Tages durchflutete uns, in Wellen drang das Licht durch die vom Wind bewegten Blätter, und wir schauten einander an, erstaunt, uns alle drei hier, mitten im Strom des Lebens, zu begegnen; plötzlich lachte Man Cia laut auf.

»Glaubst du, Toussine, daß wir so frohen Herzens diesen guten Schweinebraten essen würden, wenn wir noch Sklaven wären?«

Ihre Augen wurden traurig, ironisch und schienen plötzlich ausgeblichen von der Sonne, vom Regen, von den Tränen, von all den Dingen, die sie gesehen und die sich tief in ihr Hirn gegraben hatten. Überrascht wagte ich es, sie zu fragen:

»Man Cia, wie sieht wohl ein Sklave aus, und woran erkennt man einen Herrn?«

»Wenn du einen Sklaven sehen willst«, sagte sie kalt, »brauchst du nur auf den Markt von Pointe zu gehen und dir das Geflügel in den Käfigen anzuschauen mit seinen schreckgeweiteten Augen. Und wenn du wissen willst, wie ein Herr aussieht, mußt du nur nach Galba auf das Gut Belle-Feuille zu den Desaragne gehen. Es sind zwar nur ihre Nachkommen, aber du kannst dir eine Vorstellung machen.«

»Was soll sie denn jetzt dort sehen, Man Cia, was meinst du?« sagte Reine Sans Nom. »Sie wird nichts sehen, gar nichts. Diese Weißen da lächeln und man grüßt sie in ihrem

Haus mit den Säulengängen, das hier nicht seinesgleichen hat. Wenn man sie heute so lächeln sieht, würde wohl niemand glauben, daß ihr Stammvater, der Weiße der Weißen, einen Schwarzen mit seinen beiden Armen umspannte und ihm einfach die Milz zerquetschte.«

»Und warum tat er das?« fragte ich entsetzt.

Man Cia dachte lange nach.

»Vor Zeiten«, sagte sie »bevölkerte eine Brut bissiger Ameisen die Erde, die sich dann selbst Menschen nannten, das ist alles . . .«

Reine Sans Nom lehnte sich an Man Cia, und bemüht, sie ein wenig aus ihrer bitteren Stimmung zu reißen, sagte sie:

»Wer kann dem Hund vorwerfen, daß er angekettet ist, und wenn er angekettet ist, wie soll man ihm dann die Peitsche ersparen?«

»Wenn er angekettet ist«, sagte Man Cia, »muß er sich fügen, denn man wird ihn peitschen. Schon lange wohnt Gott im Himmel, um uns zu befreien, und um uns auszupeitschen, wohnt er im Hause der Weißen in Belle-Feuille.«

»Das ist ein sehr schönes Wort an diesem Tag«, sagte Großmutter, »und nach dieser betrüblichen Sache noch eine andere: man sieht, wie das Feuer verlischt und wie die kleinen Hunde in der Asche spielen.«

»Wenn du erlaubst, meine Freundin, dann sage ich, das ist nicht die ganze Betrübnis, sondern nur ein Teil davon. Die ganze Betrübnis war das Feuer. Aber das Feuer ist verloschen und der Weiße der Weißen schon lange unter der Erde, verdorbenes Fleisch, das nicht wieder nachwächst. Übrigens ist auch die Asche nicht ewig.«

Reine Sans Nom betrachtete mich lange mit seltsam fieberglänzenden Augen und sagte: »Gewiß, die Asche ist nicht ewig.«

Die beiden Alten schwiegen. Der Nachmittag verstrich, alles war klar und heiter, im Himmel und auf Erden. Reine Sans Nom und ihre Freundin Cia saßen aneinandergelehnt mit ruhigen, zuversichtlichen Mienen. In dieser Stille betrachtete ich sie und fragte mich, woher dies Feuer und dies Licht kamen, das sie aus ihren alten, geflickten Knochen zogen.

Etwas später machten wir einen kleinen Spaziergang in den Wald, lasen Blätter und Wildfrüchte auf, und Man Cia schien plötzlich ganz nachdenklich. Dieweil Großmutter und ich sie unaufhörlich beobachteten, auf jeden Schatten und jedes Licht in ihrem Gesicht achteten, sahen wir, daß es sie bedrückte, in unserem Beisein nachzudenken, ohne daß wir wußten, welche Gedanken sich hinter ihrer Stirn verbargen. Da seufzte Großmutter tief auf, was heißen sollte, daß unser Besuch zu Ende ging. Man Cia wandte sich nun mir, dem Kind, zu und sprach ... sei eine tapfere kleine Schwarze, eine richtige doppelseitige Trommel, laß das Leben zuschlagen und zustoßen, aber bewahre die Unterseite immer vor Schaden. Großmutter nickte zustimmend mit dem Kopf, und uns gegenseitig festhaltend, stiegen wir den unkrautbewachsenen Hang wieder hinab. Der Himmel war trübe und violett, es war die Stunde, da man in der schweren Luft den entkräfteten Flug der Nachtfalter spürt. Sobald wir angekommen waren, ging ich langsam bis zum Ende des Hofes, glitt, die unteren Zweige beiseite schiebend, unter einen Bambusbusch, bis ich in dem kleinen Blätterkäfig verschwand. Zum ersten Male in meinem Leben spürte ich, daß die Sklaverei kein fremdes Land war, keine ferne Gegend, aus der einige sehr alte Menschen kamen, von denen es noch zwei oder drei in Fond-Zombi gab. All das hatte sich hier abgespielt, in unseren Hügeln und Tälern, vielleicht neben diesem Bambusbusch, vielleicht in der Luft, die ich atmete. Und ich dachte an das Lachen einiger Männer und Frauen, ihr kurzes hustenähnliches Lachen hallte in mir wider, während in meiner Brust eine herzzerreißende Musik ertönte. Und ich hörte immer noch dieses Lachen, ich zweifelte, ich glaubte, gewisse Dinge zu verstehen, ich schob die Blätter beiseite, um die Welt draußen zu sehen, die dunkel werdenden Umrisse, den Abend, der heraufzog wie Dunst und alles auslöschte, zuerst die Hütte, die Bäume, die fernen Hügel, die Hänge des Gebirges, dessen Gipfel noch im Himmel flammten, obgleich die Erde schon in Dunkel getaucht war unter den Sternen mit ihrem zitternden, unruhigen, unwirklichen Schimmer, die dort oben angeheftet schienen, irrtümlich, wie alles übrige.

3

EINES TAGES kam Mütterchen Victoire, einem Windstoß gleich, bei uns vorbei, strahlend, scheu, leicht aufgelöst, gezeichnet von der Liebe und ihren Qualen. Sie lächelte ohne Grund, plötzlich griff sie sich an die Stirn und versank in tiefstes Sinnen, ihr Blick streifte uns, ohne daß sie uns wahrnahm. Mit kleinen, hastigen, ebenso ausweichenden wie eindringlichen Worten unterrichtete sie uns über das Schicksal meiner Schwester Régina, die jetzt bei ihrem leiblichen Vater in Basse-Terre lebte, in einem Bett schlief, französische Äpfel aß, ein Kleid mit Puffärmeln besaß und zur Schule ging. Der letzte Umstand vor allem stimmte sie froh, immer wieder kam sie darauf zurück und sagte, daß diese pfiffige kleine Schwarze schon ihren Namen schreiben könne... ah, so eine will mir gefallen, rief sie aus, Régina will mir gefallen, sie hat diese ganzen Buchstabenreihen der Weißen im Kopf, sie schreibt so schnell, wie ein Pferd galoppiert, so schnell, daß ihre Finger qualmen... die wird kein Papier unterschreiben, ohne zu wissen, warum und für wen; und da wir schon vom Unterschreiben reden, sagt doch selbst... kennt ihr etwas Häßlicheres und Schimpflicheres: man fordert euch auf, etwas zu unterschreiben, und ihr malt ein Kreuz hin... ihr könnt nicht schreiben, meine Schwarzen, das ist eine Schande, die man schwer vergessen kann, und in solchen Augenblicken tut sich nicht einmal die Erde auf, damit ihr euch verkriechen könnt . . .

Als Großmutter und ich ihr zuhörten, überfiel uns eine rätselhafte Schwermut, und unsere Köpfe neigten sich schwer nach vorne, als gäben sie einer unsichtbaren Last nach. Aber schon schloß Mütterchen Victoire uns in die Arme, weinte, lachte, stammelte wirres Zeug und stürzte mit einem Abschiedswink hinaus, ihrem Schicksal entgegen. Haut-Colbi erwartete sie an der Anlegestelle von Pointe-à-Pitre; dem weisen Rat eines Zauberers folgend, schifften sich die beiden am selben Abend nach der Insel Dominica ein, in der Hoffnung, dem Schicksal zu entgehen, das diesen karibischen Zambo, diesen entschiedenen Weiberheld, verfolgte. Wir haben Victoire nie wiedergesehen.

Einige Jahre später sah ich meine Schwester auf dem Vorplatz der Kirche von La Ramée in einem Hochzeitszug. Régina war eine elegante städtische Dame geworden. Das Durcheinander ausnutzend, näherte ich mich ihr unauffällig, und als ich mich vorbeugte, um sie zu küssen, streckte sie eine behandschuhte Hand aus und sagte verlegen . . . Sie sind doch Télumée, nicht wahr?

Reine Sans Nom war ein Talent, eine richtige Schwarze mit heißem Herzen, und sie hatte beschlossen, daß das Leben mit ihr nicht kurzen Prozeß machen werde. Ihrer Meinung nach war der Rücken des Menschen das Geschmeidigste, Härteste und Solideste auf der Welt, das stand unverrückbar fest und war bei weitem nicht nur ihre persönliche Meinung. Aller Streit, alle Wut, alle Widrigkeit des menschlichen Elends stürzen auf ihn ein. Schon lange geht es dem Rücken des Menschen so, und es würde ihm noch lange so gehen. Die Hauptsache war, nach jeder Wendung des Schicksals, nach jeder Falle mit ihren Überraschungen Atem zu schöpfen und seinen Weg weiterzugehen, dafür hat der liebe Gott euch auf die Erde geschickt. Sie frohlockte, klagte und stöhnte nicht im Beisein anderer,und niemand wußte, was auf dem Boden ihres Topfes kochte, eine fette Suppe oder ein Kiesel aus dem Fluß. Sie hatte ihre Hütte am Rande von Fond-Zombi errichtet, abseits von allen anderen, genau dort, wo der Wald beginnt, wo die Bäume sich dem Wind entgegenstellen und ihn auf die Höhen lenken. Die Leute verstanden sie nicht immer, sie war eine »grillige Person«, eine »Traumwandlerin«, eine »Vergängliche«, doch über all diese Worte schüttelte sie nur den Kopf und lächelte, und sie tat weiter das, wofür der liebe Gott sie geschaffen hatte: leben.

Die Alte hatte nur auf mich gewartet, um die letzten Wogen ihrer Zärtlichkeit zu verströmen, um den Glanz ihrer verbrauchten Augen zu beleben. Uns gegenseitig unterstützend, hausten wir in den Wäldern, um das Leben anzupakken, so gut wir es vermochten. In ihrem weiten Faltenrock verborgen, wußte ich, daß ich an einem nicht leiden würde, nämlich an mangelnder Liebe. Sie hatte einen kleinen Bambusstab als Stütze für ihre alten Knochen gefunden. Wenn sie glaubte, ich sei nicht da, seufzte sie leise in ihrer Ecke und sagte laut, daß sie mit dem Leben Frieden geschlossen habe, denn alles in allem waren beide einander nichts schuldig geblieben. Sie lebte durch mich, sie atmete durch meinen Mund. Wenn ich fortging, überfiel sie ein Zittern, das erst bei meiner Rückkehr aufhörte. Als ich eines Tages vom Fluß zurückkam, zeigte ich ihr zwei kleine Schwellungen an meiner Brust, die für das bloße Auge sicherlich nicht sichtbar, aber dennoch da waren, unter der obersten Hautschicht wahrnehmbar. Ihr Gesicht zuckte vor Freude, schon lief sie, die Zipfel ihres Kleides bis zu den Schenkeln raffend, auf die Straße und sagte allen Frauen der Nachbarschaft ... kommt, seht es euch an, die Wespen haben Télumée gestochen! Singend und scherzend eilten die Gevatterinnen herbei, hoben stolz ihre hängenden Brüste, feierten auf tausenderlei Art meine kleinen, sprossenden Brüste und sagten schelmisch ... so schwer deine Brüste auch sein mögen, du wirst immer stark genug sein, sie zu tragen. Das Wachsen meiner Brüste hatte noch ernstere Folgen. Reine Sans Nom litt es nicht mehr, zu sehen, wie ich Tag für Tag losging, Ananaszeilen auszuhacken, Kaffeebeeren zu ernten oder Eimer voller Dünger in das Zuckerrohr zu schleppen. Jeden Tag warnte sie mich vor der Armee von schwarzen Jungen, die in der Gegend herumstreunten ... meide den Umgang mit ihnen, diese Kinder gehen bei der Verachtung in die Lehre, und niemand kann sie daran hindern, ihren Weg zu gehen; laß sie, verschließ deinen Mund in ihrer Gegenwart, denn man kann ihnen nichts beibringen, sie sind sowieso schon verdammt und bereit, der Welt die Stirn zu bieten ... sie wissen alles vom Leben und können dir Stunden geben im Vagabundieren, Stehlen und Beleidigen ... gib dich nicht mit ihnen ab, mein kleines Kristallglas, sag ihnen guten Tag, guten Abend, hör dir ihre Geschichten und ihren Klatsch an, schweig und mach ein großes Kreuz auf deinen Mund: so wirst du deinen Weg gehen und weiß bleiben wie eine Baumwollflocke. Ich wußte nicht so recht, wie ich Großmutters Ratschläge befolgen sollte. Ich zog nicht gerade mit einem Trupp herum, war aber auch keine Eigenbrötlerin. Ich war sehr gerne mit den Kindern zusammen, die auf den Zuckerrohrfeldern arbeiteten, mit solchen, die als Straßenräuber herumlungerten, die Vater und Mutter hatten oder die keine Mutter, kein Dach und kein Bett hatten und wie die Kinder des Teufels durchs Leben irrten. Die Jungen amüsierten sich untereinander, und wenn sie sich mit uns abgaben, dann nur, um uns zu verspotten, uns bewußt zu machen, wie unbedeutend wir waren, uns an den Haaren zu ziehen und sich für ihre glänzende Zukunft als Männer zu üben, indem sie wichtigtuerisch die Länge ihres Urinstrahls maßen. Ich zog die Gesellschaft der Mädchen vor, mochte besonders zwei, Tavie und Laetitia. Mit Mahagonischeiben spielten wir Murmeln, mit kleinen Steinen Dampfer, wir redeten über die Frauen, über manchen Hieb, den sie abbekamen, auch über Mißgeschicke, Hexereien, alles, was in männerlosen Hütten so vorkommt. Tavie hatte ein mageres, spitzes Gesicht mit unruhigen Augen, die immer auf der Suche waren nach einem Spalt, einer offenen Tür, einem Loch in einem Zaun, und ihre größte Freude war es, ein Huhn zu stehlen, es allein im Wald aufzuessen und danach sorgfältig die Federn zu vergraben. Sie war ein ganz besonders verworfenes Kind. Laetitia ging von einer Hütte zur anderen und heimste einen Streifen Kabeljau, eine Scheibe Brotbaumfrucht, ein Stück Obst, einen Happen Fleisch ein, denn das ganze Dorf war ihre Mutter. Sie war ein frisches, kleines Mädchen mit einer dicken, durchscheinenden Haut, die prall gefüllt schien mit dunkelrotem Saft, wie gewisse Wasserpflanzen. Sie betrachtete die Welt von der Höhe eines langen, geschmeidigen Halses herab, der aber im Schrecken, Zorn oder Triumph plötzlich steif wurde wie der Hals einer Wildgans. Wie alle kleinen schwarzen Mädchen gefielen wir uns in den Allüren reifer Frauen: wir ließen die nicht vorhandenen Brüste schaukeln, wir wiegten uns in den nicht vorhandenen Hüften, wir wackelten mit dem Körper und gestikulierten wild beim Reden. Wir schätzten alle Jungen ab, vor allem Elie, Vater Abels Sohn, an dem meine Freundin Laetitia stark interessiert war ... Ich meinerseits hatte diesen schwarzen Bengel nie beachtet. Als ich aber eines Tages mit einem Bündel schmutziger Wäsche unter dem Arm den Pfad zum Fluß einschlug, sprang der kleine Elie plötzlich aus einem Gewirr von Lianen und verfilzten Sträuchern. Er lachte ganz alleine, und unter dem Blick, den er mir zuwarf, blieb ich, von einer sonderbaren Neugier gepackt, wie angewurzelt stehen. Ein Wasserkanister tanzte auf seinem Kopf hin und her, durchnäßte ihn und bespritzte bei jedem Auflachen seine Haut, die wie eine Kastanie nach dem Regen war. Viel zu weite Khakishorts schlotterten ihm wie die Schöße eines Rockes um die Knie; und seine Knie, gütiger Himmel!, dick und unförmig waren die, geschwollen und mit Hornhaut überzogen, sie schienen von tagelangen Bußübungen gezeichnet und waren doch nichts anderes als seine richtigen Knie. Seine Lippen kamen mir noch geschwollener vor als seine Knie, scheinbar bereit, mir Unverschämtheiten entgegenzuschleudern. Aber ich vergaß alles, die Shorts, die Knie und die Lippen, als ich seine Augen entdeckte: ungewöhnlich groß lagen sie, zwei Süßwasserteichen gleich, über seinen flachen Wangen.

Nachdem wir uns lange angeblickt hatten, fand er plötzlich seine Sprache wieder. Er blieb stehen und rief mir, immer noch breit lachend, zu:

»Was treibst du denn da? Willst du etwa den Schatz suchen, den dein Großvater in der Savanne versteckt hat?«

»Und du, großer Weiser, lachst du immer so, ohne Grund?«

»Nicht ohne Grund«, sagte er, »ich muß über dich lachen.«

»Über mich? Was ist denn an mir so lächerlich? Sieht

mein Scheitel etwa aus wie eine Lausallee? Ist an meinem Kleid etwas nicht in Ordnung?«

»Doch, doch, bei dir ist alles in Ordnung, wie in einer gut erhaltenen Kapelle. Ich lache, ich lache, weil du so plötzlich vor mir gestanden bist wie eine Erscheinung. Du faßt das hoffentlich nicht als Beleidigung auf?«

Ich antwortete, das sei keine Beleidigung, und setzte meinen Weg zum Fluß fort, ohne zu ahnen, daß soeben mein erster Stern im Osten aufgegangen war …

Zu jener Zeit öffnete in der Siedlung La Ramée eine Gemeindeschule ihre Pforten. Sie befand sich in einem ehemaligen Pferdestall, wo man, je nachdem, ob Platz war, saß oder stand und die Schiefertafel auf den Knien hielt oder gegen die Brust preßte. Ein einziger Lehrer konnte nicht gut alle Kinder der Siedlung und der benachbarten Weiler, Valbadiane, La Roncière, Dara, Fond-Zombi, unterrichten. Aber nur wenige wagten sich an das Abc heran. In der ersten Zeit standen die Leute an der Straße, die zur Schule führte, und fragten die Schüler mit ängstlicher Miene … sagt mal, ihr kleinen Zicklein, wie sieht es in euren Köpfen aus? Wird euch das Gehirn nicht zu schwer? Kommt es vor, daß eure Köpfe, vielmehr, daß es in euren Köpfen so schwer wird, daß ihr den Hals beugen müßt?

Bei Tagesanbruch purzelten wir die Hügel hinab, barfuß, in der Hand einen mit einem Lappen umwickelten Napf. Am späten Nachmittag kehrten wir zurück, die einen schwitzend und schläfrig, die anderen gestikulierend unter der Sonne, die sich langsam neigte und herabstieg, um am Horizont zu versinken. Elie und ich waren Freunde geworden. Mittags aßen wir unter einem riesigen Flammenbaum, der unweit der Schule auf einem kleinen Hof stand. Die Stelle war kühl und rot von all den Blumen, die den Boden bedeckten. Dieser Ort gehörte uns allein, die anderen Kinder kamen nur besuchsweise hierher. Elie bediente sich im Laden selbst, und dank Vater Abels Öl rutschten auch die trockensten Wurzeln durch unsere Kehle. Nach dem Essen begannen wir zu plaudern. In der Luft von La Ramée und vor allem in diesem düsteren Schulgebäude herrschten eine Zurückhaltung, eine Strenge und gleichzeitig eine Oberflächlichkeit, die uns Unbehagen bereiteten; und um uns über die Schläge, die Buchstaben, das endlose Gestotter beim Lesen hinwegzutrösten, sprachen wir immer wieder über die unsagbar dummen Männer und Frauen in Fond-Zombi. Man war Sonne, Regen und Wind ausgesetzt, man konnte heulen und sterben, man lebte ständig in Ungewißheit, aber es bedurfte nur eines sonnigen Tages, eines Leuchtens in diesem Unwetter, und sofort begann wieder das Lachen. Wir stellten uns mittlerweile viele Fragen über das Intimleben der Erwachsenen. Wir wußten, wie sie miteinander schliefen, und wir wußten auch, wie sie einer vorgeschriebenen Bahn, dem Hang zur Ermüdung und zum Absturz folgend, sich gegenseitig zerfetzten, bissen und traten. Mir schien jedoch, die Waagschale neige sich zugunsten der Männer, denn selbst im Sturz behielten sie etwas Sieghaftes. Sie zerbrachen Knochen, zerrissen Gebärmütter, ließen ihr eigen Fleisch und Blut im Elend sitzen, wie eine gefangene Krabbe ihre Schere zwischen den Fingern läßt. War ich mit meinen Überlegungen an diesem Punkt angekommen, sagte Elie stets in ernstem Ton: »Der Mann hat die Kraft, die Frau die List, aber was hilft ihr die List, wenn ihr Bauch sie unweigerlich verrät, und das ist ihr Verderben.«

Diese Worte verwirrten mich, spannten mein Herz in einen Schraubstock und ich glaubte eine immerwährende Rauchsäule zu sehen, die von allein aus sich heraus entstand und eines Tages aufsteigen würde, ihn und mich zu verderben. Mit trockenem Mund fragte ich ihn:

»Warum sind die Männer so? Elie, Elie, sag mir: hat der Teufel in Fond-Zombi Einzug gehalten? Ach, in dem Moment, wo du anfängst, mich zu belügen, möchte ich ihn in- und auswendig kennen.«

»Télumée, meine liebe Flammenblume«, sagte Elie und streichelte mein Haar, »ich bin ein Mann, und dennoch verstehe ich nichts davon, gar nichts. Stell dir vor, manchmal macht selbst Vater Abel auf mich den Eindruck, als wäre er ein Kind, das man auf der Erde ausgesetzt hat. In manchen Nächten fängt er in seinem Bett zu brüllen an: komme ich denn aus dem Bauch einer Menschenfrau? Und dann beugt er sich zu mir, nimmt mich in seine Arme und flüstert: Ach je, aber wohin soll man gehen, um zu schreien? Immer ist es derselbe Wald, immer ist er genauso dicht ... mein Sohn, schieb die Zweige beiseite, so gut du kannst, ja.«

Bei diesen Worten lächelte Elie mich mit seinen schönen, großen, glänzenden Augen an, die etwas dunkler waren als seine Haut, und er hielt eine Träne zurück unter seinen schweren Lidern mit den kurzen, dichten Wimpern, die er dann plötzlich langsam niederschlug, als wollte er auf der Stelle einschlafen. Und ohne mich zu sehen, fügte er stets hinzu: »Télumée, wenn das Leben so ist, wie mein Vater sagt, dann kann es geschehen, daß ich eines Tages mitten im Wald in eine andere Spur gerate ... Aber vergiß nicht, vergiß niemals, daß du die einzige Frau bist, die ich liebe.«

Unsere Gespräche unter dem Baum waren allen in Fond-Zombi bekannt, dem kleinsten unreifen Obst und denen, die schon zu Staub zerfielen. Tausend Versionen liefen über diese Geschichte um, und jeder versuchte, die seine durchzusetzen. In Fond-Zombi hatte die Nacht Augen und der Wind Ohren. Die einen brauchten nicht zu sehen, um zu reden, die anderen nicht zu hören, um zu wissen, was geredet wurde. Großmutter wußte, was los war, und sagte, ich habe ihr Glück geerbt und es sei selten, daß einer kleinen Schwarzen so zeitig ein Stern am Himmel aufgehe. Sie betrachtete Elie mit denselben Augen wie ich, hörte ihm mit meinen Ohren zu, liebte ihn mit meinem Herzen. Wenn ich den Laden betrat, verwandelte sich Vater Abels grämliche, schlaffe, gleichgültige Miene, seine Augen wurden lebendig, er schien plötzlich ein verständnisvoller Mann, der mir tausend kleine Fragen stellte, um ein wenig die Zukunft zu ertasten, wie er sagte.

»Hast du Geduld, Kleine?« fragte er nicht ohne Schalkhaftigkeit. »Wenn du keine hast, solltest du dich weder bei Elie noch auf einem anderen Boot einschiffen, denn eine Frau muß vor allem Geduld haben, so ist es.«

»Und was soll der Mann vor allem haben?«

»Vor allem«, antwortete er etwas prahlerisch,« darf der Mann keine Angst haben, weder vor dem Leben noch vor dem Tode.« Schnell nahm er eine Pfefferminzkugel aus dem Bonbonglas, hielt sie mir lächelnd hin und sagte: »Damit du über dem angenehmen Pfefferminzgeschmack meine Worte vergißt, die sind leere Patronenhülsen in einem rostigen Gewehr . . .«

Reine und Vater Abel waren übereingekommen, uns den ganzen Donnerstag zusammen verbringen zu lassen. Hätte es nur Elie gegeben, wäre ich ein Fluß gewesen; hätte es nur Reine gegeben, wäre ich das Balatagebirge gewesen; durch die Donnerstage aber wurde ich ganz Guadeloupe. An diesem Tag erhoben wir uns vor Sonnenaufgang, und jeder von uns wartete am Fenster seiner Hütte ungeduldig auf den Tagesanbruch. Ganz früh holten wir Wasser, gruben im Garten Wurzeln, fegten den Hof, und gegen acht Uhr erschien Elie, der sich große Behälter aus Blech auf den Rücken gebunden hatte. Reine Sans Nom nickte mit dem Kopf, und wenn wir aufbrachen, sagte sie nebenbei ... beeilt euch nicht mit dem Großwerden, ihr kleinen Schwarzen, tummelt euch, nutzt die Zeit, denn die Großen leben nicht im Paradies. Bei diesen Worten beugte Elie den Rücken, und ich folgte ihm, auf dem Kopf ein riesiges Bündel schmutziger Wäsche, aus der Stadt. Wir schlugen denselben Weg zum Fluß ein, auf dem er zum erstenmal aufgetaucht, auf dem mein Stern aufgegangen war. Der Fluß von Autre Bord hatte drei Arme, wir ließen die eigentliche Furt, die Fond-Zombi als Quelle diente, liegen und gelangten, von Stein zu Stein springend, zu einem abgelegneren Arm, wo über einem tiefen Wasserloch, Bassin bleu genannt, ein Wasserfall herabstürzte. Während Elie den Krebsen nachstellte und einen Stein nach dem anderen anhob, suchte ich mir einen schönen Felsen für meine Wäsche und begann, sie einzuseifen, zu rubbeln und zu schlagen wie ein Henker sein Opfer. Ab und zu schrie Elie gellend auf, wenn ein Krebs ihn in den Finger kniff, als er ihn in einen Blechbehälter legen wollte. Die Sonne stieg langsam über die Bäume, und wenn sie gegen zehn Uhr den Fluß peitschte bespritzte ich mich mit Wasser, wusch weiter, bespritzte mich wieder, und dann konnte ich plötzlich nicht mehr und warf mich in meinen Sachen in den Fluß. Das wiederholte sich stündlich, bis mir der ganze Wäscheberg durch die Hände gegangen war. Dann kam Elie zu mir, wir badeten gemeinsam in unseren Sachen und ließen unsere Ängste und unsere kindlichen Ahnungen auf den Grund des Bassin bleu gleiten. Dann trockneten wir uns, immer auf demselben langen, flachen Stein, der genau die Größe unserer Körper hatte, und während die Worte kamen und gingen, mußte ich plötzlich denken, daß es auf Erden ein kleines Wesen gab, so groß wie ich, das mich liebte, und es war, als wären wir zur selben Zeit aus demselben Bauch gekommen. Elie fragte sich, ob er sich an das Abc gewöhnen würde, denn mit Gottes Hilfe wollte er Zollbeamter werden. Er träumte ständig denselben Traum, in dem auch ich eine Rolle spielte . . .

»Du wirst sehen«, sagte er, »du wirst sehen, was für ein schönes Kabriolett wir dann haben und wie elegant wir angezogen sind, ich in einem Anzug mit Jabot, du in einem Brokatkleid mit Schalkragen; niemand wird uns wiedererkennen, und wenn wir vorüberfahren, wird man fragen: zu wem gehört ihr denn, ihr schönen jungen Leute? Und wir antworten dann: sie gehört zu Reine Sans Nom und ich zu Vater Abel, ihr wißt doch, der mit dem Laden. Ich hupe, und wir fahren weg, um woanders zu lachen. So wird es sein.«

Ich sagte nichts, seufzte nicht einmal, aus Furcht, irgendein unglückseliger Einfall könne über meine Lippen kommen und die Erfüllung dieses Traumes für immer verhindern. Ich war stolz über Elies Worte, es wäre mir aber viel lieber gewesen, er hätte sie sorgsam vor dem Mißgeschick behütet, in seinem tiefsten Innern bewahrt. Und während ich hoffnungsvoll schwieg, ging mir ein Märchen von Reine

Sans Nom durch den Sinn, das Märchen von dem kleinen Jäger, der in den Wald geht, wo ihm ... ja, wer begegnet ihm wohl, Mädchen? ... Der weise Vogel begegnet ihm, und während er das Gewehr auf ihn richtet, ein Auge zukneift und zielt, hört er plötzlich ein seltsames Zwitschern:

»Petit chasseur ne me tue pas
Si tu me tues je te tuerai aussi.« *

Wie Großmutter erzählte, ließ der kleine Jäger, vom Lied des weisen Vogels erschreckt, sein Gewehr sinken und spazierte durch den Wald, dessen Zauber er zum ersten Male wahrnahm. Ich bangte um den Vogel, der nur sein Lied hatte, und auf meinem Stein ausgestreckt, den feuchten, träumenden Körper Elies neben mir, begann auch ich zu träumen, ich flog davon und war der Vogel, den keine Kugel erreichen konnte, weil er mit seinem Lied das Leben beschwor ...

Wenn wir nach Fond-Zombi zurückkehrten, war uns, als schwebten wir noch immer in der Luft, hoch über den verlorenen Hütten, den beleidigten, unentschlossenen, brachliegenden Seelen der Schwarzen, dem Winde ausgeliefert, der unsere Körper wie Papierdrachen emportrug. Der Windhauch setzte uns vor der Hütte der Reine Sans Nom nieder, vor den glatten, rosenfarbenen Lehmstufen, und ein breiter Lichtstreifen der untergehenden Sonne fiel durch die

* Kleiner Jäger, töt mich nicht.
Tötest du mich, dann töt ich auch dich.

offene Tür auf die Alte, die in ihrem ewigen Faltenkleid fast zu ebener Erde auf ihrer winzigen Bank saß und sich langsam mit abwesendem Blick hin und her wiegte. Elie holte Holz für Vater Abel, ich breitete meine Wäsche für die Nacht aus, und Reine Sans Nom kochte eine anbetungswürdige Krebssuppe. In der Ferne brannten schon vereinzelt ein paar Lampen mit heruntergeschraubten Dochten, und die Hühner flatterten bereits auf die Bäume, wo sie nachts schliefen. Elie kam zurück, und Großmutter schraubte den Docht ihrer Laterne höher, damit wir unsere Krebse bequem abschälen konnten. Dann ließ sich Großmutter bedächtig im Schaukelstuhl nieder, wir setzten uns zu ihren Füßen auf alte Mehlsäcke, und nach einem Gebet für ihre Toten, Jérémie, Xango, Minerve, ihre Tochter Méranée, erzählte sie uns einige Märchen, mit denen unsere Donnerstage zu Ende gingen. Über unseren Köpfen knarrten die rostigen Dachbleche im Wind, die Stimme von Reine Sans Nom war hell, und ein kaum wahrnehmbares Lächeln umspielte ihre Augen, während sie eine Welt vor uns auftat, in der die Bäume schreien, die Fische fliegen, die Vögel den Jäger fangen und der Schwarze ein Kind Gottes ist. Sie schmeckte ihre Worte, ihre Sätze und beherrschte die Kunst, sie zu Bildern und Tönen, zu reiner Musik und zu höchster Freude zu fügen. Sie konnte erzählen und erzählte gerne für ihre beiden Kinder, Elie und mich ... mit einem Wort hindert man einen Menschen daran, zu zerbrechen, so sagte sie. Die Märchen waren in ihrem Kopf angeordnet wie die Seiten eines Buches, und jeden Donnerstag erzählte sie uns fünf davon, wobei das fünfte, das Schlußmärchen, immer dasselbe war von dem Mann, der dem augenblicklichen Eindruck leben wollte:

»Kinder«, begann sie, »wißt ihr über eine Sache Bescheid, eine ganz kleine Sache? So wie das Herz eines Menschen in seiner Brust schlägt, so betrachtet er das Leben. Wenn ihr das Herz auf dem rechten Fleck habt, seht ihr das Leben so, wie man es sehen muß, mit dem Gemüt eines tapferen Kerls, der auf einer Kugel balanciert und herunterfallen wird, sich aber so lange wie möglich hält. Hört nun noch etwas anderes: Die irdischen Güter verbleiben auf Erden, und der Mensch besitzt nicht einmal die Haut, die ihn umhüllt. Er besitzt nichts als die Regungen seines Herzens ...«

An dieser Stelle hielt sie plötzlich inne und fragte:

»Schläft der Hofstaat?«

»Nein, nein, Königin, der Hofstaat lauscht, er schläft nicht«, antworteten wir rasch.

»Nun gut, meine Kinder, da ihr Herz und Ohren am rechten Fleck habt, erfahrt, daß am Anfang die Erde war, eine Erde, reich geschmückt mit ihren Bäumen und ihren Gebirgen, ihrer Sonne und ihrem Mond, ihren Flüssen und ihren Sternen. Gott aber fand sie nackt, er fand sie leer, ohne jede Zierde, und bekleidete sie deshalb mit Menschen. Dann zog er sich in den Himmel zurück, hin und her gerissen zwischen zwei Empfindungen: zwischen Lachen und Weinen, und sagte sich: was getan ist, ist wohl getan, und darüber schlief er ein. Im selben Augenblick geriet das Herz der Menschen in Wallung, sie hoben den Kopf, sahen den ganzen Himmel rosenfarben und fühlten sich glücklich. Aber schon waren sie anders geworden, und viele Gesichter strahlten nicht mehr. Sie wurden feige, bösartig, verderbt, und einige verkörperten ihr Laster so vollkommen, daß sie die menschliche Gestalt verloren und zum Geiz an sich, zur Boshaftigkeit an sich, zur Gewinnsucht an sich wurden. Die anderen setzten indessen die menschliche Linie fort, weinten, plackten sich, betrachteten den rosenfarbenen Himmel und lachten. Zu der Zeit, da der Teufel noch ein kleiner Junge war, lebte in Fond-Zombi Wvabor Hautes Jambes, ein sehr schöner Mann von gelber Hautfarbe, mit muskulösen Beinen und grünem Haar, um das ihn alle beneideten. Je genauer er die Menschen beobachtete, um so verderbter fand er sie, und die Bosheit, die er in ihnen sah, hinderte ihn daran, irgend etwas zu bewundern. Da die Menschen nicht gut waren, waren die Blumen nicht schön, war die Musik des Flusses nichts als Krötengequake. Er besaß Ländereien, ein schönes Haus von Stein, das die Wirbelstürme nicht zerstören konnten, doch hatte er für all das nur einen angewiderten Blick. Angenehm war ihm allein die Gesellschaft seiner Stute, die er Mes Deux Yeux, Meine beiden Augen, nannte. Er liebte sie über alles und räumte ihr jedes Recht ein: sie setzte sich in seinen Schaukelstuhl, trampelte auf seinen Teppichen herum, aß aus einer silbernen Wanne. An einem Tag voll großer Sehnsucht sah er, früh aufgestanden, die Sonne am Horizont aufgehen, und da bestieg er, ohne zu wissen, warum, Mes Deux Yeux und ritt von seinem Heim fort. Ein großes Leid war in ihm, er fühlte sich erbärmlich und überließ sich dem Willen des Tieres. Man sah ihn von Hügel zu Hügel, von Ebene zu Ebene reiten, und nichts konnte ihn erheitern. Er entdeckte Gegenden, die keines Menschen Auge je gesehen, mit seltenen Blumen bewachsene Teiche, aber er dachte an den Menschen und sein Leid, und nichts konnte ihn entzücken. Er stieg nicht einmal mehr vom Pferd, auf dem Rücken von Mes Deux Yeux sitzend, schlief er, aß und dachte er nach. Als er eines Tages auf seiner Stute dahinritt, sah er eine Frau mit freundlichen Augen, verliebte sich in sie, versuchte abzusteigen, aber es war zu spät. Die Stute wieherte, schlug aus, sprengte los und trug ihn in einem ungestümen Galopp, den er nicht aufzuhalten vermochte, von der Frau fort. Das Tier war zu seinem Herrn geworden.«

Großmutter hielt erneut inne und sagte mit langsamer Stimme, damit wir den Ernst der Frage heraushörten:

»Sagt mir, meine kleinen Hitzköpfe, ist der Mensch eine Zwiebel?«

»Nein, nein«, sagten wir, denn wir wußten gut Bescheid, »der Mensch ist keine Zwiebel, die man schält, nein, das ist er nicht.«

Zufrieden nahm sie dann schnell den Faden wieder auf:

»Also, der Mann, der, auf seiner Stute reitend, dem augenblicklichen Eindruck lebte, war es eines Tages satt herumzuirren, er sehnte sich nach seinem Stück Land, nach seinem Haus, nach dem Lied der Flüsse, aber das Tier führte ihn woandershin, immer woandershin. Mit abgezehrtem Gesicht, grausiger anzusehen als der Tod, ritt der Mann ächzend von Stadt zu Stadt, von Ort zu Ort, und dann war er verschwunden. Wohin? Wie? Das weiß keiner, und er ward nie mehr gesehen. Als ich aber heute abend deine Wäsche hereinholte, Télumée, hörte ich hinter der Hütte, direkt unter dem Bambusgestrüpp, ein Geräusch, als galoppierte ein Pferd. Sofort wandte ich den Kopf in diese Richtung, aber das Tier versetzte mir einen solchen Schlag, daß ich mich hier in meinem Schaukelstuhl wiederfand, euch diese Geschichte zu erzählen . . .«

Der Schein der Laterne wurde blasser, Großmutter verschmolz mit der abendlichen Dunkelheit, und Elie verabschiedete sich, beunruhigt schaute er in die Nacht hinaus, nahm dann plötzlich die Beine in die Hand und stürzte zu Vater Abels Laden. Wir rührten uns nicht, Großmutter und ich, und als sie begann, mir die Zöpfe zu flechten, klang ihre

Stimme im Dunkeln ganz fremd ... so groß das Übel auch immer sein mag, der Mensch muß größer sein, und sollte er auf Stelzen gehen. Ich hörte zu, ohne zu verstehen, kletterte auf ihre Knie, und sie wiegte mich wie ein Kind, wenn jene Donnerstage zu Ende gingen ... mein kleiner Hitzkopf, flüsterte sie, wenn du ein Pferd besteigst, mußt du die Zügel immer fest in der Hand behalten, damit nicht das Tier dich leitet. Und wenn ich mich an sie schmiegte, ihren Muskatgeruch einatmete, seufzte Reine Sans Nom, streichelte mich und sagte langsam, jedes einzelne Wort betonend, als wollte sie es auf den Grund meiner Seele ritzen ... nach einem Leid kommt ein anderes Leid, das Elend ist eine nicht endende Welle, aber das Pferd darf dich nicht leiten, du mußt es leiten, du.

Alle Flüsse, selbst die am hellsten schimmernden, die die Sonne bei ihrem Lauf auffangen, alle Flüsse fließen zum Meer, in das sie sich ergießen. Und das Leben erwartet den Menschen wie das Meer den Fluß. Man kann eine Windung nach der anderen nehmen, man kann sich drehen und wenden, sich bei der Erde einschmeicheln und dennoch: eure Windungen sind eure Sache, aber das Leben ist da, geduldig, ohne Anfang und Ende, es erwartet euch wie der Ozean. Wir waren etwas außerhalb der Welt, kleine Quellen, von der Schule, die uns vor glühender Sonne und vor Regengüssen schützte, in einem Bassin gestaut. Wir waren in Sicherheit, lernten lesen, unseren Namen schreiben, die Farben Frankreichs, unserer Mutter, achten, ihre Größe und Majestät, ihren Adel und ihren Ruhm verehren, die bis zum Anfang der Zeiten zurückreichten, da wir noch schwanzlose Affen waren. Und indes die Schule uns dort oben auf den Hügeln von Fond-Zombi dem Licht zuführte, vermischten sich die Wasser, brodelten und kochten, änderten die Flüsse ihren Lauf, traten über die Ufer, trockneten aus, bahnten sich einen Weg bergab und ergossen sich ins Meer. Aber soviel Mühe sich die Schule auch mit uns kleinen bezopften Krausköpfen gab, sie konnte nicht verhindern, daß unsere Wasser anstiegen und der Augenblick kam, da sie ihre Schleusen öffnete und uns der Strömung überließ. Mit meinen vierzehn Jahren und meinen beiden Brüsten unter dem geblümten Baumwollkleid war ich eine Frau. Hatte mir Reine Sans Nom auch oft genug gesagt, daß alle Flüsse bergab fließen und sich ins Meer ergießen, hatte sie es mir oft genug gesagt? ... Ich überlegte, ich sah das Leben vor meinen Augen entstehen und vergehen, sah alle diese Frauen, die sich vor der Zeit zugrunde richteten, verfielen, aufgerieben wurden – und bei der Totenwache suchte man vergebens nach dem Namen, dem wahren Namen, den auf Erden zu tragen sie verdient hatten; und so sahen die einen die Sonne, während die anderen sich in der Nacht verloren. Und ich überlegte, überschlug alles und fragte mich, welche Windungen, Winkelzüge und unwillkürlichen Handlungen mir auf meinem Wege zum Ozean beschieden sein würden ...

Die Zeit des Flammenbaums war längst vorbei, wir waren auf einer hohen Welle angelangt, die ununterbrochen heftig rauschte, und das unruhige Treiben in Fond-Zombi hatte seinen Höhepunkt erreicht. Wir überschwemmten den Weiler mit gewaltigem Getöse. Das Lachen hörte nicht auf, kroch sogar in die Wipfel der Bäume, die Luft war wie eine gespannte Violinsaite, wie das Fell einer Trommel, das man wütend bearbeitet, und gereizte Worte flogen von einem Trupp zum anderen. Zu jeder Stunde des Tages stieß man auf der Brücke, auf dem Hügel, auf der Straße, unter dem Vordach von Vater Abels Laden aufeine Gruppe junger Müßiggänger, die mit schlenkernden Armen in der Luft herumruderten, laut über die Liebe diskutierten, ihre Eroberungen hinausposaunten, sich stritten, sich schlugen, alles und jedes verspotteten. Sie stolzierten herum und verlachten diejenigen aus ihrem Kreis, die eine Arbeit gefunden hatten. Meine Freundinnen mit ihren Frauenkörpern und ihren Kinderaugen waren drauf und dran, dem Leben eins auszuwischen, ihm die Zügel schießen zu lassen, um es ihren Müttern, ihren Tanten und ihren Patinnen gleichzutun. Warnungen zerstoben, trafen auf bissigen Spott und der ganze Schub frischen, warmen Brotes stürzte sich fröhlich ins Meer und versank. Die Bäuche wurden dick, und weite Faltenröcke kamen in Mode. Man verhöhnte die flachen Bäuche und sang:

»On est sans maman
On est sans papa
Et l'on crie bravo
Femme qui n'a pas deux hommes
*N'a pas de valeur«**

Wenn sie sich mit geschwollenen Beinen durch die Straßen schleppten, jede ihre kleine gefährdete Kalebasse vor sich hertragend, hob Reine Sans Nom beide Arme zum Himmel und rief flehend ... wenn nun der Wind ihre armen Bäuche weiter aufbläst, wenn er nicht aufhört, werden alle diese schönen Kokosblüten vor der Zeit dahinwelken ... halt

* Man hat keine Mutter, man hat keinen Vater, und man ruft bravo. Eine Frau, die nicht zwei Männer hat, hat keinen Wert.

dich fest, meine Tochter, klammere dich an, du mußt reifen, damit du Frucht gibst. Mit Besorgnis hörte ich sie reden, betrachtete ich ihre Wangen, ihre mageren Hände, ihre Augen, die verbraucht waren von der Sonne, vom Regen, von den Tränen, von allen Dingen, die sie geschaut und die sich auf dem Grunde ihrer Netzhaut eingegraben hatten, ihre Augen, die sich seit einigen Wochen nur noch langsam bewegten, ihre von Ironie verschleierten, in kurzen Augenblicken traurigen Augen. Unter ihrem ewigen dreizipfligen Madrastuch hatte sich etwas gebildet, das wie ein Nest aus schaumigem, leichtem Silber anmutete; es schien an ihrem Nacken zu hängen, und es sah aus, als würde es sich beim geringsten Windstoß auflösen. Ich hätte sie so gerne entlastet bei ihrer Gartenarbeit, ihren Kilibibihörnchen und kandierten Früchten, ihrem ärmlichen Gerstenzucker zu einem Sou, damit sie sich, ihrem Alter gemäß, in ihren Schaukelstuhl setzen und durch ihre geweiteten Nasenlöcher die Düfte einsaugen könnte, die bis zur Schwelle ihrer Hütte drangen ... Das, ja, das sollte eine alte, abgearbeitete, schwarze Mutter erwarten können, nachdem sie auf Erden so geschwitzt und geschuftet hatte. Nach Abschluß der Schule habe ich meine Zeit wahrlich nicht an einem Flügel verbracht. Von Sonnenaufgang bis Sonnenuntergang mühte ich mich, plackte ich mich, hielt ich das Blut in meinem Körper in Bewegung. Das waren aber alles nur kleine Arbeiten, vom Winde bezahlt, und um etwas Geld in eine Hütte zu bringen, mußte man auf die Zuckerrohrfelder gehen mit ihren Stacheln, ihren Wespen und bissigen Ameisen, mit den Vorarbeitern, die so gierig auf Frauenfleisch waren. Selbst Großmutter wollte das nicht und sagte, ich dürfte ihnen meine sechzehn Jahre nicht als Nachtisch servieren. Elie wurde schon allein bei dem Wort Zuckerrohr von Ängsten und unverständlichen Wutanfällen gepackt. Seine Träume vom großen Gelehrten waren vorbei, der Zoll hatte sich mit der Schule verflüchtigt, und das Kabriolett, der Anzug mit Jabot, die Brokatkleider mit Schalkragen waren in der nämlichen Verbitterung dahingeschwunden. Geblieben waren von all dem nur wirre Phantasiegebilde, einige Bilder mit Schneelandschaften in einem Buch, auf denen fremdartige blattlose Bäume zu sehen waren, eine Karte von Frankreich, Vignetten, die Jahreszeiten darstellend, und vorwitzige kleine Buchstaben, die Hoffnung gebracht und nun auch schon verblaßten, auch schon zu Schatten wurden. Elie schrie und schwor bei allen seinen großen Göttern, ihn werde das Zuckerrohr nicht auffressen, er werde sich nie und nimmer eine Machete kaufen, um auf die Felder der Weißen zu gehen. Er würde sich eher die Hände damit abschlagen, würde die Luft zerhacken und den Wind spalten, aber nie würde er diesen Fluch zurücknehmen. Diese Worte, im Laden gesprochen, kamen einem großen rotbraunen Schwarzen namens Amboise zu Ohren, einem schweigsamen, ruhigen Menschen, seines Zeichens Brettschneider, er lächelte, als er sie hörte und sagte ... genau das sollte der Schwarze tun, anstatt in die Stacheln des Zuckerrohrs zu gehen: sich die rechte Hand abschlagen und sie den Weißen schenken. Eine Schrotsäge über der Schulter, ging Elie am nächsten Tag zusammen mit dem Mann Amboise in den Wald: durch ein einfaches Wort, das er in die Luft geworfen, war er dem Fluch entgangen.

Ich sah ihn nur noch sonntags für wenige Stunden am Bassin bleu, wo alles Treiben der Welt erstarb. Ich hänselte ihn wegen seines neuen Berufes als Brettschneider ... du willst wohl vor der Zeit sterben bei der Feuchtigkeit da oben auf den Gerüsten? Er brach in dasselbe Lachen aus wie damals auf dem Pfad zum Fluß ... wie sollen wir später unsere kleinen Gerippe schützen, wenn ich keine Bretter säge? Er lachte noch immer, umfaßte mich, umgarnte mich, ölte mich mit tausend Worten, erfand für mich blaue, rote und grüne Kleider und sagte schließlich, ich stünde vor ihm wie ein Regenbogen ... ach, bleib da, vor meinen Augen, verschwinde nicht wieder mir nichts, dir nichts in der Tiefe des Himmels ... und um mich am Verschwinden zu hindern, drückte er mich so kräftig, daß mir die Luft wegblieb. Eines Sonntags, als ich bei angenehmer Kühle auf einem Stein saß, setzte sich Elie auf einen Stein in der Nähe und sagte:

»Mein kleines Zicklein, wenn mich im Wald die Hitze drückt, denke ich wie du an das Bassin bleu. Bin ich nicht da, kannst du laufen, springen, tanzen, aber du gehörst mir, und deine Leine ist um meine Lenden geschlungen: springst du nach rechts, bin ich auch gleich rechts, wirfst du dich nach links, bin ich auch gleich links.«

»Gut, nun bist du links, und weiter?«

»Weiter, das weißt nur du allein, die weit von meinen Lenden wegspringt, du allein weißt es.«

»Ich springe nur hin und her, die Augen auf deinen Körper, deine Gestalt gerichtet. Aber du sagst es: Meine Leine ist um deine Lenden geschlungen, zieh nicht daran, gib mir noch eine kleine Frist, eine Atempause, mehr nicht.«

Wir hatten zusammen gebadet, und die Sonne trank die Feuchtigkeit von unseren Körpern, als wir uns auf einem großen, flachen, heißen Stein mitten im Fluß ausruhten. Das Wasser glitt leicht gegen den Stein und floß dann etwas weiter weg unter Balsampflaumenbäumen und Riesenfarnen dahin, die einen erholsamen, geradezu feierlichen Schatten spendeten. Als ich mich zu Elie wandte, sah ich bei ihm den verstörten Blick, den er immer unter dem Flammenbaum der Schule gehabt, wenn er von seinem Vater sprach, vom Wald, vom Leben mit seinen tausend Spuren und von seiner Furcht, sich zu verirren. Er tauchte eine Hand in das klare Wasser, überließ sie der Strömung und sagte träumerisch ... du hast recht, spring herum, spring weit weg von mir, weg von meinen Lenden, denn was kann ich dir schon bieten, und was nützt es mir, dich zu betrachten wie eine Prinzessin, eine Fee: den einen Tag wird unser Tisch gedeckt, werden unsere Teller gefüllt sein, den anderen Tag werden wir nur Salzwasser mit drei Fettaugen haben, die uns anschauen. Aber vergiß nicht, Télumée: in meinen Augen ist nichts auf Erden schön genug für dich, und sollte ich lumpige zehn Francs in der Tasche haben und ein Kleid für zehn Francs sehen, so werde ich es kaufen, aber es wird nicht schön genug sein.

Ich spielte mit dem Gedanken, mich dort gleich auf den Uferkieseln hinzulegen, damit Elie mich mit seinem Körper bedecke, aber statt dessen nahm ich liederliche Schwarze meine Beine in die Hand und lief nach Haus, während er mir nachrief ... was habe ich denn gesagt? Was habe ich denn bloß gesagt? Ich rannte weiter, und seine Stimme wurde immer undeutlicher, bald vernahm ich nur noch den leichten Wind in den Kassien am Wege, ein Lachen, ein Lied von irgendwoher, ich war in Fond-Zombi.

Ich konnte mich noch so sehr abmühen, die Hütte der Wöchnerinnen sauberhalten, die Tiere in der Koppel hüten, die Bürde der Händlerinnen zur Kolonialstraße tragen, es reichte kaum für ein Pfund frischen Schweinefleisches am Samstag und für ein Baumwollkleid einmal im Jahr. Der Glücksbaum wuchs anderswo als in Fond-Zombi. Trotz des Schneidegrases, der roten Ameisen und der Tausendfüßler hätte ich mich willig im Zuckerrohr oder auf den Ananasplantagen gekrümmt, aber jedesmal, wenn ich diese Möglichkeit in Betracht zog, überschüttete mich Reine Sans Nom mit Ermutigungen wie ... meine kleine Sonne, warum willst du deine sechzehn Jahre einem Vorarbeiter als Leckerbissen anbieten? ... und was gibst du dafür zum Tausch, welche wunderhübsche Sache: eine normale Anstellung als Jäterin, eine Aufgabe, bei der du nicht Blut spuckst, nicht husten mußt in einem Wald von Gräsern, die höher sind als du selbst ... und nun sag mir, wo hast du gesehen, daß das ganze Jahr über Zuckerrohr gepflanzt wird? Und wollte ich fortgehen, mich im Hause der Weißen zu verdingen, sagte Reine Sans Nom in bitterem, vorwurfsvollem Ton ... habe ich dir denn gesagt, daß ich deiner überdrüssig bin, habe ich dir das gesagt?

Unser Schwanken, unsere Unentschlossenheit lockten die Krankheit herbei, die über Reine Sans Nom herfiel. Von Tag zu Tag ging es ihr schlechter, die erbärmlichen Krankheiten setzten sich in ihrem Körper fest, nisteten sich ein wie Vögel in einem vom Blitz getroffenen Baum. Auf den Rat von Man Cia pflegte ich sie mit Kräutertees, Umschlägen und Schröpfköpfen. Es ging aber nicht ohne Tabletten, und bei jedem Gang zur Apotheke schmolzen unsere Ersparnisse wie eine Kerze im Luftzug. Bald konnten wir unsere Börse noch soviel umdrehen, nicht das kleinste Geldstück fiel mehr heraus. Ich hätte fortgehen, mich monatsweise verdingen, regelmäßig den Schweiß meines Körpers verkaufen müssen. Wo aber in diesem gottverlassenen Nest war Raum für ein Haus mit Säulengängen, Portal und Bougainvilleen? Die geräumigste Hütte in Fond-Zombi hatte vier Zimmer ohne Veranda. Großmutter und ich gingen die benachbarten Ortschaften durch, in der Hoffnung, ein begütertes Haus zu finden, das eines

Dienstmädchens auf Dauer bedurft hätte. Wir hielten nach allen Richtungen Ausschau, aber nicht der geringste Hoffnungsschimmer zeigte sich am Horizont. Eines Tages hellte sich das Gesicht von Reine Sans Nom auf, und sie sagte mit einem leisen Vorwurf in der Stimme ... wie konnte ich die Andréanor vergessen mit ihrem großen Laden in Valbadiane, nur ein paar Schritt von uns entfernt? Der schöne Traum währte aber nicht länger als ein Blitz, und schon sah ich, wie Großmutters Miene sich verfinsterte, sie senkte die Stimme und murmelte ... es gibt sehr sonderbare Krankheiten auf der Welt, und das Blut des Menschen wird wie Eiter ...

Weil ich sie so erstaunt anschaute, wurde sie deutlicher: »Es heißt, die Andréanor haben, vom Vater auf den Sohn vererbt, die Lepra im Blut, das war mir aber entfallen, denn ich dachte nur an Mamsell Loséa mit ihrem schönen Haar der Mulattin, ihren sanften, traurigen schwarzen Augen, die einem die Ware mit einer kurzen, netten Bemerkung aushändigt: die anderen aber, die Heimgesuchten, die man nie sieht, die ihr eigenes Löwenantlitz hinter dem Laden verbergen, die waren mir völlig entfallen ...«

Wir überließen die Andréanor ihrem Schicksal und suchten einen Besitz, in dessen Mitte ein Geldbaum wuchs. Zwei weiße Familien wohnten in der Nachbarschaft: die eine- bescheidene, arme Weiße, verloren wie wir- lebte in Bois Debout, die andere in allem Pomp in Galba hinter einem schmiedeeisernen Tor: das waren die Nachfahren des Weißen der Weißen, desselben, der den Schwarzen die Milz zerquetscht hatte, nur um seinen Zorn zu besänftigen. Es heißt, ferne Trommeln haben einen guten Klang, aber die Mutter der Reine Sans Nom hatte den Lärm dieser Trommel mit eigenen Ohren gehört und es Mütterchen erzählt, die selbst eines Tages die Zähne einen Spaltbreit geöffnet hatte, um das

Echo jener alten Zeit entweichen zu lassen, und es war, als hätte ich ihn mit eigenen Augen gesehen, diesen Weißen der Weißen, der hinkte, der ein Pferd anhob, dessen Haar wie die Mittagssonne glänzte, der dir einen schwarzen Jungen mit seinen Armen totdrückte. Aber der Geldbaum wuchs auf ihrem Hof, und ich konnte Minerve, den Weißen der Weißen, die zerquetschte Milz der Schwarzen noch so sehr in meinem Kopfe umherwälzen, was mich erwartete, war Belle-Feuille, der Wohnsitz der Desaragne. Der Fluß, der über die Ufer tritt, reißt die großen Steine mit sich und entwurzelt Bäume, den Kiesel aber, an dem du dir den Fuß aufreißen sollst, läßt er für dich liegen. Nichts währt ewig, sagte Großmutter zu mir, nicht einmal den Staub der Weißen aufzuwirbeln; sie zog sich sorgfältig an, schlang ein Madrastuch um ihre Taille und machte sich fieberglühend, mit glanzlosen Augen auf den Weg zum Wohnsitz Belle-Feuille in Galba. Wie sie sich Madame Desaragne vorgestellt, was sie zu ihr gesagt, ich werde es nie erfahren.

Später konnte ich es mir aber ungefähr denken, als meine Herrin eines Tages zu mir sagte ... wenn Sie auch das Kristallglas Ihrer Großmutter sind, hier in Galba sind Sie für niemanden aus Kristall. Und da ahnte ich, da konnte ich mir gut vorstellen, was Reine Sans Nom dieser weißen Frau wohl gesagt haben mochte.

Einige Wochen danach übergab mich Großmutter den Winden, leicht und behutsam wie einen Papierdrachen, den man losläßt, ausprobiert und zum erstenmal fliegen läßt. Sie segnete mich für die viele Sonne, die ich in ihre kleine Hütte gebracht. Dann rieb sie mich mit einem Saft aus bitterem Absinth, Zitronenkraut und Patschuli ein und erklärte: »Sogar dem Flammenbaum kann es geschehen, daß er sich die Eingeweide aus dem Leibe reißt, um ihn mit Stroh zu füllen ...«

Meine Wäsche in ein großes Leinentuch eingeschlagen, mein Leid in meinem tiefsten Innern zusammengefaltet, ging nun ich den Weg zum Wohnsitz Belle-Feuille. Es war früh am Morgen, an den Gräsern und den glänzenden Blättern der Bäume hing noch der Tau, der Hahnenschrei stieg sehr hoch in die Luft – all das waren Vorboten eines strahlenden Tages. Einige Gevatterinnen wuschen schon unter der Brücke von Autre Bord, unter dem leichten Steg, der Fond-Zombi mit der Welt verbindet und den ich vor Ewigkeiten an der Seite von Reine Sans Nom zum erstenmal überschritten hatte. Kurz vor La Ramée bog ich ab von dem Weg, der zur Schule führt, und schlug eine Straße ein, die in ihrer ganzen Länge von Zuckerrohrfeldern gesäumt wurde, kein Haus, kein Baum waren zu sehen, nichts, um den Blick darauf verweilen zu lassen. Es war die Zeit, wo die Weißen ihre Felder abbrennen; schwärzliche Baumstümpfe zogen sich endlos hin, und es roch scharf nach versengtem Boden. Von zwei Gefühlen hin- und hergerissen, näherte ich mich Galba: wutentbrannt dorthin zu müssen, und trotz allem hoffnungsvoll, dort einen kleinen Augenblick Ruhe, ein wenig Schatten zu finden, bevor auch ich mich unter der Sonne der Zuckerrohrfelder vergrub. Im Wind, der über dieser verbrannten Weite wehte, hörte ich die Stimme von Man Cia: ein Schwarzer? Eine kopf- und heimatlose Krabbe, die verkehrt herum läuft ... Wie ich so vor mich hin sinnierte, kam ich zu einer langen, grünen, freundlichen Allee im Schatten weißer, roter und rosenfarbener Hibiskussträucher, durch die üppiges Gras hindurchschimmerte. Die Zuckerrohrstraße hinter mir führte noch ein Stückchen weiter, aber schon wähnte ich mich in einer anderen Welt, und es war, als beträte ich den Chor einer Kirche: dieselbe Kühle, dieselbe Stille, dieselbe Abgeschiedenheit. Und als ich unwillkürlich verhaltenen und gemessenen Schrittes weiterging, sah ich plötzlich ein großes Haus vor mir mit Säulengängen, Bougainvilleen, hoher Freitreppe, einem Dach, über das zwei Metallstäbe hinausragten, und jenen erstaunlichen Fenstern mit Glasscheiben und Spitzenvorhängen, von denen Reine Sans Nom und ich gesprochen hatten. Leuchtend scharlachrote Blumen schmückten die ganze Vorderfront des Hauses. Die Nachfahrin des Weißen der Weißen kam mir von der Freitreppe her entgegen. Sie war eine zarte, altjüngferlich wirkende Dame mit gelbem, leicht angegrautem Haar und lackierten Fußnägeln in Sandalen, die sie leicht hinter sich herzog, wie man ein Papierschiffchen an einem Faden über einen ruhigen Teich zieht. Zwei tiefblaue, kalt, schläfrig und ungeniert blickende Augen prüften mich, während Madame Desaragne mich zudringlich ausfragte, so, als hätte Großmutter nie mit ihr gesprochen.

»Sie suchen eine Stellung?«

»Ich möchte mich verdingen.«

»Was können Sie denn so?«

»Ich kann alles.«

»Können Sie kochen?«

»Ja.«

»Ich meine richtig kochen, nicht ein Stück Brotbaumfrucht in einen Topf Salzwasser legen.«

»Ja, ich weiß.«

»Gut, in Ordnung, aber wer hat es Ihnen beigebracht?«

»Die Mutter meiner Großmutter hatte sich seinerzeit bei den Labardine verdingt.«

»In Ordnung, können Sie bügeln?«

»Ja.«

»Ich meine bügeln, nicht auf ausgeblichenen Lumpen mit dem Bügeleisen herumfuhrwerken.«

»Ich weiß, Sie meinen, Popelinehemden mit umgeschlagenem Kragen steifzubügeln.«

»In Ordnung. Das hier ist ein ehrbares Haus, lassen Sie es sich gesagt sein. Haben Sie einen Mann? Irgend jemanden?«

»Nein, ich lebe nur mit meiner Großmutter zusammen.«

»In Ordnung, denn ungehöriges Betragen führt zu nichts, das werden Sie ja wissen. Wenn Sie die Leute so achten, wie es sich gehört, wenn Sie sich um Ihre Angelegenheiten, um Ihren eigenen Kram kümmern, anstatt mit aufgerissenem Mund gähnend herumzustehen, können Sie bleiben, die Stelle ist frei. Aber daß wir uns recht verstehen, Sie sind erst einmal zur Probe hier.«

Ich legte mein Bündel in einem kleinen, vom Hause abgetrennten Verschlag in der Nähe des Pferdestalles ab, der von nun an mein Zimmer war, und begann, in einem kleinen Becken mit Kupferhahn einen Berg.schmutziger Wasche zu waschen, den Madame Desaragne mir zugewiesen hatte.

Dabei stand mir Fond-Zombi vor Augen, das über seinen Morast zu schweben begann, Hügel um Hügel, Weide auf Weide wallten in der milden Brise bis hin zum Gebirge Balata Bel Bois, das sich fern in den Wolken auflöste. Und ich begriff: selbst wenn ein Sturm käme, der dieses gottverlassene Nest Hütte für Hütte, Baum für Baum bis zum letzten Erdkrumen fortbliese und wegfegte, erstünde es in meiner Erinnerung dennoch immer wieder heil und ganz.

Lärm, Getöse und Hetzerei erstarben am Ende dieser Allee, jedes Ding hatte seinen Platz, seine Zeit, eine ganz bestimmte Daseinsberechtigung, nichts war dem Zufall überlassen, und ein Hauch von Ewigkeit lag in der Luft. Alle Handlungen des Tages liefen so ab, wie die Herrin am Vorabend beschlossen hatte. Es war eine Zeit ohne Überraschungen, ohne Neuigkeiten, die sich um sich selbst zu drehen schien, den ganzen Tag über folgten die Verrichtungen, jede zu ihrer Zeit, in einer bestimmten Ordnung aufeinander. Ich war nunmehr von metallisch glänzenden, durchbohrenden, fernen Augen umstellt, unter deren Blick ich nicht existierte. Meine Herrin hatte eine ziemlich barsche Stimme, aber was nützt eine barsche Stimme, wenn man nicht auf sie hört? Der Herr, der Sohn des Herrn und der Vorarbeiter stellten anderen nach als mir, je nach Anstellung in den Zimmern, in der Küche oder im Pferdestall. Nur darauf bedacht, geschickt vorzugehen, rechts und links durchzuschlüpfen, war ich von einem einzigen Gedanken beseelt: ich mußte hier wie ein Kiesel auf dem Grunde eines Flusses sein und das trübe oder klare, das schäumende, ruhige oder wilde Wasser über mich hinwegfließen lassen, ich war ein kleiner Stein.

Man war mit meiner Arbeit zufrieden, und in dem Speisesaal mit den massiven, fest auf dem Boden stehenden Mahagonimöbeln erhielt ich sehr viele Komplimente für meine Béchamelsoße. »Lob sie nicht allzusehr«, sagte Madame zu ihrem Gemahl, »du wirst sehen, das nächste Mal strengt sie sich schon weniger an.« Aber sie irrte sich, denn ich wollte meine kleine Atempause hier in Belle-Feuille gern in aller Ruhe verbringen und hatte nicht die Absicht, irgend jemanden zu verdrießen. Manchmal überkam mich in dieser Ordnung, in diesem blutleeren Frieden eine plötzliche Traurigkeit, mich dürstete nach einem Auflachen, und die kleine Laterne von Reine Sans Nom rief mich und fehlte mir. An solchen Tagen fing ich bei der Arbeit zu singen an, und das Herz wurde mir leicht, denn nach einem Leid kommt ein anderes Leid, so lauteten Großmutters Worte. Im Dunkeln sah ich ihr Lächeln sich abzeichnen: ... nicht das Pferd darf dich leiten, meine Tochter, du mußt das Pferd leiten. Dieses Lächeln gab mir Mut, und ich tat singend meine Arbeit, und wenn ich sang, zerschnitt ich mein Leid, zerhackte ich es, es ging ein in das Lied, und ich lenkte mein Pferd.

Seitdem ich mich dem Rhythmus von Belle-Feuille angepaßt hatte, überließ mir Madame Desaragne vertrauensvoll ihre Küche und ihren Haushalt. Wir hatten nur selten Gelegenheit, einige Worte zu wechseln. Aber jeden Dienstagnachmittag leitete sie persönlich das Stärken der Oberhemden von Monsieur. Dann gab sie mir mit einem bezaubernden, verwunderten Lächeln zu bedenken ... Ihr Herr ist so empfindlich, nimmt man zuviel Stärke, zerscheuern die Kragen ihm die Haut, nimmt man zuwenig, dann ist der Stoff ohne Frische und die Hemden kleben ihm am Körper; wie Sie sehen, muß ich Sie beaufsichtigen, damit es gerade richtig wird. Ich hatte mich schon an die Taktik, an die Musik gewöhnt, ich nahm diese Worte entgegen und setzte mich mit meinem ganzen wackeren Gewicht darauf, Worte von Weißen, nichts weiter. Während ich ihr auf diese Weise zuhörte, fügte ich dem Brei nach und nach immer mehr Wasser hinzu und ließ ihn durch meine Finger fließen, damit sie die Dosierung der Stärke selbst sehe, prüfe, beurteile. Dieser Vorgang fand hinter dem Haus statt, auf einer Veranda mit Blick auf die sinkende Sonne. Vor dem Haus brannte die Sonne mit aller Kraft auf die Bougainvilleen, auf unserer Seite aber war es schattig, da wehte der Ostwind. Ich knetete den Brei, und Madame sah selig lächelnd mit gleichgültiger Miene zu und sprach dann, träumend, ohne mich anzusehen, wie zu sich selbst ... sagen Sie, meine Tochter, es freut mich sehr, Sie so fröhlich zu sehen, wenn Sie singen, lachen und herumhüpfen, aber sagen Sie mir trotzdem: was wissen Sie eigentlich wirklich?

Ich knetete sorgfältig die Stärke und war auf der Hut, gewärtig, auszuweichen, durch die Maschen des Netzes zu schlüpfen, das sie mit ihrem Atem webte, ich war ein Stein auf dem Grunde des Wassers, und ich schwieg.

»Ach«, fuhr sie fort in dem Ton und mit der Miene eines Menschen, der in den Himmel blickt und sagt: es wird schönes Wetter, »ach, wißt ihr wirklich, wer ihr seid, ihr Schwarzen hier? Ihr eßt, ihr trinkt, ihr spielt die Bösewichter, und dann legt ihr euch schlafen ... Punkt und aus. Aber wißt ihr überhaupt, welchem Schicksal ihr entronnen seid? ... Ihr wäret jetzt Wilde und Barbaren, die durch den Urwald laufen, nackt tanzen und aus irgendwelchen Kerlen Suppe kochen ... Man bringt euch hierher, und wie lebt ihr? ... in Schmutz, Laster und Ausschweifung ... Wie viele Stockschläge verabreicht dir dein Mann? ... und alle die Frauen mit ihren Bäuchen auf Kredit ... Ich würde lieber sterben, ihr aber liebt gerade das: ein absonderlicher Geschmack, ihr wälzt euch im Schmutz und lacht.«

Ich schlüpfte durch diese Worte, als schwömme ich in allerklarstem Wasser, spürte auf meinem Nacken, an meinen Waden und auf meinen Armen den leichten, erfrischenden Ostwind und pries mich glücklich, eine unbeugsame kleine Schwarze auf Erden zu sein, eine richtige Trommel mit zwei Fellen, wie Man Cia gesagt hatte, und ich überließ der Herrin die eine Seite, damit sie sich die Zeit vertreibe, damit sie darauf schlage, während ich selbst darunter so heil blieb, wie heiler nichts sein kann.

Nach einem kurzen Schweigen sprach sie weiter, diesmal aber mit einem gereizten Unterton: »Da sehen Sie selbst, wie ihr Schwarzen seid, ich spreche mit Ihnen, und Sie antworten nicht einmal, maulfaul, wie Sie sind ... sagen Sie mir ehrlich und aufrichtig, finden Sie, daß sich das gehört? Was soll man machen, Herrgott, was soll man mit solchen Leuten machen, man spricht mit ihnen, und es ist, als sänge man ihnen etwas vor!«

Da hob ich den Kopf, und während ich auf dem Boden meines Gefäßes weiter die Stärke anrührte, schaute ich Madame Desaragne etwas von unten herauf an, aber so, daß ich sie richtig sehen konnte, durchsichtig und dünn, wie sie war, mit ihren Augen, die auf dem Grunde ihrer unbeweglichen Pupillen alles abgeschätzt, geordnet, vorausgesehen hatten, und sagte leise mit erstauntem Gesicht: »Madame, man sagt, manche lieben das Licht, andere den Schmutz, so ist die Welt nun einmal ... Ich weiß nichts von alledem, ich bin eine kleine Schwarze, ebenso schwarz wie unwissend, ich wasche, ich bügle, ich mache Béchamelsoßen, das ist alles ...«

Madame Desaragne seufzte vor Wohlbehagen, schüttelte dicht neben mir ihr gelbes Haar und sagte mit einem leisen, aber, wie ich glaube, aufrichtigen Bedauern: »Ach, ihr, euch werde ich nie verstehen ...« Dann prüfte sie, ob die Stärke flüssig genug sei, und ging davon, den Kopf mit dem langen, offenen Haar, das ihr über den Rücken fiel, etwas zurückgeworfen, als wollte sie zu mir sagen: wo ist dein Haar, Schwarze, auf daß es dir den Rücken streichle ... Dann öffnete sie die große Glastür, drehte sich ein letztes Mal um und schüttelte nochmals ihr Haar ... Los, Télumée, sagte sie, gib das Stärkeblau dazu, du kannst mit dem Stärken beginnen ... und leichtfüßig verschwand sie, ihre Sandalen wie Schiffchen hinter sich herziehend.

Ich tauchte behutsam die Hemden in das gebläute, sämige Wasser und sang schon wieder, saß schon wieder im Sattel, lenkte mein Pferd.

4

Wurde des Sonntags ein Empfang gegeben, so war das ein einziges Defilee von Kabrioletts, ein Tag der Begrüßungen, Handküsse, Verbeugungen, gegen Bakkaratkristallgläser klingelnder Fingernägel, unterbrochen von nostalgischen Gesprächen über die alten Zeiten, da alle Dinge an ihrem Platz waren und der Schwarze dort, wo er hingehörte. Die Gäste schienen auf den kleinsten Fehler bei der Bedienung zu lauern. Wurde eine Schüssel nicht sachte genug abgesetzt, wurde ein Teller oder ein Glas nicht von der richtigen Seite gereicht, sahen sie darin gewissermaßen eine Bestätigung ihrer Vorstellungen vom Schwarzen und taten verwunderte Ausrufe, freuten sich lärmend, tätschelten einem nachsichtig den Arm . . . nicht weinen, meine Tochter, nicht weinen . . . das macht nichts, ist halb so schlimm, sieh mal, du bildest dich, du siehst die schönen Dinge der Welt, du servierst bei Tisch, du lernst Wischtücher und Servietten kennen, und woher solltest du das auch wissen, eben, woher solltest du, nicht wahr? Indessen ging ich hin und her, schnitt Krapfen auf, bestrich sie mit Konfitüre, bereitete Sahne- und Schokoladensorbets, Anonaceen- und Kokossorbets, rote Sorbets, grüne, blaue, gelbe Sorbets, bittere Sorbets und süße Sorbets, so viele Sorbets, daß ich selbst zum Sorbet wurde. Ich trug auf und räumte ab, lächelte allen zu, war ständig in

Bewegung, machte einen Schritt nach rechts, einen nach links, nur darauf bedacht, mich zu wappnen, heil zu bleiben bei den Worten der Weißen, bei ihren unverständlichen Gesten und Mienen. Und wenn ich an diesen Nachmittagen in Belle-Feuille zwischen den Gästen herumhuschte, schlug ich in meinem Herzen eine Alarmtrommel, ich tanzte, übersang alle Stimmen, alle Rufe, den Besitz, die Unterwerfung, die Herrschaft, die Verzweiflung, die Verachtung, den Wunsch, meinen Körper von der Höhe des Gebirges herabzustürzen, indes Fond-Zombi in mir schlief wie auf dem Grunde eines großen Sees.

Fand kein Empfang statt und war Madame Desaragne gut gelaunt, so gab sie mir den ganzen Sonntagnachmittag frei. Aber die Launen von Madame Desaragne waren nicht vorauszusehen. Sie überließ sich der Stimmung der Stunde, und man konnte nie vorausahnen, was für ein Hauch ihr entgegengeweht war. Wenn sie aus der Messe zurückkam, seufzte sie bisweilen und sprach von einem Abgrund, der unter ihren Füßen klaffe, von dem Bösen, das immer mehr zunahm in der Welt. »Télumée«, sagte sie dann, den Kopf gesenkt, als wäre er zu schwer für ihren Hals. »Télumée, meine Tochter, heute müssen Sie bleiben ... ich brauche Ihre Stimme für die Bußvesper, die wir draußen im Hof beten werden, denn zwei Stimmen erfreuen Gott mehr als eine.« An anderen Tagen gab ihr die Messe neue Kraft, und mit abwesender, rätselhafter, lächelnder Miene und leicht hochgezogenen Brauen über einem erstaunten Kleinmädchenblick entstieg sie leichtfüßig dem Wagen. Dann bestrich ich mein Haar mit Kakaowasser, fettete meine Zöpfe ein, zog mein Baumwollkleid an und verabschiedete mich von Madame Desaragne. Zuallerletzt wirkte sie immer etwas betroffen und insgeheim bekümmert, mich gehen zu sehen ...

ehrlich, Télumée, was werden Sie in diesem Fond-Zombi tun? ... einen Bauch auf Kredit suchen? ... eine Brotbaumfrucht in Salzwasser legen lernen? ... ich weiß nicht, wie ich es Ihnen sagen soll, aber versuchen Sie mich zu verstehen, meine Tochter: hier werden die Béchamelsoßen bereitet und nicht anderswo ...

Aber schon führten die Hibiskusallee, dann die Straße von Belle-Feuille mich fort, ein Wind fing die Worte von Madame Desaragne auf und setzte sie im Balatagebirge auf den Wipfeln der Mahagonibäume ab, wo sie für die Vögel, die Baumameisen, für Gott, für niemanden erklangen.

JEDEN SONNTAG krochen die Leute von Fond-Zombi aus ihrem Loch hervor, um nach La Ramée zur Kirche zu gehen, und balancierten ihr elendes Los über die schwankende Brücke von Autre Bord. Sie fielen ein in die Siedlung mit einer ganz neuen Seele, einer Sonntagsseele, aus der alle Spuren von Stacheln, Schweiß oder Zuckerrohr getilgt waren. Sie scherzten, schlenderten umher, hörten den Klatsch der Welt, Eheschließungen, Todesfälle, Schiffbrüche, berühmte Liebesaffären in der Nachbarschaft, sie lachten und lachten, so daß man hätte schwören mögen, sie kennten nichts weiter im Leben als Lachen und Vergnügungen. Nach der Messe überfluteten sie die Umgegend auf der Suche nach Verwandten, Freunden, Arbeitskameraden aus dem Zuckerrohr, auf der Suche nach all denen, die am Sonntag ihre Wochentagsseele vergessen wollten, denn an diesem Tag hielten sie sich gerne für achtbare Leute.

Wenn ich in Sichtweite von Fond-Zombi kam, an den Fuß des Balsampflaumenbaumes, der den letzten Hang beherrschte, war es drückend heiß, und alles schien still und eingeschlummert. Beim kleinsten Lufthauch fielen reife Früchte zu Boden, ein scharfer Geruch empfing mich, ein ruhiges Glück, und ich hatte nicht die Kraft, den Schatten des Baumes zu verlassen. Ich überblickte den Weiler von Nord nach Süd, von Ost nach West. So gesehen, schien er nicht ganz und gar mein Fond-Zombi zu sein, einige Dachbleche waren verrostet, hier und dort hatte man ein paar Hecken beschnitten, und der Sonntag verlieh dem Ort etwas Geheimnisvolles. Mitten in diese Erstarrung hinein ertönte plötzlich von weitem eine durchdringende Stimme: »Da ist sie, sie ist da.« Das war das Signal. Gleich darauf erschien Elie am Fuße des Hanges, dicht hinter sich eine kleine Gruppe Kinder, schwangere Frauen, die nicht mehr zur Siedlung heruntergehen konnten, und jene Einsiedler, die die ganze Welt von der Schwelle ihrer Hütte aus sahen, Adriana, der Schwarze Filao und einige andere. Elie beeilte sich, um die Gruppe zu überholen, kam schweißgebadet an, warf mir von fern einen langen, bitteren Blick zu, der ein wenig milder und sanfter wurde, als er mir gegenübertrat, als wollte er mir seine unendliche Geduld beweisen. Er setzte sich, sog mich still in sich ein und sagte schließlich erstaunt:

»Trotz der Balsampflaumenbäume duftest du nach Zimt.«

»Du duftest auch nach Zimt«, murmelte ich.

Dann krempelte er einen Hemdsärmel hoch, hielt seinen Arm neben meinen und stellte belustigt fest: »Wir haben dieselbe Farbe, da ist es nicht verwunderlich, daß wir auch denselben Geruch haben ...«

Aber schon wurde ich ihm durch die Gruppe entrissen, man drückte mich, hob mich hoch, betrachtete mich von allen Seiten, denn ich war zu einer wichtigen Person geworden ... wie du aussiehst, meine Liebe, wie du nur aussiehst, deine Zöpfe sind ja noch länger geworden ... hast du sie mit Kakaowasser besprengt? ... zu welch schönem Bambusrohr im Winde du heranwächst, du wirst eine gute Flöte sein, und wer auf dir spielt, der wird viel Glück haben, nicht wahr, Elie? Aber vorher wirst du uns doch ein Liedchen aus Belle-Feuille spielen, natürlich nur, wenn du willst, denn wir haben dich auch erwartet, auf unsere Weise ...

Elie trennte sich von der Gruppe und beobachtete mich von weitem; er begnügte sich damit, mir von Zeit zu Zeit zuzunicken, mir kaum sichtbar zuzuwinken, wie man jemanden auf dem anderen Ufer eines Flusses grüßt. So geleitet, kam ich zu unserer Hütte, wo Reine Sans Nom mich in ihrem Schaukelstuhl empfing, vor Freude war sie zusammengeschrumpft und runzelig, ihr Gesicht wirkte erloschen, leblos. Doch ihre Augen schienen sich mit einem kaum wahrnehmbaren Zwinkern aus ihrem Gesicht zu lösen, um mich zu berühren, mich auszufragen, mir zu sagen, wie es ihr in der letzten Zeit ergangen. Und jedesmal verstummten die Leute vor den Augen der Reine Sans Nom, und irgend jemand sagte schüchtern: »Ach, Reine, du wirst nie sterben. Was kann dir nun noch widerfahren, der Tod wird dir leicht sein wie eine Feder: ist es die eines Kolibris oder die eines Pfaus?«

Und Reine dämpfte noch immer das Feuer ihres Blickes, schaukelte sich lässig und äußerte ruhig, so, wie man eine altbekannte Tatsache feststellt, nur eben an sie erinnert: »Ich habe nichts verlangt, aber ich sehe wohl, daß ich mit all dieser Freude nie sterben werde.«

Man geriet in Bewegung, die Leute nahmen Platz, die gestärkten Kleider knisterten, und leichter Rauch stieg aus den Pfeifen: der Sonntagnachmittag hatte begonnen.

»UND NUN«, sagte Großmutter, »da wir unter uns sind, nun erzähl uns etwas über diese Weißen in Galba ...«

In der Hütte war Platz für fünf oder sechs Personen, die auf dem Bett oder auf dem Boden saßen, den Rücken an die Wand gelehnt. Mindestens ebenso viele standen im Hof, alle spitzten die Ohren, und sobald Großmutter diese Worte ausgesprochen hatte, erschienen ihre Köpfe in der Türöffnung, richteten sich bange Blicke auf mich, die schon vorher meine Worte einsogen. Die Leute wollten wissen, wie sich das Leben in Belle-Feuille hinter all diesen grünen Schutzwällen abspielte, wie das Haus ungefähr eingerichtet war, wie man dort aß, sprach, trank, was man im Alltag tat und vor allem: Was zählte für sie im Leben, und waren sie wenigstens mit dem Leben zufrieden? Diese Frage bewegte die geplagten Seelen von Fond-Zombi ganz besonders. Ich zögerte einen Augenblick mit der Antwort, denn ich hatte schon an den vorangegangenen Sonntagen berichtet, und eigentlich hatte ganz Belle-Feuille in einem Fingerhut Platz. Alle sahen meine Verwirrung, und irgend jemand neigte sich mit glühenden Augen zu mir herab ... beruhige dich, atme wieder leichter, meine Liebe ... Darauf wandten alle Blicke sich zu mir, und weil sie so beharrlich waren, begann ich, ihnen vom sichtbaren und vom unsichtbaren Galba zu erzählen, aber ungewollt kam ein anderes Belle-Feuille aus meinem Mund, so daß sie einen wogenden, brandenden Ozean sehen mußten, während ich ihnen nur etwas Schaum zeigen wollte. Verzweifelt darüber, schloß ich immer mit den Worten, mit denen Madame Desaragne mich soeben verabschiedet hatte, mit der Geschichte von der Béchamelsoße. Die sie kannten, lachten; wenn sich unter den Zuhörern aber jemand befand, der sie zum ersten Male hörte, so fragte er alsbald interessiert:

»Wenn sie so gut ist, erklär uns mal, wie man sie macht, damit wir unsere eigenen Bäuche füllen können ...«

»Etienne, mein Schwarzer«, sagte Großmutter dann sanft, »ich sage dir, mein Freund, an der Béchamelsoße ist nichts Besonderes. Ich habe sie ehedem probiert und kann dir versichern: an der Béchamelsoße ist nichts Besonderes. Télumée«, sagte sie dann, zu mir gewandt, »Télumée, mein lieber Flammenbaum, wenn du Appetit hast, brauchst du dir hinten im Hof nur zwei Scheiben Brotbaumfrucht mit grobem Salz auf einem Holzfeuer zu kochen und dich heute nicht darum zu kümmern, ob sie Béchamelsoße gemacht haben.«

Um ihre Worte zu würzen, lachte Großmutter aus vollem Halse das schöne Lachen einer freien Schwarzen, und aus der Béchamelsoßenköchin wurde wieder ein menschliches Wesen. Meine Seele erhob sich und schwebte über allen Gesichtern, ich träumte: auch wenn die anderen Flüsse sich winden, ihr Bett wechseln, ihre Strömung ändern, wünschte ich mir ein bescheidenes, stilles Leben, ohne Aufregungen, hier in Fond-Zombi, unter ein und demselben Dach und ein und demselben Mann, umgeben von Gesichtern, deren geringste Regungen ich wahrnahm wie das Kräuseln auf einer Wasserfläche. Die Leute lachten mit Reine, überließen die Weißen ihrer Béchamelsoße und besannen sich lachend wieder auf sich selbst, auf ihre lauernden Taubenseelen, die mit der Traurigkeit jonglierten ...

Einige Gesichter wechselten von einem Sonntag zum anderen, auf drei aber traf ich regelmäßig bei jedem meiner Ausflüge nach Fond-Zombi, und deshalb muß ich sie nennen: Amboise, Filao und Adriana. Amboise war jener rotbraune Schwarze, der Elie vor dem Zuckerrohr gerettet hatte. Sie hatten da oben auf ihren Gerüsten Freundschaft geschlossen, und Amboise war jeden Sonntag in Großmutters Hütte, den Rücken an die Wand gelehnt, stand er auf einem Bein, er schwieg, lachte selten und öffnete den Mund nur, um Fragen über das Leben der Weißen in Frankreich zu beantworten, wo er seinen Körper fast sieben Jahre lang herumgeschleppt hatte. Seine Meinung über die Weißen in Frankreich brachte uns aus der Fassung. Sie waren für ihn nicht mehr und nicht weniger als geplatzte Blasen, die sich als Leuchten aufspielten, und aus. Filao war ein alter Schwarzer, der sein Lebtag im Zuckerrohr gearbeitet hatte, sein Gesicht war riefig wie eine langgediente Muskatnuß, seine Augen gingen langsam hin und her, mit schiefem, unsicherem Blick, stets zwischen Traum und Wirklichkeit. Er sprach mit ganz dünner Stimme, so als fürchte er, man könne den Faden seines Traumes zerreißen, wenn man ihn gut verstünde. So hefteten sich alle Blicke auf seine Lippen, als er den Mund öffnete, um wie gewöhnlich zu sagen ... wißt ihr was, meine Freunde, ich habe eine große Neuigkeit für euch ... stellt euch vor, eine kleine grüne Eidechse wie ich läuft ohne Schutz und Schirm von Tor zu Tor, stellt euch vor, gestern ...

Adriana war eine dicke Schwarze um die Fünfzig mit noch hübschen, molligen Armen und gelblichweißen, stellenweise etwas grünlichen Zöpfen; die schweren Lider hielt sie ständig über ihre weißen Augen gesenkt, um die Welt nicht zu sehen, um von ihr nicht gesehen zu werden? ... Sie gehörte zur Horde der Verlaufenen, der Herumirrenden, der Verlorenen, die auf der Suche nach einem Taumel von Hütte zu Hütte ziehen. Wenn sie den Mund öffnete, hoben sich ihre Lider widerwillig, und die weißen Augen rollend, redete sie sonderbare Dinge, Worte, die von anderswo herzukommen schienen, woher wußte niemand ... meine verirrten Lämmer, sagte sie, meine kleinen wolligen Prinzen der Nacht, und dann malte sie erneut ihr Leben in die Luft, freundlich, unschuldig, wissend, daß niemand ihr zu widersprechen, ihr am Zeuge zu flicken wagen würde: »Ach«, sagte sie mit glücklicher, verzückter Stimme und einem anmutigen Lächeln, das ihr gut stand, »ach, wenn ihr das Haar einer Frau weiß werden seht, so laßt es weiß werden, denn man tut recht daran, sich für die Kinder zu opfern. Ich habe sechs Töchter, und wenn ich wollte, könnte ich mit all den Dingen, die sie mir aus Pointe-à-Pitre schicken, noch heute einen Laden aufmachen. Würde ich meinen Schrank öffnen und euch die Stapel neuer Handtücher, die Faltenkleider und alles andere zeigen, ganz zu schweigen von solchen Kleinigkeiten wie Zucker, Reis, Stockfisch, so würdet ihr endlich meine Stellung auf Erden begreifen. Ihr seht mich in Lumpen, das Dach meiner Hütte ist undicht, ihr könntet glauben, ich befände mich in einer üblen Lage, aber täuscht euch nicht, meine Freunde, kommt doch einmal bei mir vorbei, vielleicht werde ich euch meinen Schrank öffnen ...«

»Richtig«, sagte Großmutter darauf und unterstützte sie mit kräftiger Stimme, »man sieht Leute in zerrissenen Kleidern, sie schlafen und erheben sich in wackligen Hütten, wer aber weiß, was diese Leute in ihrem Schrank haben, wer weiß das?«

»Ein Mensch spricht, und im Himmel hört ihn ein Engel«, gab der alte Filao mit flötender Stimme von sich, um Reine Sans Nom zu Hilfe zu kommen.

»Ach, schöne Worte, wenn man erst begreift, was für eine schöne Sache ...«

»Ja, und was für ein milder Nachmittag, aber nun ist er schon fast vorbei«, sprach Adriana und erhob sich schwerfällig von ihrem Stuhl, »und sollte irgend jemand nicht auf seine Kosten gekommen sein, so mag er den Finger heben und sagen, was sein Herz noch begehrt . . . Schwarze, meine Brüder, hörte man euch zu, ihr fändet kein Ende.. denkt an die Liebenden, wann sollen sie denn einander den Hof machen, wenn wir hierbleiben und ihnen wie ein Wespenschwarm die Ohren vollsummen? Worte und Liebe, alles zu seiner Zeit . . .«

Sie drehte sich noch ein letztes Mal zu mir um und sagte schalkhaft: »Du bist jetzt gerade richtig, Télumée, wie eine reife Brotbaumfrucht . . . ist sie noch zu grün, werden die Zähne stumpf, überreif schmeckt sie nicht mehr; komm zu uns zurück, meine Tochter, warte nicht, bis dich der Wind vom Baum schüttelt und auf den Boden wirft . . . versuch, dich selbst zu lösen, jetzt, wo du gerade richtig bist . . .«

Sogleich leerte sich die Hütte, dann der Hof, und wir spürten eine sanfte Brise vom Gebirge her. Reine Sans Nom schützte eine Beschäftigung vor und verschwand. Wir blieben alleine. Es herrschte vollkommene Stille, und wir atmeten den Duft ein, der des Abends aus dem Innern der Drachenblutbäume strömt. Draußen waren die Leute von ihren Besuchen zurückgekehrt und die Gespräche von Hütte zu Hütte in vollem Gange. Das Dorf vibrierte wie ein riesiges Sprechzimmer. Im Dämmerschein glimmten die Laternen der Glühwürmchen kaum, doch je tiefer die Nacht sich herabsenkte, desto heller und leuchtender wurden sie. Die Lampen wurden angezündet, das letzte Lachen verstummte. Der Sonntag war zu Ende.

Elie beendete seine Lehrzeit und ließ sich teils in Geld, teils in Brettern bezahlen, um unsere künftige Hütte zu bauen. In der sonntäglichen Abenddämmerung beschrieb er mir diese Hütte so genau, daß ich dort eintrat, über die Veranda ging, mich auf einen der drei Stühle setzte, die um den kleinen, runden Tisch standen, und meine Ellenbogen auf ein besticktes Tischtuch stützte. Er wollte, daß ich unbedingt auf das Dach steige, um dort einen roten Strauß anzubringen. Er würde mir die Nachricht durch eine nächtliche Serenade bei den Desaragne übermitteln. Wir saßen auf dem Bettrand, seine Augen funkelten im Halbdunkel, betrachteten mich zärtlich und behutsam, etwas schräg unter den Lidern hervor, wie mir schien, als fürchtete er, seinen Groll zu verraten. Ich streichelte ihn, schmiegte mich an ihn, und sein Blick war nicht mehr so traurig, als er mit klagender Stimme murmelte:

»Ist das denn wirklich das Richtige für dich, mit deinen sechzehn Jahren den Weißen da die Strohsäcke aufzuschütteln?«

»Spiel nicht den Neunmalklugen, mein Herr Brettschneider, sobald unser Haus fertig ist, komme ich und fülle es aus, wie eine Kerze eine Kapelle ausfüllt.«

»Ich lasse dich springen, mein Zicklein, ich halte deine Leine locker in meinen Händen, aber eines Tages werde ich sie kurz anziehen bis dicht an deinen Hals . . .«

»Ob die Leine lang oder kurz ist, wenn das Zicklein entwischen will, reicht es . . .«

»Nein«, unterbrach mich Elie lachend, »ich habe ein wachsames Auge auf das Tier, und wenn es einen Schritt macht, strecke ich es nieder.«

Ein Bambusbüschel knackte im Abendwind, und oben im Wald begannen die Tiere, von der Hitze des Tages erlöst, ihre Schreie auszustoßen.

»Jetzt bin ich ein ganz neuer Mensch«, sagte er.

Als Großmutter zurückkam, bereitete sie uns schweigend das Nachtmahl, und wir saßen an dem friedlichen Abend draußen auf den Steinen und aßen im Schutze ihrer Ruhe, ihrer stillen Freude. Wenn Elie wegging, berührte er jedesmal einen der Balken der Hütte und sagte ... genauso hart ist Télumées Kopf. Wenn ich am nächsten Tag in der Frühe aufwachte, lag feiner Nebel über Fond-Zombi, und Stille und Tau waren über dem Dorf. Ich machte mich sofort auf den Weg nach Belle-Feuille, das Bild meiner künftigen Hütte vor Augen. Später am Morgen, wenn ich das Tor der Desaragne durchschritt, verfolgte mich dieses Bild noch immer, ich setzte mich auf den Rasen und streckte die Beine im frischen Gras aus, um ein letztes Mal die nagelneuen Dachbleche meiner Hütte, die in der hellen Morgensonne glänzten, den roten Strauß auf dem Dach, den Tisch und das bestickte Tischtuch zu genießen ...

In diesem Augenblick ertönte hinter meinem Rücken die Stimme von Madame Desaragne: »Sie haben mir angst gemacht, meine Tochter, haben Sie zu so früher Stunde nichts anderes zu tun, als sich auf den Rasen zu setzen? Dieses Fond-Zombi tut Ihnen wirklich nicht gut.«

Und da ich erstaunt und noch immer in meinen herrlichen Traum versunken den Kopf schüttelte, fügte sie hinzu: »Los, rühren Sie sich, meine Tochter, die Sonne steht schon hoch am Himmel.«

5

Ein Blatt fällt, und der ganze Wald erbebt. Alles begann für mich mit einem Lachen, das mich an einem beliebigen Ort, zu einer beliebigen Tageszeit packte, ohne daß ich mir erklären konnte, warum. Beunruhigte ich mich deshalb, so betrog ich mich mit der Vorstellung, ich würde für Großmutter, für Elie, für Adriana oder für irgendeinen anderen Menschen lachen, der in eben diesem Augenblick meines Lachens bedurfte. Aber die Leute und die Bediensteten in Belle-Feuille kannten besser als ich den Sinn dieses Lachens, sie hatten es schon aus anderen Mündern gehört, und mit einemmal gab es einen Sturm, einen Hagel von Komplimenten, der mich hoch in die Lüfte trug, so daß mir der Atem stockte. Der eine versprach mir die Stadt, der andere das Land. Stürbest du jetzt, sagten sie zu mir, empfinge dich der liebe Gott so nicht, er würde dich auf die Erde zurückschicken, damit deine Jugend sich voll entfalte, denn im Himmel wird so etwas nicht zugelassen: ein Mädchen, das nicht für einen Mann erstrahlt. Mittlerweile kam das Weihnachtsfest heran; reges Treiben herrschte, in Belle-Feuille lösten Empfänge und Besuche einander ab, und die Sonntage verstrichen, ohne daß ich nach Fond-Zombi gehen konnte. Mein Lachen wurde schriller, das fiel sogar den Gästen auf, und während ich den Punsch servierte, sagten sie zu Madame Desaragne:

»Sie beherrschen die Kunst, sich mit schönen Dingen zu umgeben, Cousine ... wie treiben Sie die nur immer auf?«

»Trauen Sie nicht dem Schein«, sagte Madame Desaragne kalt, »Schwarzer bleibt Schwarzer, und seit ihnen die Musik der Peitsche nicht mehr in den Ohren klingt, halten sie sich für zivilisiert ...«

»Ich gehe nicht so weit wie Sie, teure Aurore, wir werden später darauf zurückkommen, wenn die Rasse erst einmal heller geworden ist. Indes serviert keine den Punsch so wie sie, und es ist ein doppeltes Vergnügen, sowohl für den Gaumen als auch für die Augen ...«

Eines Tages, als ich im Becken der Zisterne hockte und Scheuerlappen wusch, spürte ich ein Kribbeln im Nacken. Beim Spülen dann siegte die Neugierde, ich drehte mich um und sah Monsieur Desaragne reglos mitten auf dem Hofe stehen und mich mit seinen graugrünen, geheimnisvoll spöttischen Augen betrachten. Obgleich er breit gebaut war, bewegte er sich mit natürlicher Ungezwungenheit und schien, genauso wie ein Vogel, Halt zu finden in der Luft, um zu leben. In diesem Augenblick schwankte er jedoch leicht auf seinen Füßen. Schließlich seufzte er, drehte sich langsam um und entfernte sich, ein Bein nachziehend, während ich in meinem Herzen dachte ... du Schelmin, nun ertappst du die Weißen schon bei ihren Marotten ... aber sehr bald wurde diese Idee von einer anderen überlagert, und abends beim Schlafengehen hatte ich meine Einbildungen in der Zisterne völlig vergessen. Die Luft war schwer, kein Stern stand am Himmel, man hoffte vergebens auf Regen. Es klopfte an meine Tür. An den Abenden, da Madame an Schlaflosigkeit litt, kam der Kutscher manchmal zu mir, um einen Anonaceentee zu holen. Ich stand auf, öffnete, und zu meiner großen Überraschung trat Monsieur Desaragne ruhig ein, schloß die Tür hinter sich und lehnte sich an die Wand. Er hielt ein Seidenkleid in den Händen, das er mir lächelnd zuwarf, als wäre dies zwischen uns vereinbart gewesen. Dann kam er auf mich zu, fuhr mir mit beiden Händen unter den Rock und murmelte mit näselnder Stimme ... man sagt, du hast keine Hosen an, meine Tochter. Das Unglück ist etwas Seltsames, eine Zecke, die euch anspringt und bis zum letzten Blutstropfen aussaugt. Gewarnt vor sehr vielem, glaubte ich mich in meinem Alter vor solchen Angriffen sicher, aber man kann wohl noch so lange leben, man weiß vom Leben nicht mehr als vom Tod. Ich ließ mich in Monsieur Desaragnes Arme sinken, und als er sich mit einer Hand entkleidetet murmelte ich sanft ... ich habe ein kleines Messer bei mir, und hätte ich keines, würde es auch mit meinen Fingernägeln gehen ... Monsieur Desaragne schien mich nicht gehört zu haben, und als er in seinem Tun fortfuhr, setzte ich genauso ruhig und kalt hinzu ... Monsieur Desaragne, ich schwöre es beim Haupte des lieben Gottes, Sie werden nicht mehr zu den kleinen Dienstmädchen ins Zimmer gehen können, denn Sie werden nichts mehr haben, um ... Er lachte, ich zeigte meine Fingernägel, und mit verstörtem Gesicht wich er zurück, da er mit einemmal den Sinn meiner Worte verstanden hatte. Ein unsicheres, winziges Lächeln lag auf seinem Gesicht.

»Du bist das störrischste Ding der Welt«, flüsterte er mit demselben unruhigen, winzigen Lächeln in seinem Gesicht, das sich versteinerte und im Kerzenschein fahl aussah, »ein Kleid reicht dir also nicht? ... willst du eine goldene Kette oder ein Paar Ringe? ... höre, ich brauche eine kleine Schwarze, die singt und rascher ist als ein Blitz, ich brauche eine pechschwarze kleine Schwarze, das gerade liebe ich ...«

Seine Blicke wichen mir nun aus, glitten sehnsuchtsvoll

über die Erbärmlichkeit meines Verschlages, über jeden einzelnen Gegenstand, die Tischplatte, die mir als Lagerstatt diente, den Hocker, den Spiegelscherben an einem Nagel, die Schürze, das an einer Schnur hängende Wäschebündel, und es war, als wäre ich selbst so über das ganze Zimmer ausgebreitet, ich, von der er, der mit einem traurigen Lächeln auf den Lippen dasaß, was weiß ich erwartete. Ein Sturm war über Monsieur Desaragne hinweggebraust und hatte seine weißen Federn aufgeplustert, so daß ich sein Fleisch sehen konnte. Ich hatte mich nicht von der Stelle gerührt, unbekümmert um meine entblößte Brust und meinen bis über die Schenkel hochgezerrten Rock. Ein kalter Rausch war in meinem Kopf, und ich entgegnete ihm ruhig, ohne nachzudenken: »Enten und Hühner sind einander ähnlich, und doch gehen beide Arten nie gemeinsam ins Wasser.«

Seine Augen schauten auf, einmal sehr klar, er zuckte mit den Achseln, spreizte die Finger, als ließe er eine Handvoll Sand hindurchrieseln, und zu seinem königlichen Gram zurückkehrend, verschwand er, rückwärts gehend, in die Nacht, während er mich immer noch anschaute, ein seltsames Lächeln auf dem Grunde seiner grauen Augen.

Als Bedienstete schlief ich in einem kleinen Verschlag neben dem Pferdestall, der eine handgroße Öffnung hatte mit einem winzigen Schiebetürchen, das ich abends hochschob, um nicht vor Hitze zu sterben. Durch diese Öffnung blickte man auf die Felder meiner Herrschaften, und über den hohen Halmen des Zuckerrohrs flimmerten in der Ferne die Lichter der zur Pflanzung gehörenden, eng aneinandergekauerten Hütten der Schwarzen. Weihnachten stand vor der

Tür, und auf meinem Strohsack liegend, hörte ich die Lobgesänge aus den Hütten zu den Sternen steigen, wie um die Liebe anzuflehen, daß sie endlich herabsteige, wie um sie vom Himmel herunterzuholen. Von einem Windhauch getragen, gelangte manchmal auch das Dröhnen der Trommeln bis zu mir, und ich sagte mir, daß selbst dem Teufel weh ums Herz sein müsse, wenn er diese Not des Schwarzen mitansah und die Heimtücke, mit deren Hilfe er sich trotz allem ein bißchen Glück zusammenschmiedete. Dort in diesen kleinen, unter dem Zuckerrohr vergrabenen Hütten herrschte Waffenruhe, eine Atempause für den Schwarzen, der dadurch noch tückischer wurde, sagte ich mir, und all diese Zauberkunststücke in der Luft machte, gleichzeitig tanzte und trommelte, Wind und Segel auf einmal war. Der Kampf mit Monsieur Desaragne war fern, und ich hatte dabei weder auf meinen Sieg als Schwarze noch auf meinen Sieg als Frau gesehen. Das war nur eine der kleinen Strömungen gewesen, die mein Wasser erbeben machen sollten, ehe ich mich in den Ozean ergoß. Aber Schwermut überkam mich jetzt des Abends, je mehr Sonntage in Belle-Feuille verstrichen, und die Vision von dem roten Blumenstrauß, den ich auf meiner Hütte anbringen sollte, zerging und zerfaserte mit der Zeit. Ich glaubte, mein Zebra habe mich vergessen, und allnächtlich quälte mich ein Traum, ein seltsames Trugbild, dessen Sinn ich, sosehr ich mich auch anstrengte, nicht ergründen konnte. Es war Winter, und ich arbeitete als Dienstmagd in einer französischen Stadt, die ich mir ungefähr so vorstellte, wie der Schwarze Amboise sie beschrieben hatte. Pausenlos fiel Schnee auf die Stadt, aber ich wunderte mich nicht darüber, der Schnee schien mir die natürlichste Sache der Welt. Die Weißen hatten merkwürdige Augen, wie blinde Spiegelscherben, die kein Bild zurückwerfen, aber alle waren erstaunlich liebenswürdig, und Madame fragte mich häufig, wie ich das Klima vertrüge. Ich sagte, ich fände es sehr gut, aber sie lachte und glaubte mir nicht. Dieses Lachen peinigte mich, und als sie eines Tages wieder so zu lachen begann, sprach ich ruhig zu ihr: Ich werde Ihnen beweisen, daß ich nicht friere, und ich zog mich aus und ging ganz nackt in den Schnee. Sie stand hinter der Küchengardine und schaute mir verblüfft nach. Ich fühlte, wie meine Muskeln erstarrten, bis sie zu Eis wurden und ich tot umfiel.

Eines Nachts, als der Alptraum mich wachhielt und ich mit weitgeöffneten Augen auf meinem Strohsack lag, wuchs meine Unruhe, denn mir war, als hörte ich ein Lied, ich glaubte sogar, Elies Stimme zu erkennen. Seit einiger Zeit fielen Moskitos über meinen Verschlag her, angelockt durch einen Schweinestall, der direkt dahinter errichtet worden war. Nun ist es soweit, sagte ich mir, wer wird mir schon glauben, daß die Moskitos mich so verrückt gemacht haben, daß ich Lieder höre? . . . Und dann erinnerte ich mich an ein Versprechen, das mir Elie vor Ewigkeiten, wie mir schien, gegeben hatte: das Ständchen, das er mir bringen wollte, wenn unser Haus fertig wäre und nur noch auf meinen roten Strauß wartete. Die Hunde des Gutes bellten, und die Stimme verstummte. Ein wenig später aber stieg sie von neuem in die Nacht, diesmal etwas weiter entfernt, von der anderen Straßenseite her, als hätte sie sich vor den Hunden des Gutes in Sicherheit gebracht. Aber trotz aller Anstrengungen Elies, die Schwärze der Nacht zu durchdringen, oder vielleicht gerade deswegen, wegen dieses plötzlichen schrillen Klanges, ging von den Worten des Liedes eine große Melancholie aus:

»Pourquoi vivre Odilo
Pour nager
Et toujours sur le ventre
Sans jamais
Sans jamais
Se mettre sur le dos
Un moment« *

Als ich im Morgengrauen die Augen öffnete, war der Himmel sehr tief, und die Wolken schienen Schiffe in Seenot, die im Winde schwanken. Eine große Stille lag über allem, und auf den Gegenständen in meinem Verschlag waren noch Schattenflecke. Das Verlangen zu fliegen, das Verlangen nach Weite hatte mich gepackt. Die Sonne geht abends fort und läßt euch mit eurem Leid allein, und sie geht auch nicht eher auf, wenn ihr einmal froh seid. Ich trat hinaus in den beginnenden Morgen, ging zum Becken der Zisterne und ließ dort Wasser in meinen Mund, über meine Schultern, über meine Arme und über meine tränenverquollenen Augen rinnen, die mir dick wie Taubeneier erschienen. Dann trug ich eine kleine Schüssel Wasser in mein Zimmer, zerdrückte einige Patschuliblätter darin und setzte mich hinein, um meine Morgentoilette zu machen. Mein Lohn war unter einem Brett der Tischplatte verborgen: drei Münzen zu je fünf Francs, drei Monate ohne Pause, ohne einen Sonntag, um von hier fortzufliegen und meinen Körper ausruhen zu lassen. Ich löste mein Bündel von der Schnur, schob die drei schweren Geldstücke hinein und ging mit dem Bündel auf dem Kopf zum Herrenhaus. Im Salon stand Madame Des-

* Wozu leben, Odilo? Um zu schwimmen, immer auf dem Bauch, ohne je für einen Augenblick auf den Rücken sich zu drehen.

aragne mit ihrem kleinen Notizbuch in der Hand schon kampfbereit da. Ich trat auf sie zu und sagte: »Die Moskitos haben mich in der letzten Nacht so sehr gestochen, ich brauche eine kleine Atempause.«

Sie fuhr auf, schaute mich dann aufmerksam an und lächelte ängstlich, wie man es Leuten gegenüber tut, die vom Wahnsinn befallen sind.

»Das ist wahr«, sagte sie verlegen und mit einem leichten Beben in der Stimme, »die Moskitos waren schrecklich diese Nacht. Gehen Sie nach Hause, meine Tochter, gehen Sie so schnell wie möglich, ohne unterwegs zu säumen.«

Ein Windhauch erfaßte mich, und ich fand mich auf der Straße wieder, fern von dem Haus mit den Säulengängen und den Bougainvilleen und frei. Die Sonne stand jetzt nicht mehr über dem Gebirge, sondern am Rande des Himmels, direkt hinter der gefährdeten Wolkenflotte. Ich hatte so viel geweint in dieser Nacht, daß meine Augen alles durch einen rosenfarbenen Seidenschleier sahen: den Himmel, die Straße, die angrenzenden Zuckerrohrfelder, die Hügel in der Ferne, die in verschiedenen, immer fahleren, immer sanfteren Grüntönen spielten, und ganz hinten am Horizont das »Grab der Kühnen«, das Gebirge Balata Bel Bois, das noch von Wolken verdeckt war. Meine Beine hatten den Weg nach Fond-Zombi eingeschlagen, aber meine Augen waren fest auf das Gebirge gerichtet, bemüht, die Berge von Bois Riant auszumachen, wo mein Zebra seine Bretter sägte. Ich lachte innerlich und dachte, wenn eine Frau, die einen Mann liebt, eine Savanne sieht, sagt sie dir glatt: das ist ein Maultier. Es gibt die Luft, das Wasser, den Himmel, die Erde, auf der man umhergeht, und die Liebe. Und durch sie leben wir. Und wenn dir ein Mann zwar nicht den Bauch voller Essen, aber ein Herz voller Liebe schenkt, so reicht das zum Leben. Das hatte ich immer um mich herum gehört, und daran glaubte ich. Und jetzt, auf dem Weg nach Fond-Zombi, war ich mit meinen beiden Brüsten eine freie Frau, und bei jedem Schritt spürte ich Elies Blicke auf mir ruhen, seine Schritte in meinen Schritten, und die Leute, die ich grüßte, glaubten, ich sei allein, während er doch schon jetzt auf diesem Weg in mir war. Als ich die Brücke von Autre Bord erreichte, waren die dem Untergang geweihten Wolken aufgesogen, und aus einem tiefgrünen Himmel schickte die Sonne blendende rote Feuerstrahlen. Auf der einen Seite führte eine lehmige, rissige Straße voller Stubben und Kiesel nach Fond-Zombi, auf der anderen verlief sich ein Pfad direkt im Wald. Ich zauderte und fühlte mich unentschlossener als der Schaum eines Wildbaches. Dann sagte ich mir, der Fluß könne ruhig singen und seinen Windungen folgen, er müsse doch zum Meer hinabfließen und sich darein ergießen. Ich verließ also den Weg nach Fond-Zombi und schlug den Pfad ein, der nach Bois Riant führt, als würde ich angezogen von meinem schwitzenden Schwarzen auf diesen Gerüsten für kleine Tiere mit fünf Fingern und zwei Augen. In der Wirrnis meines Herzens ahnte ich dunkel, daß auf der Lichtung dort oben Fallstricke lagen, aber sie blendete mich und zog mich unwiderstehlich an. Und als ich vorwärts eilte, als ich durch kleine Erdhaufen und Schlammlöcher rannte, wurde alles um mich her strahlend schön im Schmuck des Lichtes, das vom Bois Riant herunterströmte. Wie im Traum lief ich in dem Geruch verwesender Pflanzen dahin. Am Fuße des Berges, auf dem das Gerüst von Elie und seinem Freund Amboise stand, floß ein Bach. Ich stieg den schlüpfrigen Hang hinab, schob ein paar Blätter beiseite und benetzte ein letztes Mal meine Augen, die seit einigen Augenblicken wieder weinten, warum, wußte ich nicht. An manchen Stellen staute sich das Wasser um grünliche Steine, nahm aber ein Stückchen flußab wieder seinen Lauf und rieselte klar und durchsichtig weiter. Über mein Spiegelbild gebeugt, sann ich,daß Gott mich auf die Erde gesetzt hatte, ohne mich zu fragen, ob ich eine Frau sein wollte und welche Hautfarbe ich lieber hatte. Es war nicht meine Schuld, daß er mir eine fast blauschwarze Haut und ein Gesicht gegeben, das nicht eben vor Schönheit strahlte. Ich war es aber zufrieden, und sollte ich jetzt in diesem Augenblick wählen, so wählte ich vielleicht dieselbe blauschwarze Haut, dasselbe nicht eben vor Schönheit strahlende Gesicht.

Weiter oben zwischen den Stämmen der Mahagonibäume erblickte ich das Gerüst der Brettschneider. Elie war auf der Plattform, und der Schwarze Amboise stand mit gespreizten Beinen auf dem Boden, wahrend sich das gezahnte Sägeblatt in einer Wolke von Sägespane auf und ab bewegte. Ich setzte mich abseits nieder und beobachtete die beiden schweißgebadeten Manner, Amboise, diesen großen, trockenen, knotigen Baum, der seine Früchte schon abgeworfen hatte, und meinen Elie mit seinem schmalen Körper und den noch unbestimmten Neigungen des Kindes, das ich vor einigen Jahren am Ufer des Flusses getroffen hatte. Ein langer Augenblick verstrich über dieser Freude. Die Bretter fielen herab, ruhig wandte Elie sich zu mir um und lächelte mir mit einem ängstlichen Schimmer in den Augen zu.

»Es ist nicht gut«, sagte er schließlich mit einer Stimme, die fröhlich klingen sollte, »es ist nicht gut, Mademoiselle Télumée Lougandor, den Leuten auf den Rücken zu starren. Weißt du, daß ich sofort deinen Duft in dem sanften Wind gerochen habe.«

Bei diesen Worten wandte mir der Mann Amboise sein

rotbraunes Schwarzengesicht mit den tiefen Falten und den unruhigen, durchdringenden Augen zu, die eine lange Weile auf mir ruhten und sich dann, wie von einer seltsamen Scheu ergriffen, abwandten. Einen kurzen Moment war mir, als wäre mir dieser Blick bis tief in die Eingeweide gedrungen. Aber schon täuschte der Mann Amboise Gleichgültigkeit vor.

»He«, sagte er mit schleppender Stimme zu Elie, »da atmet man also die Düfte mit dem Winde ...«

Und im Vorübergehen sein Hemd von der Erde aufhebend, schlug der rotbraune Schwarze den Weg ein, den ich soeben gekommen, stieg geräuschlos den Hang hinab und verschwand.

»Ich verschlinge dich mit den Augen und habe dich noch nicht einmal begrüßt ...«, sagte Elie.

»An dir ist es, zu sprechen, nicht ich bin der Mann ...«

»Du willst, daß ich spreche, Télumée, und weißt doch ganz genau, was in meinem Herzen vorgeht ...«

»Nur das Messer weiß, was im Herzen des Kürbisses vor sich geht.«

»Was sprichst du mir von Messern und von Kürbissen? Sprich mir lieber von der kleinen Kerze, die gestern abend in dem Zimmer in Belle-Feuille aufleuchtete und wieder erlosch ...«

Während Elie solchermaßen scherzte, näherte er sich mir, und als er bei mir stand, schloß er mich in seine Arme, und ich erinnerte mich, schon damals unter dem Flammenbaum der Schule diesen ängstlichen Schimmer in seinen Augen gesehen zu haben, als er mir vom Urwald und von den Spuren erzählte, die sich eines Tages verlieren könnten ...

»Ach«, murmelte er in einem Atemzug, »ich sah dich unter einem schönen, gestärkten und gebügelten Betttuch aus

Spitze, und nun leihen wir uns unser Lager von den Mangusten und den Ratten des Feldes.«

»Warten wir also auf die Bettücher aus Spitze ...«

Ein gewaltiges Lachen, das von überall aus dem Wald kam, hatte uns ergriffen, während unsere beiden Papierdrachen schaukelnd in den Himmel stiegen.

Ich öffnete die Augen und hörte als erstes das Rauschen des Wildbachs in der Schlucht. Mein Kopf ruhte weich auf einem kleinen Lager aus Blättern, zu Füßen eines Mahagonibaums, dessen hochragende Wurzeln mich wie der Rahmen eines Bettes umgaben. Elie saß auf einer dieser Wurzeln und schaute mich ohne zu lächeln und mit vor Aufmerksamkeit gerunzelten Brauen an. Sein Gesicht erschien mir wie der Bug eines Schiffes, mächtig, den Wind zu teilen, die Stürme des Lebens zu brechen, und ich fand es über alle Maßen schön. Seine Arme waren übereinandergeschlagen wie einst in der Schule, und mit seinen nackten Füßen kratzte er behutsam die Erde. Als er sah, daß ich wach war, sagte er feierlich: »Erhebe dich und geh vor meinen Augen hin und her.« Und nachdem ich unter seinen Blicken einige Schritte gemacht hatte, fragte ich ihn:

»Man behauptet, so etwas sei zu sehen ... wie ist mein Gang, hat er sich verändert?«

»Das ist der ganz normale Gang einer Frau.«

»Also haben wir große Fortschritte gemacht ...«, sagte ich lachend.

»Du bist nun eine Frau«, sagte Elie mit ernster Miene, »und du bist eine treue Frau, ich schaue dich an und sehe, du bist wie eine schöne, gerade richtig ausgereifte Brotbaumfrucht, die sich im Winde wiegt. Wirst du dich nun aber vom Baum lösen und herabfallen ... und fortrollen ...?«

»Alles hängt vom Wind ab, manche Winde werfen euch ab, andere wieder festigen euren Halt, stärken euch ...«

»Für eine ausgereifte kleine Brotbaumfrucht hast du sehr schöne Worte!«

Elie reichte mir die Hand, und wir gingen nach Fond-Zombi hinunter. Erst nahmen wir die Gipfel der Hügel wahr, dann die Wipfel der Bäume, die verrosteten Dächer der kleinen Hütten und schließlich den Staub der Straße. Die untergehende Sonne setzte sich nieder und zog dann weiter, schwebte direkt über dem Ozean, es war, als gelänge es ihr nicht, von der Erde zu scheiden, das Dorf sich selbst zu überlassen. Bald würde es dunkel sein, von der See blies in kurzen Böen ein lauer Wind. Elie blickte weiterhin ernst drein, die zwei Falten furchten noch immer seine Stirn, und ich fühlte mich machtlos, entwaffnet, da ich nicht wußte, wie ich ihm Kraft und Sicherheit wiedergeben könnte. Als ich aber am Straßenrand, unweit der Hütte von Reine Sans Nom, direkt unter dem Chinapflaumenbaum, wie ich es gewünscht hatte, die kleine, nagelneue Hütte erblickte, kam eine Süße über mich, ich hatte das Gefühl, wie ein Kohlenofen zu glühen, der die tiefsten Tiefen des Himmels erwärmen kann. Großmutter saß in ihrem Schaukelstuhl und träumte von den Trugbildern des Lebens. Sie schien kaum erstaunt, uns so des Abends Hand in Hand ankommen zu sehen. Sie hörte nur auf zu schaukeln und lächelte seltsam, als wollte sie das kleine Mädchen beruhigen, das, wankend und verloren zwischen Himmel und Erde, vor ihrer Hütte stand.

»Du hast keine Arbeit mehr und lachst so?« fragte sie schließlich.

»Ich werde sicherlich nicht lange herumbummeln«, sagte ich mit geheimnisvoller Miene.

Bei diesen Worten runzelte Elie die Brauen, er drehte sich zu mir um und hielt mich mit einem strengen, stolzen Blick zurück, als wollte er mich an den Ernst des Augenblicks erinnern, mich bitten, meine Seele mit Ehrerbietung und Achtung zu wappnen. Sobald er mit meinem Benehmen zufrieden war, wandte er sich an Reine Sans Nom und sagte: »Reine, heute stehe ich als Mann vor dir.«

Großmutter erhob sich aus ihrem Schaukelstuhl und sagte in einem überaus ernsten Ton, dessen leise Ironie Elie entging:

»Bedenke, mein Sohn, daß ich neue Trommelfelle in meine Ohren eingesetzt habe, um dich so anzuhören, wie es einem hundertjährigen Greis gebührt.«

»Nun gut«, fuhr Elie fort, »da wir jetzt unter Erwachsenen sind, werde ich keinen Kieselstein auf den Grund meiner Kehle tun, um den Klang meiner Worte zu dämpfen. Und so will ich dir gestehen, Reine, daß ich augenblicklich in einem sehr ungemütlichen Bad sitze, einmal ist es kochend, einmal eiskalt, und dabei wünscht ein jeder Mann sich ein kleines, lauwarmes Bad. Du hast begriffen, ich kenne Télumée, ich sehe sie in den Waldern, ich sehe sie auf den Feldern und auf dem Grund der Flüsse, aber nicht so möchte ich sie sehen. Ich habe eigens ein Haus errichtet, um zu sehen, wie sie darin unsere kleinen Arbeiten erledigt. Aber ich weiß nicht, ob je der Tag kommt, da ich ihr einen goldnen Reif an den Finger stecken werde. Ich weiß es nicht, Reine Sans Nom, ich weiß es selbst nicht, aber wenn ich heirate, so wird meine Hütte nicht mehr ein Feld ohne Yamswurzeln, Eibische und Boucoussous-Erbsen sein, alles wird dort sprießen, vom Bett bis zur Veranda, die den Wind abhalten soll. Ich bin keine Gladiolenzwiebel und kann euch daher nicht versprechen, ob ich rot oder gelb aus der

Erde kommen werde. Morgen kann unser Wasser zu Essig oder zu Süßwein werden. Sollte es aber Essig sein, so verflucht mich nicht, laßt eure Flüche ruhig im Innern des Wollbaumes schlafen, denn sagt mir, erlebt man hier in Fond-Zombi nicht häufig die Verwandlung eines Mannes in einen Teufel?«

War das der rechte Tag für solche Worte, waren es Elies Gedanken, nur seine Gedanken, oder war es ein Zeichen, das ihm die Geister gegeben ... ich war wie erstarrt, ich wollte ihn fragen, wollte es wissen, aber Großmutter hatte mich zu vertreten. Und ich sah den Blick der Greisin wandern, einen mir unbekannten Ort erreichen, wieder aufbrechen, sich uns nähern, sogar unsere Körper, unsere Haare streifen und sich dann schließlich erst auf meine, dann auf Elies Stirn niederlassen. Dann schenkte sie Elie ein schönes, friedliches Lächeln und antwortete:

»Erschrecke sie nicht, mein Schwarzer, störe nicht ohne Grund den Frieden der Tauben. Da aber Offenheit mit Offenheit vergolten wird, so höre: wir Lougandor, wir sind keine Rassehähne, wir sind Guinmes-Hähne, Kampfhähne. Wir kennen die Kampfbahnen, die Menge, den Kampf, den Tod. Wir kennen den Sieg und die Niederlage. All das hat uns nie am Leben gehindert, da wir weder auf das Glück noch auf das Unglück setzten, um existieren zu können, ähnlich den Blättern der Tamarindenbäume, die sich des Nachts schließen und des Tags öffnen.«

»Und wenn sich der Tag niemals öffnet, was wird dann aus den Lougandor?« fragte Elie.

»Wenn sie wissen, daß es keinen Tag mehr geben wird, legen die Lougandor sich zum Sterben nieder«, sagte Großmutter mit heller Stimme. Und zu mir gewandt, fuhr sie mit ebenso ruhiger Stimme fort: »Winde dich wie ein Filao, strahle wie ein Flammenbaum, knistere und stöhne wie ein Bambusrohr, aber beweise, daß du nun Frau bist, und sei tapfer dabei, meine Allerschönste; und wenn du wie ein Bambusrohr knisterst, wenn du vor Überdruß und Ekel seufzt, dann stöhne und verzweifele, wenn du allein bist, vergiß niemals, daß es irgendwo auf Erden eine Frau gibt, die mit dem Leben zufrieden ist.«

Mit gelöstem Gesicht zog sie Elie an sich, küßte ihn zärtlich und murmelte, als verriete sie ein Geheimnis: »Wenn du Schiffbruch erleidest, mein Schwarzer, wird sie mit dir untergehen.. «

Dann war alles still. Großmutter schloß die Augen, Elie stand in Gedanken versunken da, ohne sich zu rühren, nur ich vernahm die Geräusche und das Flüstern der Nachbarinnen, die sich vor der Hütte versammelten und von fern die Ohren spitzten, damit ihnen nicht das kleinste Wort entgehe. Als ich Elies Hand fest drückte und ihn anschaute, wurden alle Befürchtungen zu einem feinen Rauchwirbel, der sich in der Luft auflöste. Angelockt von dem allgemeinen Gerücht, war Vater Abel aufgetaucht, er streckte uns seine Hände entgegen, und seine kleinen gelben Augen blitzten schalkhaft. Ihm war heiß, so bewegt, wie er war, und sein sonst schwarzes Gesicht hatte eine erstaunliche dunkelrote Färbung angenommen. Seine Wangen schienen mit einemmal hohl, die Falten schnitten tiefe Kerben, wie man sie den Fischen beibringt, in sein lebendiges Fleisch. Ohne uns eines Blickes zu würdigen, ging er auf Reine Sans Nom zu und sagte mit vor Heiserkeit knisternder Stimme zu ihr: »Oh, wieviel Trübsal, oh, wieviel Fesseln und Trübsal ...« Und mit einem fröhlichen Glucksen fuhr er fort: »Gott im Himmel, welch riesiger Haufen von Pechvögeln marschiert doch über die Erde, nehmen wir beispielsweise nur einmal Reine Sans Nom und sehen wir, was für ein Unglück sie am heutigen Tag verfolgt: meine Schenke zu ihrer Rechten und Télumées Haus zu ihrer Linken. Oh, wieviel Fesseln und Trübsal ...«

Dabei kicherte er vorwitzig und unschuldsvoll wie ein Kind, während Reine Sans Nom in frostigem Ton bemerkte: »Vater Abel, jeder weiß, daß in dieser Angelegenheit Sie der einzig Betroffene sind ...«

Aber dann konnte auch Großmutter nicht mehr an sich halten und brach selbst in ein leises, jugendliches Lachen aus, das sieghaft in die Lüfte stieg und uns alle mitriß, so daß dieses Lachen der Alten und der Jungen zu einem einzigen Lachen wurde, das aus ein und derselben Menschenkehle drang. Die Neugierigen auf der anderen Straßenseite lachten mit, ohne zu wissen, worum es ging. Zögernd überzog sich der Himmel mit rosiger Helligkeit, aber schon drängten sich die Schatten um die Bäume, und von einem Augenblick zum anderen würde die Dämmerung über Fond-Zombi hereinbrechen. Großmutter ergriff einen schönen runden Korb mit einer Kaffeemühle, Küchengerätschaften, einer Waschschüssel, einem Liter Petroleum und einigen Stoffetzen für unser Lager. Alles war fertig und stand seit dem Abend vorher für uns bereit. Sie gab Elie eine Lampe mit bauchiger Glocke in die Hand, und der ganze Zug setzte sich in Bewegung, Reine Sans Nom mit ihrem Korb auf dem Kopf vorneweg, Elie mit der angezündeten Lampe, ich mit meinem Bündel und zum Schluß der aufgekratzte Vater Abel, der unverständliche Worte in den Abendwind sprach. Die Hütte maß vier mal fünf Meter und war auf Steinen errichtet wie die der Reine Sans Nom. Eine Leiter war an das Dach gelehnt. Vater Abel trat in das Haus und kam mit einem roten Blumenstrauß wieder heraus, den er mir vergnügt grinsend überreichte. Ich kletterte geschwind auf die Leiter, befestigte den Strauß an einem Dachsparren, und aus der Menge, die sich etwas abseits hielt, um unsere Vertrautheit nicht zu stören, erklang Beifall. Reine Sans Nom hockte sich dicht beim Chinapflaumenbaum, wenige Meter von unserer Hütte entfernt, neben die drei Steine, die die Kochstelle bildeten. Sie machte Feuer an, zog drei Maiskolben aus ihrer Bluse und briet sie in der Flamme. Als die Kolben gar waren, entkörnte sie sie, lud uns ein, davon zu essen und ließ die restlichen Körner zur Hälfte in Elies Tasche und zur Hälfte in meine Bluse zwischen meine Brüste gleiten, uns so viele Geldstücke wie Maiskörner wünschend. Nachdem das alles vollbracht war, sagte sie mit vor Rührung fremd klingender Stimme: »Jetzt, wo Feuer und zubereitete Speise da sind, könnt ihr eure Hütte in Besitz nehmen.«

Als Reine Sans Nom gegangen war, setzten wir uns auf die Schwelle unseres Hauses und blickten in die Dämmerung, die sich langsam über das Dorf, das Gebirge, das ferne Meer herabsenkte, die alle sichtbaren Dinge in einen blaurosa Dunst hüllte, in dem nur die kleinen gelben Lichter der Hütten dicht über dem Erdboden und das silbrige Funkeln der Sterne über uns zu sehen waren. Die Leute in Fond-Zombi steckten mitten in den Weihnachtsvorbereitungen, in der Ferne erklangen Lieder, und von Haus zu Haus, von Hügel zu Hügel, bis zum Rande der Wälder strömten die Wogen des Akkordeons. Hin und wieder ertönte ein Kirchenlied, und der Wind trug den Duft der Johannisbeeren herüber, die in den Töpfen über großem Feuer kochten, um zur Weihnachtsnacht fertig zu sein. Und ich sagte mir, daß mit so einem Duft in der Nase sich die Frauen noch stärker als Frauen fühlen, das Herz der Männer zu tanzen beginnt und die Kinder nicht einmal mehr wachsen wollen. Nachdem wir eine ganze Weile so dagesessen hatten, breitete ich das Bündel Lumpen auf unserem Fußboden aus, und wir ließen uns darauf nieder, eng beieinander, schweigend, wie zwei Diebe, und sahen zu, wie das Dorf nach und nach versank, langsam in der Nacht verschwand wie ein Schiff, das der Nebel verschluckt.

7

Am nächsten Morgen erwachte ich mit dem Empfinden, meinem Schicksal, dem Schicksal der Schwarzen, zu folgen, nicht mehr fremd zu sein auf Erden. Keine menschliche Stimme war zu hören, kein Hundegebell, auf dem Gipfel des Gebirges lag ein Leuchten, aber ein Schattenmeer umschloß das Dorf, das inmitten all dessen verloren war wie eine Insel. Ich verglich Fond-Zombi mit meiner Hütte, meine Hütte mit Fond-Zombi, und fühlte mich am rechten Platz in meinem Leben. Dann kochte ich mir Kaffee und erledigte mit langsamen, wohlüberlegten Bewegungen meine kleinen Arbeiten, als täte ich dies schon ewig an diesem Ort und zu dieser Stunde.

Vom Meer her wehte eine Brise, und ein leichter Dunst legte sich über Fond-Zombi. Die Türen der Hütten klappten in der Ferne, und Vater Abel erschien vor seinem Laden und klatschte in die Hände, als er mich erblickte. Da tauchte Elie auf, nahm den Kaffee, den ich ihm reichte, und trank ihn mit kurzen Schlucken, ohne einen Moment den Blick von mir zu wenden. Er steckte in seiner Arbeitskluft, den unförmigen Filzhut hatte er nach hinten geschoben, er schwieg und betrachtete mich mit neugieriger Miene, indes seine Augen wie kleine Wellen im Sturm tanzten. Er saß auf einem großen Stein, er stellte die leere Tasse zwischen seine

Füße, und mit träumerischen, besorgten Augen, als betrachtete er ein lebendes Wesen, sagte er zu ihr ... du bist schön des Nachts, du bist schön des Tags, und du bist in meiner Hütte, woran will der liebe Gott mich denn nun noch sterben lassen? Schließlich kratzte er sich verlegen den Haarschopf, stieß einen tiefen Seufzer aus und brummte halb unzufrieden, halb zufrieden: »Alles, was fertig sein muß, ist fertig, so daß meine Vorwürfe mir diesmal im Wald als Lekkerbissen dienen werden.«

Er nahm das noch ganz warme Kochgeschirr an sich, und ich machte mich bereit, ihn fortgehen zu sehen, ihm lange mit den Augen zu folgen auf seinem Weg zum Fluß. Aber er rührte sich nicht, und plötzlich sprudelte aus seinem tiefsten Innern, aus dem Mark seiner Knochen, ein Lachen, mächtig wie ein Wasserguß zur Fastenzeit, und füllte mit einem Schlag den ganzen Raum um unsere Körper aus. Das Gras in der Umgebung, die rauschenden Blätter des Chinapflaumenbaumes wurden von Lachen gepackt, und zum zweitenmal an diesem Morgen fühlte ich mich am rechten Platz im Leben. Die Zerrbilder, die Schrecken und die Zweifel vom Vortag waren weit weg, Elie betrachtete mich befriedigt und stolz, zog sich den Filzhut über die Augen, als wollte er an diesem Tag nichts anderes sehen als mich, und nahm ruhigen Schrittes den Weg zu den großen Wäldern.

Meinen ersten Tag als Frau begann ich mit tastenden, unsicheren Schritten, ich fürchtete die Kommentare, die Reden, das Lachen der Gevatterinnen, wenn ich vorüberkam. Als ich jedoch etwas später zum Flußufer ging, um zu waschen, stellte ich überrascht fest, daß die Frauen mich gar nicht schief ansahen und einfach sagten ... ab und zu ist es gut, wenn eine von uns ein neues Dach über den Kopf bekommt und Zärtlichkeiten dazu, damit man weiter der Sonne vertrauen kann.

»Ach, ihr kommt also des Nachts bei mir spionieren?« entgegnete ich lachend.

Dann löste sich die Neuigkeit in der Strömung, im Lachen und in den Bewegungen der Wascherinnen auf, und es war, als hätten sie in ihren Köpfen schon immer gewußt, daß es mein Schicksal war, hier in Fond-Zombi unter Elies Fittichen auf einem Zweig zu leben.

Am Nachmittag wehte plötzlich kein Lüftchen mehr, die Dachbleche glühten, ich suchte den Schatten unter unserem Chinapflaumenbaum auf, und ich hatte das Gefühl, ein zartes neues Gespinst lege sich um mich und um diese noch immer von dem roten Strauß gekrönte Hütte. Eines Tages sprach ich Reine Sans Nom von dem, was ich empfand, wenn ich unter dem Baum auf unserem Hof saß. Großmutter antwortete nicht sofort, sie sah mich forschend an, ihr Blick drang in mich ein wie das Eichmaß in das Öl. Nach dieser Prüfung küßte sie mich auf die Stirn, strich mir leicht über den Rücken und sagte:

»Das ist sehr gut, ich höre gerne Fragen, wie du sie mir stellst, nun sieh . . .«

Sie nahm einen trockenen Zweig und zeichnete eine Figur in die lockere Erde zu ihren Füßen. Man hatte sie für ein Spinnennetz halten können, dessen Faden sich an winzigen, lächerlich kleinen Hütten kreuzten. Rundherum zeichnete sie nun Symbole, die Bäumen ähnelten, dann wies sie mit einer weitausholenden Bewegung auf ihr Werk und sagte . . . das ist Fond-Zombi.

Als ich mich wunderte, wurde sie deutlicher und sagte mit ruhiger Stimme: »Du siehst, die Hütten sind nichts ohne die Fäden, die sie miteinander verbinden, und das, was du am Nachmittag unter deinem Baum spürst, ist nichts anderes als ein Faden, den das Dorf spinnt und bis zu dir, bis zu deinem Hause wirft.« Dann zeigte sie auf einen der großen Bäume am Rande ihrer Zeichnung, machte eine Gebärde, die ich nicht zu deuten wußte, und flüsterte mit plötzlich schwacher Stimme . . . dort haben wir gewohnt, Jérémie und ich.

Bald senkte sie langsam die Lider über ihre melancholischen Augen, und mit einem monotonen, unablässigen Wiegen des Kopfes schien sie sich aufzumachen in eine andere Zeit, eine andere Welt, eine andere Herrlichkeit. Darauf achtend, daß ich keinen toten Zweig, kein trockenes Blatt berührte, die sie hätten aufwecken können, ging ich davon.

Von nun an dachte ich an den Faden, der in der Nähe unseres Chinapflaumenbaumes schwebte, und obwohl ich meinen Hausstand gerade erst begründet hatte, ging ich mit Selbstverständlichkeit und in sicherer Haltung durch die Straße von Fond-Zombi. Eine gewisse Neugierde verfolgte mich, und manch einer sorgte sich . . . wie hast du dich eingerichtet, Télumée, in welchem Sinn? . . . Brutale Fragen und offene Bekenntnisse waren nicht gebräuchlich, die Leute in Fond-Zombi begnügten sich mit kurzen Besuchen, und einzig und allein der Ton einer Stimme, der Klang eines Lachens und die Leichtigkeit eines Schrittes waren dann Hinweis genug für sie. Manche Gevatterinnen gingen sogar so weit, Reine Sans Nom aufzusuchen, um herauszubekommen, ob sie unter ihren Röcken magerer oder dicker geworden war. Aber sie wurden enttäuscht, und alle ihre Schliche waren umsonst gewesen, denn Reine Sans Nom erschien ihnen unverändert, ganz und gar sie selbst. Vielleicht würde

Fond-Zombi noch immer warten, hätten nicht Elies Freunde beschlossen, das Geheimnis zu lüften, um ein für allemal zu erfahren, ob die Leute sich freuen oder ob sie klagen, ob sie sich gestärkt oder geschwächt fühlen sollten, wenn sich ihre Gedanken uns zuwandten. Eines Abends bauten sie sich vor Vater Abels Laden auf, und als Elie mit lachenden Augen und blitzenden Zähnen aus seinen großen Wäldern heimkam, sprach eine Stimme zu ihm:

»Du machst dich rar, Freund, schließ dich uns heute abend an und zeig uns, wie sehr du uns achtest ...«

»Wir leben noch, mein lieber Freund Elie, wir leben noch genauso wie alle anderen, komm mit zu Vater Abel, wir wollen anstoßen wie früher ...«

»Oh, oh, einen Tropfen Rum weist man nicht zurück«, sagte ein Dritter in einem Ton, der keinen Widerspruch duldete, »das ist gerade so, als würde ein Kranker eine Bouillon zurückweisen ...«

Vom Hof der Reine Sans Nom her, wo ich mich postiert hatte, hörte ich Elies Lachen, das sorglose Lachen eines überglücklichen Spielers, während seine Stimme verlegen murmelte:

»Meine Freunde, zwar ist ein Schwarzer immer krank, aber seht ihr mich nicht bei bester Gesundheit, so daß es keiner Bouillon bedarf?«

»Laß es gut sein mit der Bouillon, das ist nicht das Schlimmste. Das Unangenehme an der Sache ist wahrlich, daß du, der du der Rasse der Männer angehörst, Télumée eine lästige Eigenschaft nach der anderen angewöhnst, man glaubt beinah, sie hielte das Steuer deines Willens in ihrer Hand. Du schaffst es ja nicht einmal mehr, um die Zeit, die du bestimmst und die dir paßt, nach Hause zu kommen. Ein Mann treibt es verdammt noch mal nicht so, wie dressierst du bloß das Tier? ...«

Elie war mit seiner ewigen abgetragenen Kutte bekleidet, aber er schien von einer unsichtbaren Macht geschützt, gepanzert, ungemein sicher, unerreichbar für all das, was man sich ihm zu sagen erlaubte. Er rückte seinen Filzhut zurecht und ließ ein beherztes, unschuldiges, unangreifbares Lächeln über die Umstehenden wandern.

»Wißt ihr denn noch nicht, ihr Schwarzen«, sagte er, »daß es in einer Rasse immer Verräter gibt, die dem feindlichen Lager dienen?«

Diese ungezwungenen, herausfordernden Worte, diese strahlende Miene, all das waren untrügliche Kennzeichen für einen glücklichen Schwarzen. Die Leute starrten ihn nun ungläubig, mit vor Zärtlichkeit weichen Gesichtern an, und in der Luft lag eine ganz besondere, ein Ereignis ankündende Stille. Jeder schien das Leben abzuwägen, auf der einen Waagschale das Elend, den Wahn und die Traurigkeit, die dem Schwarzen angeboren sind, auf der anderen die geheimnisvolle Zufriedenheit, die euch bisweilen überkommt, wenn ihr die Natur, das Meer, die Bäume, einen glücklichen Menschen betrachtet. In solche Gedanken versunken, nickten die Leute mit dem Kopf, räusperten sich lange, hm, hm, und zuckten die Achseln, als wollten sie sagen ... was weiß ich denn von alledem? ...

»Das Leben ist voller Überraschungen«, ließ sich eine träumerische Stimme vernehmen.

»Ja, es ist kein Scherz, ein Schwarzer bedeutet trotzdem etwas auf Erden.«

Von Anfang an hatte Amboise, Elies Arbeitskamerad, sich abseits von der Gruppe gehalten und die ganze Szene mit nachsichtsvollen Blicken verfolgt. Seit einer Weile jedoch lag ihm etwas auf der Zunge, und mit einemmal sagte er: »Eure Worte erfüllen mich mit großer Freude, aber eines solltet ihr wissen, ihr Schelme: dieser Mann, den ihr dort seht mit seinem Kopf voller Glück und seinen Augen voller Übermut, dieser Mann hat zu Hause alles, was er zum Trinken braucht, starken Likör und duftenden Rum ... deshalb schaut er uns schweigend an, ohne uns zu sehen.«

Alle Blicke richteten sich auf Elie, man wartete auf ein Wort, einen Satz, ein Zeichen der Zustimmung, und für einen kurzen Augenblick empfand mein Zebra Scham und Unbehagen wie manchmal diejenigen, die reichlich bedacht sind, aber dann schnaubte er und sagte: »Ihr wißt wohl, ihr Schwarzen, es ist nicht gut, einen beliebigen Samen in einen beliebigen Boden zu tun, und es ist auch nicht klug, irgend etwas vor irgendwelchen Ohren zu äußern. Es gibt wahrlich viele Dinge, über die der Mensch nicht sprechen sollte. Allein, ich sage euch, meine lieben Freunde hier: einen stärker duftenden Rum als den in meiner Hütte gibt es nicht.«

Kaum hatte Elie diesen Satz beendet, beachtete er die Umstehenden, die ihn liebten und segneten, nicht mehr, er war schon wieder in seine glückseligen Gedanken und Träumereien versunken. Plötzlich machte er sich schwankend wie ein Nachtwandler auf den Weg und verschwand bald in der Dämmerung. In dem Licht der Sturmlaterne, die Vater Abel hinausgehängt hatte, wirkten die Leute vor dem Laden, als hätte der Heilige Geist persönlich sie heimgesucht und verklärt. Die Frauen hatten bis dahin geschwiegen, nun erbebten sie, ihre Augen glänzten vor Verwunderung, und eine von ihnen sagte plötzlich:

»Ich habe es doch gewußt, für eine Frau ist nichts auf Erden verloren ...«

» ... deshalb setzen wir Kinder in die Welt«, sagte eine andere mit ängstlicher Stimme, »wahrlich, wahrlich, das Lebell ist voller Überraschungen ...«

Ich hob den Kopf und sah einen mondlosen Himmel, an dem ein paar Sterne funkelten, die an diesem Abend sehr nahe, warm, gastlich wirkten, ebenso greifbar und erquikkend wie die Lichter eines benachbarten Dorfes.

An den Tagen danach wurde mein kleines Häuschen nicht leer. Still und neu stand es mitten in der Savanne, und mit seinem welken Strauß roter Rosen auf dem Dach schien es die Frauen anzuziehen wie eine einsame Kapelle. Sie mußten einfach eintreten, es besichtigen, mit ihrer Anwesenheit erwärmen und wenigstens eine Handvoll Ikakopflaumen oder Zuckererbsen dalassen. Meistens verspürten sie nicht einmal den Wunsch zu reden, sie berührten mein Kleid mit einem leisen Seufzer des Wohlbehagens, dann sahen sie mich lächelnd und vertrauensvoll an, so, als befänden sie sich im Seitenschiff unserer Kirche im Gebet vor ihrem Lieblingsheiligen, der die Finsternis in ihrer Seele aufhellte und sie mit neuer Hoffnung ins Leben entließ. Sie machten mir einige vage Komplimente über meine Bedeutung hier in Fond-Zombi und verließen mich mit dem luftigen Schritt von Tänzerinnen, als wäre von nun an alles, das Leben, der Tod und sogar das Gehen auf der Straße für sie nichts als ein Ballett, das so schön wie möglich getanzt werden mußte. Und in ganz Fond-Zombi, bis unter das klare Wasser seiner Flüsse, verbreitete sich das Gerücht, das Glück sei über meinen Körper, über meine Knochen gekommen, sogar mein Gesicht sei ganz verklärt davon. Großmutter lachte, und wenn man sie fragte, wie man es anstellen müsse, um ein so ausgefülltes Alter zu haben, antwortete sie mit dünner, heiserer und zitternder Stimme ... ich wußte weder, was ich gesät hatte, noch was ich ernten würde ... Und die Leute gaben sogleich

schalkhaft zurück ... glücklich, Mütterchen, glücklich derjenige, der sein Schiff im Ungewissen steuert, der weder weiß, was er gesät hat, noch was er ernten wird ...
Vater Abel hatte nicht mehr das verdrießliche Gesicht eines alten Mannes, der nicht weiß, warum er hinter dem Ladentisch steht. Er legte nun eine Zuversicht, eine Fröhlichkeit an den Tag, die keinen seinerKunden täuschen konnten. Man zog ihn wegen seiner Falten auf, die sich in rein ornamentale zarte Arabesken verwandelt hatten, und einige baten ihn sogar um Rat, wie man zu so kleidsamen Falten kommen könne.

»Wie machen Sie das nur, Vater Abel, wer hätte geglaubt, Sie eines Tages in dieser Verfassung, in dieser neuen Jugendlichkeit bewundern zu können, mit der Sie nun begonnen haben auf Erden?«

Traumverloren folgte der Alte mit dem Finger eines Künstlers den so grilligen Falten und dachte verwundert nach über das, was ihm geschah. Nun schien er plötzlich begierig, alles zu wissen, war er über alles, was in Fond-Zombi geschah, auf dem laufenden, machte er kein so uninteressiertes, bisweilen abweisendes Gesicht mehr, wenn ein Zuckerrohrschnitter vor seiner Theke herumfuchtelte. Im Gegenteil, er riß seine lebhaften, lauernden Frettchenaugen auf und hörte allem, was erzählt wurde, mächtig interessiert zu, er schrie, billigte und mißbilligte, mischte sich in den Chor und stieß laute Klagen aus, um den Erzähler anzufeuern und die Erlebnisse des Tages in glänzenden Farben geschildert zu hören. Man erfuhr, daß Vater Abels Ohren nun weit offenstanden, daß der Klatsch der Schwarzen in sie eindringen konnte, sie in Schwingungen versetzte, und es kam so weit, daß sein Laden unentbehrlich, ja zu dem Ort wurde, wo die Leute sich einfanden, um das Leben auf den richtigen Kurs zu bringen, es zu kommentieren, zu analysieren und zu verschönen. An der einen Seite des Ladens war ein kleiner Anbau, den man, um ihn vom Hinterzimmer zu unterscheiden, »neue Schenke« getauft hatte. Bisweilen war Vater Abel überfordert, und seine beiden schmächtigen und rührigen Arme reichten nicht mehr aus, um hinter dem Ladentisch Stockfisch und Rumkonfitüre sowie in den beiden Schenken Absinth und Wermut zu verkaufen. Dann rief er lange von seiner Festung her nach mir ... Télumée, Télumée, ooo ... und ich eilte herbei und stürzte mich mitten in den Lärm, tauchte in eine Brandung aus Stimmen, Schreien, Liedern, die mit ungewöhnlicher Lautstärke erklangen, alles überfluteten, mich verschlangen, mich verhexten, mich betäubten, meinen Kopf zum Zerspringen brachten, mir durch ihren Ausbruch unendliche Aussichten und Horizonte eröffneten, die mir vor wenigen Wochen unbekannt waren, als ich meinen rechten Platz auf Erden noch nicht gefunden, der eben hier war, in diesem Sumpfloch Fond-Zombi. Mit weit aufgesperrten Augen ging ich lebhaft im Hinterzimmer auf und ab, so daß der locker gefügte Fußboden unter meinen kräftigen Schritten vibrierte und bebte und Vater Abel sich bisweilen nicht enthalten konnte, mir zu sagen ... eines Tages wird mein Laden unter deinem Schritt zusammenbrechen, Télumée, glatt über seinen vier Steinen zusammenbrechen, bums. Und die Männer lachten bei der Vorstellung, daß Vater Abels Laden von meinen Schritten einstürzen sollte. Und ich selbst lachte so sehr darüber, daß ich mich setzen mußte. Wenn ich dann wieder aufstand, wieder ernst wurde, meine Augen wieder auf die Welt blickten, war es fast so, als klänge mein Lachen weiter in den Ohren derer, die es gehört hatten. Und die noch jungen Männer sahen mich ernst an und sagten mit feierlich erhobener Stirn, ich sei eine kleine lachende und singende, lachende und wirbelnde Schwarze. In jenen Augenblicken war ich fest davon überzeugt, daß alles sich ändern könne, daß seit dem Anfang der Welt noch nichts wirklich geschehen war. Und ich kehrte zu meiner Hütte zurück, um dort das Leben einer glücklichen Frau zu führen, indem ich wartete und wartete. Aber das war nicht alle Tage so, und manchmal, wenn ich mich im Spiegel betrachtete, beschlich mich Angst, ein unangenehmes Gefühl, der Gedanke, noch immer dieselbe Schwarze mit den störrischen Zöpfen, der kohlschwarzen Haut und den unsteten Augen zu sein, die sich dereinst in Belle-Feuille verdingt hatte und der Rache des Himmels nicht entgehen würde. Bei dem Gedanken, hier so sehr zu enttäuschen, wußte ich nicht mehr, wohin, ob unter den Pflaumenbaum, in den Wald, an das Ufer des Flusses. Aber bald trieb mir Vater Abel meine Narreteien aus ... Télumée, Télumée, ooo, und die Welt war wieder da, schon fielen die Stimmen um mich her, kreisten mich ein, öffneten mir Augen und Ohren, und ich schalt mich gehörig aus ... ach, Télumée, du bist noch nicht gelaufen, du bist noch nicht gerannt und außer Atem geraten, du hast dich noch nicht erhoben, die Zehen voller Blasen, und schon willst du stöhnen? So kam ich strahlend an, schenkte Absinth aus, spülte die Gläser und legte meine Bosheit in Fesseln. Und die Männer riefen, wenn sie mich sahen ... ach, du Schelmin, wenn du uns nicht bedienst, macht das Leben keinen Spaß ...

Vater Abel kam mir von seinem Ladentisch aus zu Hilfe, indem er sich zum Schein in einen seiner Zornesausbrüche hineinsteigerte: »So laßt diese Frau doch leben, laßt sie, sie ist eine Frau, und ihr seid Büffel. Ihr könnt tuscheln und euch tummeln, soviel ihr wollt, ihr Schwarzen, aber laßt sie leben.«

Das war wohl mit die schönste Zeit in meinem Leben, die Zeit, da Fond-Zombi sich reckte, aufblühte und erstrahlte. Ein Hauch von Wohlstand wehte über dem Dorf, die Zuckerrohrfelder erstreckten sich weithin, neue Felder wurden urbar gemacht, die Bananenstauden bogen sich unter der Last ihrer Früchte, und aus Basse-Terre kamen die Händler und kauften die Ernte auf dem Halm. Die Arbeitslosigkeit war aus der Mode gekommen, die Frauen befruchteten die Vanille mit Nadelstichen, und das besser gewordene Leben schnurrte friedlich. Es gab nie genug Bretter, um die Nachfrage zu befriedigen, und Fond-Zombi wurde größer, schmückte sich mit Persiennes an den Türen, mit Küchen aus Holz vom Baume Résolu, Veranden, auf denen die Leute saßen, sich erfrischten, über den Mond und die Sterne plauderten, lachten, tanzten und sich die Zeit vertrieben. Elie in seinem Wald sägte zusammen mit seinem rotbraunen Schwarzen unermüdlich Holz, und des Abends brachten erschöpfte Ochsengespanne Berge von Brettern aus Orlean-, Courbaril- und Mahagoniholz sowie Adegondepfähle ins Dorf, die, kaum angekommen, schon wieder weg waren. Elie reagierte auf all dies mit immer demselben Lied, wie eine Amsel in einem Guajavabaum:

»Une journée de travail monsieur Durancinée
Une journée de travail
Quelle longue journée monsieur Durancinée
Quelle belle journée
Une journée de travail monsieur Durancinée« *

* Ein Tagwerk, Monsieur Durancinée, ein Tagwerk. Welch langer Tag, Monsieur, welch schöner Tag. Ein Tagwerk, Monsieur Durancinée.

Es gab nichts, was für unsere Hütte zu schön oder zu teuer gewesen wäre, und auf unserem Eisenbett wogte nun die Bettdecke meiner Träume, mit Volants und für meine Augen so fremdem französischem Blumenmuster; die Leute sagten, es seien jene Heliotrope, mit denen man sich unter dem Ohr parfümiert. Ich sorgte für Elie wie eine Mutter für ihr Kind, seine Kleidung lag stets ausgebessert, gebügelt und ordentlich in der Kommode, und wenn ich ihm sein Essen servierte, führte ich die Messingkelle nicht direkt bis zu seinem Teller, sondern reichte ihm sein Mahl in einer Schüssel. Den ganzen Tag über, während mein Zebra in seinem Wald war, wirbelte ich im Freien herum, wachte über meinen Garten, meine Hühner, meine Wäsche und meine Töpfe, und samstags bereitete ich gemeinsam mit Reine Sans Nom kandierte Brotbaumfrüchte und Krabbenpasteten zu, die wir in Vater Abels Laden absetzten. Allmorgendlich, wenn ich meine Hütte gescheuert hatte, ging ich ein Stück den Weg entlang; dann drehte ich mich plötzlich um und genoß die Freude, eine kleine Hütte zu sehen in genau der für uns passenden Größe, weit weg, unbeweglich, geheimnisvoll und vertraut auf ihren vier Ecksteinen ruhend wie eine Schildkröte, die in der Sonne schläft. Nach dem Putzen am Morgen war das Wäschewaschen meine Lieblingsbeschäftigung. Ich haßte es, vor meinem Haus in einer Schüssel zu waschen und das Wasser aus meinen Krügen zu verschwenden, und ging mit dem kleinsten bißchen Schmutzwäsche an den Fluß hinunter. Ich spülte meine Wäsche gerne in fließendem Wasser, und wenn ich in der Strömung ein Kleidungsstück auseinanderfaltete, schien es mir, als würden mit dem Schmutz auch die Strapazen meines Mannes, mit dem Schweiß meiner Kleider auch ein gut Teil meiner Schrullen fortgespült. Besonders liebte ich das Wäldchen am Autre

Bord wegen der Palmen, zwischen denen wilde Bananenstauden und Kongoteerohr wuchsen. Dieser Ort erschien mir geheimnisvoll, so als hätten da vor längst vergangenen Zeiten Menschen gelebt, die es vermocht, sich am Fluß, an den Bäumen und am Himmel zu erfreuen, und bisweilen hatte ich den Eindruck, daß vielleicht auch ich eines Tages einem dieser Bäume den Blick zuwerfen könnte, auf den er wartete. Eines Tages bearbeitete ich meine Wäsche in der Strömung, als Laetitia auftauchte, dieselbe, die wir als kleines Mädchen Elies wegen gehänselt hatten. Mit trägem und hoheitsvollem Gang schritt sie am Fluß entlang und glitt wie eine träge Natter über den Boden, die Steine, die Blätter. Sie war nicht mehr die kleine Laetitia der Landstraßen. Im nächsten Augenblick flimmerte das Licht im Wäldchen, und mein Herz verkrampfte sich, als ich sah, wie schön sie war dort über dem Wasser auf einem Stein thronend, von dem aus sie mir zuschaute. Mit ihrer dicken und durchsichtigen Haut, die von irgendeinem farbigen Saft violett schimmerte, erinnerte sie mich an eine Seerose auf einem Teich. Sie beobachtete mich eine ganze Weile, ohne sich zu rühren, dann war es ihr über, mir bei der Wäsche zuzusehen, sie erhob sich, brach am Ufer ein Kongoteerohr ab, schälte es mit kräftigen Messerhieben, saugte daran und sagte: »Das bist du für Elie, meine schwarze Freundin, ein saftiges Kongoteerohr, das er einsaugt. Wirst du aber immer genügend Saft haben, ihn zufriedenzustellen? . . . Ich bin nicht eifersüchtig auf deinen Wohlgeschmack, aber ich sage dir: wer zuletzt lacht, lacht am besten . . . deshalb rate ich dir, freu dich nicht zu früh.«

Wahrscheinlich hatte sie eine Antwort erwartet, hatte auf ihrem Stein gewartet, und da nichts kam, war sie gegangen, denn als ich endlich den Kopf hob, war Laetitia verschwunden. Der Fluß war da, die Bäume, der Himmel, und wäre nicht dieser kränkliche, schwefelgelbe Schimmer der Sonne gewesen, so hätte ich vermutet, es habe sich wieder um eine meiner Grillen gehandelt, eine dieser Grillen einer glücklichen Frau. Von jenem Tage an verfolgten mich diese Worte aber wie eine Prophezeiung, sie kamen mit dem Wind vom Meer, mit dem Wind vom Land, und wenn der Fluß sang, wiederholte er Laetitias Worte. Des Kampfes müde, ging ich zu Reine Sans Nom und fragte sie, an welchen Anzeichen man erkenne, daß das Glück sich abwendet. Sie murmelte, ihres Wissens sei es auf Erden noch nie vorgekommen, daß eine einzige Frau das ganze Glück der Welt in der Tiefe ihres Mieders zusammengerafft habe und daß die Menschen sich im Tode nach dem Leben sehnen müßten. Sie sagte noch: »Wir Lougandor fürchten das Glück nicht mehr als das Unglück, und das bedeutet, du hast die Pflicht, dich heute unbekümmert und vorbehaltlos zu freuen. Ganz Fond-Zombi schaut auf dich und sieht, du bist einer jungen Kokospalme im Himmel ähnlich. Ganz Fond-Zombi weiß, es erlebt deine erste Blüte. Tu also deine Pflicht, das heißt: erfülle uns mit Wohlgeruch, meine Tochter . . .«

Mit dem Wind vom Meer, mit dem Wind vom Land, mit dem Gesang des Wassers jedoch schlichen sich Laetitias Worte ein, und meine Seele kannte keine Ruhe mehr. Meine Knochen waren voll Blei, mein Blut voll Galle, und Elie gegenüber war ich ganz und gar Argwohn geworden. Ich belauerte seine Gesten, die geringsten Veränderungen in seinem Gesicht, um den Verrat, den Überdruß oder die Lossagung aufzuspüren. Aber umsonst. Schließlich war es sein Lachen, das mir am verdächtigsten, am tückischsten erschien. Das Essen schmeckte mir schon ranzig, das Wasser, das ich trank, bekam einen bitteren Geschmack, und bisweilen vermeinte ich in seinem frischen Kinderlachen so viel Gemeinheit, so viel Arglist zu entdecken, daß ich mich dafür verachtete, neben diesem Mann zu schlafen, mich für ein Nichts hielt, ja für weniger noch als ein Nichts. Da es mir an Beweisen fehlte, konnte ich zu niemandem von meiner Schande sprechen, und wenn ich etwas durchblicken ließ, indem ich geschickt ein Wort oder eine Anspielung einflocht, machte sich Elie sofort ein Vergnügen daraus, mich schamlos zu verspotten. Eines Abends glaubte ich die Stunde der Wahrheit gekommen. Es war klares Wetter. Elie kam aus dem Wald heim, ihm folgte ein Gespann, das die Bretter transportierte. Ich stand hinter meinem Pflaumenbaum, um ihm aufzulauern, als Laetitia ihn mitten auf der Straße ansprach. Sie gingen ruhigen Schrittes nebeneinander her, und mein Herz zog sich zusammen bei dem Gedanken, daß sie jetzt nicht einmal mehr die Verschwiegenheit der Nacht suchten. Laetitia sprach mit lauter Stimme, als sollte die ganze Welt sie hören . . .

»Du weißt Bescheid«, sagte sie, »wenn du des Kongoteerohrs müde bist, so denk daran, daß es noch das Campecherohr gibt, und vielleicht bin ich eines . . .«

Sie waren jetzt ganz dicht bei dem Pflaumenbaum, und beunruhigt in Richtung unserer Hütte im Dunkel blickend, antwortete Elie flüsternd: »Angepriesene Ware verliert an Wert, Frau Verkäuferin, deshalb bleibe ich beim Kongoteerohr . . .«, und mit einem rätselhaften Auflachen fügte er hinzu: »Ach, in meinem Wald dort oben bekomme ich so lustige Dinge nicht zu hören . . .«

Im selben Augenblick entdeckte Laetitia mich, die aus dem Schatten heraustrat, und rief mir mit lässiger Stimme zu: »Télumée, meine Freundin, wo steht geschrieben, daß ein Mann für eine einzige Frau gemacht sei?«

Ihr Haar war zu vier Zöpfen geflochten, die ihr auf den Rücken fielen. Sie hüllte sich in ihre Haut wie in einen Seidenmantel, und ich fand sie prachtvoll ...

»Laetitia, Laetitia, du bist sehr schön, das ist wahr, aber deine Schönheit ist die einer Seerose, die in modrigem Wasser wächst.«

» ... eine Seerose in modrigem Wasser, vielleicht«, sagte sie lächelnd, »du magst zwar eine Kokosblüte sein, die unter freiem Himmel wächst, aber beim ersten leichten Wind wirst du fallen.«

»Warten wir den Wind ab, meine Seerose, warten wir, daß er aufkommt.«

»Ganz nach Belieben«, sagte sie, zuckte die Achseln, lachte kurz auf und entfernte sich mit ihrem gleitenden, schlängelnden, ungezwungenen Gang, bei jedem Schritt ihre langen Zehen über den Boden ziehend. Ein Schimmer blieb am Himmel zurück, drehte sich langsam, als wollte es der Sonne nicht gelingen, Fond-Zombi zu verlassen. Ich fand mich unter Elies Blick wieder, die Seele leer und leicht, ein aufrecht stehendes rotes indisches Blumenrohr, und sagte zu meinem Herzen ... ach, Télumée, meine Schöne, du wolltest stöhnen, aber die Stunde deiner Pein hat noch nicht geschlagen. Schon zog mein Mann, ohne weiter abzuwarten, die Bretter von dem Gespann, verteilte sie rings um unsere Hütte und sang dabei:

»Télumée quelle belle enfant
Une enfant une canne congo mesdames
Une canne congo au vent
Elle penche et se relève

Elle se relève et penche
Il faut la voir penchée mesdames
La voir seulement penchée mesdames« *

* Welch schönes Kind ist Télumée, ein Kind, ein Kongoteerohr, Mesdames, ein Kongoteerohr im Winde. Sie neigt sich und erhebt sich wieder, sie erhebt sich und neigt sich wieder. Geneigt muß man sie sehen, Mesdames, geneigt nur sie sehen, Mesdames.

7

In der Vollkommenheit, der Schnelligkeit und dem Widerhall meines Aufstiegs lag etwas Beunruhigendes, und ich war bestürzt, zu gleicher Zeit die drei Kronen erhalten zu haben, die man erst am Ende eines langen Lebens erträumt. Die Liebe, das Vertrauen der anderen und die Glorie, die eine jede Frau im Glück umgibt, waren viel zu große Geschenke, als daß man vor dem Auge Gottes hätte ungefährdet bleiben können. Und so geschah es mir, daß ich mich im Schatten meines Chinapflaumenbaumes vor Entsetzen schüttelte, wenn ich die genaue Zeit wissen wollte, da dem Herrn meine Kronen verdächtig sein würden. Aber jedesmal eilte ein kleiner Windhauch herbei, spielte mit meinem Rock, meinen Ärmeln, meinen Zöpfen, ich empfand, ich könnte so weitermachen bis zum Ende aller Zeiten, und es war, als läge ich schon zurechtgemacht, gepudert, mit glücklichem Gesicht auf meinem Totenbett.

Seit dem Abend, da Reine Sans Nom mich zu dieser Hütte geleitet und einige Maiskolben gebraten hatte, um meine Anwesenheit unter Elies Dach zu rechtfertigen, schien es mir, als wäre ich in eine neue Welt eingedrungen, war mir, als hätte ich nie gelebt, nie zu leben gewußt. Ich lebte nur dann, wenn Elie mich anschaute, und ich spürte es genau: sollte er sich eines Tages von mir abwenden, würde ich wieder im Nichts vergehen. Ich beobachtete ihn, wie ein Seemann bei schönem Wetter den Wind beobachtet, wissend, daß nicht alle Schiffe wohlbehalten im Hafen ankommen. Meine Gefühle für ihn wirkten sich aus auf alle Wesen, die mir unter die Augen kamen, und ich wunderte mich über die Meisterschaft und die Fügsamkeit, mit denen der Mensch sein Schicksal erfüllt, und sei es noch so wechselhaft, unvorhersehbar und maßlos. Das Leben verflog, Sonnen und Monde gingen unter und standen erneut am Himmel, aber das Andauern meiner Freude stellte mich außerhalb der Zeit. Unterdessen waren da die toten Kinder, die Greise, die sie überlebten, die verratene Freundschaft, die Hiebe mit dem Rasiermesser, die Bösen, die sich an ihrer Bosheit stärkten, die Frauen mit ihren aus Verlassenheit und Not gewebten Kleidern und alles übrige. Manchmal drang langsam ein langer Dorn in mein Herz, und ich hätte dem Baum ähnlich sein wollen, den man Résolu, den Resoluten, nennt und auf den, so sagt man, sich die ganze Erdkugel mit all ihrem Elend stützen könne.

Eines Abends, als ich wie gewöhnlich vor meiner Hütte spazierenging, verfolgte mich eine Gevatterin mit so beharrlichen Blicken, daß ich sie fragte ... Mütterchen, empfindest du eine so große Liebe für meine Person, daß du deine Augen derart an mich vergeudest? ... Und die Frau antwortete mir sofort, als hätte sie meine Frage erwartet und sich darauf vorbereitet ... wer liebt nicht die Libellen, du bist eine Libelle und weißt es nicht einmal, du hast es verstanden, deine eigene Seele zu erleuchten, und deshalb erstrahlst du vor aller Augen ...

»Mütterchen, wenn du mich für eine Libelle hältst, vielleicht werde ich eine ...«

Mit diesen Worten setzte ich meinen Spaziergang fort

und sagte mir, ist dies schon so sichtbar, dann ist vermutlich die Zeit nahe, da mir jede Sekunde wie ein ganzes Jahr vorkommen wird. Dunkelheit sank über der Siedlung herein, die Sonne verschwand am Horizont, ein schwerer Geruch stieg in die Luft, und ein trauriger, blasser Halbmond setzte sich auf das Gebirge. Etwas später fand ich Reine Sans Nom in ihrem Schaukelstuhl sitzend vor. Im Gras um sie herum schienen Kröten den Tau zu suchen, der nicht fallen würde. Als ich mich auf einem Stein niederließ, sagte Reine, ohne mich anzusehen:

»Der Wind wird nicht aufstehen, er ist ebenso müde wie ich ... ob er des Nachts aufsteht? Vielleicht, aber alle werden schlafen, und niemand wird etwas davon haben ...«

»Das ist eine Fastenzeit für die Zombis, nicht aber für die Menschen«, sagte ich, um sie zu erheitern.

»Was mußt du dich um die Menschen sorgen«, meinte sie mit einem leisen Lachen, »es gibt viele Zombis, und die Fastenzeit bekommt ihnen bestens. Aber daß du die Regenzeit so gut von der Fastenzeit unterscheidest, das überrascht mich ... bist du wieder auf die Erde zurückgekehrt?«

Nun mußte ich lachen, ich berichtete ihr auf diese Anspielung hin die Worte der Gevatterin und sprach ihr von meinen Ängsten. In diesem Augenblick sah ich neidvoll auf Reine, ich hätte schon gelebt haben, fast am Ende meiner Tage angelangt sein wollen. Da fragte ich sie:

»Was ist dem Menschen eigentlich angeboren, das Glück oder das Unglück?«

»Je nachdem«, sagte sie.

»Wie muß man es also anstellen, um auszuharren ...«, fragte ich mutlos weiter.

»Meine Tochter, du wirst dich dann wie ein Toter fühlen, dein Fleisch wird totes Fleisch sein, und die Messerstiche wirst du nicht mehr spüren; danach dann wirst du wiedergeboren, denn wäre das Leben nicht im Grunde schön, würde die Erde entvölkert sein. Man muß glauben, daß auch nach dem größten Unheil etwas fortbesteht, denn die Menschen wollen nicht vor ihrer Zeit sterben. Du, meine kleine Kokosblüte, kümmere dich nicht um all das. Du sollst jetzt glänzen, glänze also, und an dem Tag, da das Mißgeschick dir sagt: hier bin ich, wirst du wenigstens geglänzt haben.«

Wir hatten viele Fastenzeiten gekannt, aber nach einer Zeit der Lethargie, in der kein vergiftetes Wort ausgesprochen wurde, überwanden Fond-Zombi und seine Bewohner jedesmal die Trockenheit, die Arbeitslosigkeit, die Mutlosigkeit, und das Zuckerrohr grünte von neuem, wir nahmen unseren Platz im Weltenlauf wieder ein, und die Erde drehte sich weiter. Diesmal aber war anscheinend alles anders. Es war Saisonbeginn, und die Menschen schienen schon am Ende ihrer Kraft, vom Nichtstun erschöpft. Und eben erst sagten einige Schwarze lachend zueinander ... was kann man anderes tun, wer kann einen Sterbenden am Leben hindern?

In jenem Jahr begann das Mißgeschick Fond-Zombis mit einer Regenzeit, die alle überraschte. Wasserhosen stürzten über das Dorf herein und verwandelten die Wege in schlammige Wildbäche, die die ganze Fruchtbarkeit der Erde ins Meer spülten. Die Früchte fielen vor der Reife ab, und die Schwarzen bekamen einen schmerzhaften trockenen Husten. Warten wir ruhiges Wetter ab, sagten sie und vergaßen, daß eine schlechte Regenzeit besser ist als eine gute Fastenzeit. Und die Fastenzeit brach an, glühend heiß, betäubend, sie ließ die Schweine ersticken, verheerte die Hühnerställe, indes die Blätter der Bananenstauden zu Schraffuren des Windes wurden, verblichener Flitter, der zum Zeichen der Auflösung Risse in die Landschaft zeichnete. Fond-Zombi ähnelte einer Wüste, und das Unheil schien in der Luft das einzig Greifbare, auf das die Leute ganze Nachmittage über stumpfsinnig ihre Blicke richteten. Die Frauen eilten mit nervöser Hast durch die Straße, kaum konnte man ihre Magerkeit, die Traurigkeit in ihrem Blick wahrnehmen. Wie Schatten glitten sie dahin, und wenn sich zwei begegneten, tauschten sie einen flüchtigen Gruß, als wollten sie einander sagen ... man muß dem Unheil durch unser Schweigen Einhalt gebieten und außerdem, seit wann ist das Elend denn ein Märchen? ...

Von Anfang an, bevor die Schweine starben, bevor der Pips die Zunge der Hühner anschwellen ließ, sogar vor dem Gespräch mit der Gevatterin, das den Gipfel meines Aufstiegs kennzeichnete, hatte ich gewußt, daß die Stunde meines Sturzes nahte. Für Elie schien die Sonne trüber geworden, schien ihren Glanz verloren zu haben, und man las in seinem Blick, daß dieser Mann die Verzauberung sobald nicht erfahren würde. In Fond-Zombi wurde kein einziges Häuschen mehr gebaut, es gab nur noch Bruchbuden, Pappkaten, geflickte Dachbleche, und alle Bretter, die zu verkaufen waren, türmten sich zuhauf um das Haus wie vom Meer an den Strand geschwemmtes Holz. Elie ging weiter in seine Wälder, ganz allein, aus purem Starrsinn, aber er sang kaum noch, wenn er seine Courbaril- und Mahagonibretter auslegte. Nachdem er einen großen Schluck Rum getrunken, irrte er auf dem Hof herum, sah sich jedes Brett genau an, breitete dann im Dunkel seine nutzlosen

Arme aus, betastete vorsichtig seine Muskeln, den Körper nach rechts oder links geneigt, als könnte er das Gewicht seines Knochengerüstes nicht mehr tragen. Eines Abends, da er noch trauriger wirkte als sonst, begann ich leise eine kleine Beguine zu trällern, um ihn an die guten Zeiten zu erinnern. Er schaute mich aber mit so entrüsteter Miene an, daß ich sofort aufhörte, und er schien sagen zu wollen: Meine arme Frau, ist dir nicht klar, daß die Zeit der Lieder vorbei ist? ... Als ich ihm am nächsten Morgen sein altes Kochgeschirr für den Wald reichte, riß er es mir heftig aus den Händen, schmetterte es auf den Boden und schrie: »Siehst du hier in der Gegend auch nur den kleinsten Pfahl für ein neues Haus, daß du dich unterstehst, mir ein Kochgeschirr zu reichen?«

Die Bestürzung lähmte mich, ich konnte die Augen nicht von dem auf dem Boden verschütteten Essen abwenden, zu dem bereits kleine Ameisen krabbelten. Als ich Elie wieder anschaute, kratzte er sich mit finsterem Gesicht den Kopf, sah mit verstörtem Blick zum Himmel, zu den Bretterstapeln ringsum, zu den Bäumen in der Ferne, als wüßte er nicht, an wen oder an was er sich halten sollte, um seinen Groll loszuwerden.

»Ach, ach«, brummte er leise vor sich hin, »was ich immer befürchtet habe, trifft jetzt ein, Télumée, wir wohnen nicht mehr auf dem Festland, wir sind auf hoher See, ihren Strömungen ausgeliefert, und da frage ich mich, ob ich einfach so untergehen werde, gleich beim erstenmal ...«

»Und ich, ich frage mich, welcher Fisch dich schon fressen soll, du mit deiner zähen Haut«, sagte ich in leichtem, beruhigendem Ton.

»Sie sieht dir zäh aus, verlaß dich aber nicht allzusehr darauf ...«

Er drehte mir den Rücken zu und ging langsam ins Dorf, jene Enttäuschten aufzusuchen, die sich jetzt zusammentaten, um zu trinken, zu streiten, sich gegebenenfalls zu schlagen, beim Würfeln ihre Ersparnisse zu verspielen, die Zeit auf den gleichen Adegondeveranden totzuschlagen, wo man noch vor kurzem von den Sternen und vom Sinn des Lebens gesprochen hatte.

Seit jenem Tag verbrachte er seine beste Zeit unter diesen zerrütteten und wunden Seelen der arbeitslosen Schwarzen, und wenn er taumelnd nach Hause kam, wollte er nichts essen, er spuckte in hohem Bogen bräunlichen Speichel aus und murmelte . . . vor langer Zeit . . . sägte ich . . . aber jetzt habe ich Freunde gefunden, die mich lieben, unwichtig also . . . Manchmal, wenn er von diesen Zusammenkünften heimkam, war er ganz verändert und warf einen mysteriösen, durchdringenden Blick auf alles, als wäre er im Besitz des höchsten Geheimnisses um alles Sein. Ich neidete ihm diese Augen eines Raubvogels, der über das Leben hinwegfliegt, auch ich wollte das Geheimnis wissen, das man sich auf den Veranden weitererzählte, seit Fond-Zombi seinen Platz im Weltenlauf verlassen hatte. Begierig, denselben Blick zu bekommen wie mein Elie, beschloß ich eines Nachmittags, zu einem dieser Treffen zu gehen. An jenem Tag saß die Gruppe der Untätigen am anderen Ende des Dorfes beisammen, unter der Veranda von Madame Brindosier, einer schon bejahrten Frau mit einem Kranz aus weißen Zöpfen, die es aber liebte, das Böse auf Erden zu nähren. Auf den Fersen hokkend, hielt sie sich etwas abseits unter einem Flammenbaum, und die Augen starr auf das Spektakel gerichtet, bewunderte sie die Gruppe der kühnen Teufel, die unter ihrer schönen Veranda fluchten, heulten und sich boxten. Von Zeit zu Zeit erhob sie sich und beugte sich über die Balustrade . . .

»Das wird von Jahr zu Jahr schlimmer«, seufzte sie, »die Menschen stürzen immer tiefer, aber nicht das bringt sie um ...«, und in ihren schönen braunen, mit goldenen Punkten übersäten Augen las man naives Staunen.

Ich mischte mich unter das Publikum, das draußen vor der Balustrade stand, und verbarg mein Gesicht hinter einer dieser glatten Bohlen, die Elie vor einigen Jahren aus dem Walde geholt hatte. Zuerst entdeckte ich am anderen Ende der Veranda den großen rotbraunen Schwarzen Amboise, der seinen Blick aufmerksam über die Menge gleiten ließ. Dann erst wurde ich des beständigen Tumults drinnen gewahr, der von den heiseren Schreien beim Würfelspiel, von unablässigen, mutwilligen Herausforderungen durchschnitten wurde. In diesem Augenblick gingen zwei Männer mit wilden und resignierten Mienen aufeinander los. Elie spornte sie an und sang mit hohlen Wangen, blutunterlaufenen Augen und vor Wut und Ohnmacht geschwollenen Schläfen Trinklieder. Plötzlich brach er in ein unsinniges Gelächter aus, und der Kampf brach ab, als taugte er plötzlich nicht mehr dazu, die Verwirrung der Geister und der Herzen zu bemänteln.

»Es ist höllisch heiß hier«, sagte er keuchend, »und ich krepiere vor Kälte ...«

Dann packte er eine Flasche Rum, trank einen gewaltigen Schluck, der ihm den Atem benahm, setzte die Flasche ab, um ein paar Worte zu sagen, denen er einen langen Strahl bräunlichen Speichels hinterherschickte, wie um auszudrükken, daß selbst das Wort nur Bitterkeit und Ekel für ihn sei.

»Wer von euch kann mir antworten und mir genau sagen, was uns verfolgt, denn verfolgt werden wir doch, nicht wahr?«

Amboise trat aus der Menge und murmelte mit ferner

Stimme, so wie man zum Wind, zu den Bäumen, zu den Felsen spricht: »Freund, nichts anderes verfolgt den Schwarzen als sein eigenes Herz ...«

Unendliche Enttäuschung malte sich auf allen Gesichtern, und Elie schrie wütend: »Was redest du mir da vom Herzen des Schwarzen, wo es doch um meine beiden Arme, um meinen Beruf als Brettschneider auf dieser Erde geht ... wahrhaftig, Amboise, du glaubst, alle Weisheit der Erde gehortet zu haben, und dabei bist du nur ein Orleanbaum, der zwischen verfaultes Holz geraten ist!«

Amboise betrachtete lange das Antlitz seines Freundes, seines Bruders aus den Wäldern.

»Leider«, sagte er schließlich, »ist das Herz des Schwarzen ein unfruchtbarer Boden, den kein Wasser verbessern kann, ein Friedhof, der nie genug Leichen beherbergt ...«

Er kam durch die Menge auf mich zu, zog mich mit starker Hand zu sich heran, während hinter uns in dem Tumult auf der Adegondeveranda die Kämpfe wieder aufflammten. Wir durchquerten schweigend das Dorf, und sowie meine Hütte in Sicht kam, verließ er mich.

»Du hast sicherlich gefunden, was du gesucht hast«, sagte er und verschwand.

In jener Nacht kam Elie noch später heim als sonst, er zog mich aus dem Bett und fing an, ohne ein Wort wütend auf mich einzuschlagen. In diesem Augenblick begann mein Tod, und hinfort waren Schande und Hohn meine Engel und Wächter. Elie kam mitten in der Nacht nach Hause und setzte eine überlegene Miene auf ... ich bin eine Sternschnuppe, Schwarze, ich tue, was mir gefällt, deshalb wirst du jetzt aufstehen und mir mein Essen wärmen, bevor ich noch mit den Augen geblinzelt habe. Ich schrie nicht unter seinen Schlägen, ich war nur darauf bedacht, meine Arme vor dem Gesicht zu kreuzen, um meine Augen und Schläfen zu schützen. Diese Gebärde verzehnfachte aber seine Wut, er prügelte mich aus Leibeskräften und wiederholte dabei ständig dasselbe ... für dich sechs Fuß Erde, meine schwarze Freundin, für mich das Kittchen. Meine Haut bedeckte sich mit violetten und blauen Flecken, und bald konnte ich kein Stück meines Körpers mehr vorzeigen. Da begann ich das Tageslicht zu fliehen, denn das Elend einer Frau ist kein Turmalin, den sie gerne in der Sonne funkeln läßt. Allabendlich, wenn die Nacht herannahte, schlich ich mit meiner blaufleckigen Haut ins Dunkel hinaus und schleppte mich bis zu Reine Sans Nom. Sie half mir, mich hinzulegen, entzündete eine Schmerzenskerze und wärmte in ihrer hohlen Hand Karapateöl, das sie mir sanft einmassierte.

»Es ist ein Greuel«, seufzte sie, als sie mir die Glieder einrieb, »er sollte dich lieber wegschicken, als dich so zuzurichten. Aber so etwas gehört zu den Dingen, die nie ungestraft bleiben, und ich bin sicher, er wird seinen Lohn bekommen ...«

Der orakelnde Ton ihrer Stimme ließ mich erbeben.

»Verfluch ihn nicht, Mütterchen, der Mann geht unter, und wenn du ihn verfluchst, wird er nicht davonkommen.«

Sie aber zuckte die Achseln und schüttelte traurig den Kopf.

»Ich brauche ihn nicht zu verfluchen, Frau, das besorgt er ganz alleine.«

Eines Tages, als man schon nicht mehr daran glaubte, ließ Gott es regnen, und die Erde wurde überschwemmt, die Wurzeln wurden genährt und mit ihnen die Hoffnung der Menschen. Bald breiteten sich die Blätter der Bananenstauden wie Windmühlenflügel aus, und die Zuckerrohrfelder wogten singend unter dem zärtlichen Streicheln des Windes. Nach und nach zogen die »Teufel« von allen Veranden ab. Mit weit aufgerissenen Augen, so etwas wie gegenseitige Bewunderung im Blick, betrachteten die Leute einander schweigend und liefen jetzt so leicht durch die Straßen wie Schiffe ohne Fracht. Die Bretter rings um unsere Hütte waren ausgeblichen, sie dienten den Termiten als Nester und vermoderten im Regen. Elie kehrte nicht wieder in seine Wälder zurück. Er war ein gebrochener Mann, dem sein Körper, seine Seele, sein Atem lästig geworden. Die Leute betrachteten ihn mit scheuem Blick, und er blieb allein, ohne jeden Freund, in seiner Brust jenen Abgrund, in dem alles versank. Er kaufte sich von unserem letzten Geld ein Pferd, er begann, Fond-Zombi zu meiden und durch die berüchtigten Orte zu reiten, um dort Verwirrung zu stiften und seine berüchtigten Herausforderungen loszuwerden. Mit verhängtem Zügel kam er nach Carbet, Valbadiane oder La Roncière, setzte sich in eine Schenke, trank eine ganze Flasche Rum aus und grölte dann in die Runde ... gibt es unter euch einen Mann? Wenigstens dreimal werde ich ihn in den Bauch seiner Mutter zurückschicken. Auf diese Weise erwarb er sich den Titel des auf ewig Verfolgten, und selbst Vater Abel sagte: ich erhebe Anspruch auf Elies Kopf, seinen Körper, seine Glieder und sogar die Rosenholzflöte, die er zwischen den Beinen hat, aber ich erhebe keinen Anspruch auf sein Herz ... ach, der Abgrund der Verfolgten ist in ihm, und so, wie er losgehetzt ist, wird er die zweiunddreißig Gemeinden von Guadeloupe und die Weiler der Insel durcheilen, bald wird ihm die ganze Erde zu eng erscheinen, um seinen Körper festzuhalten ...

Wenn Elie von diesen Ausflügen zurückkam, schimpfte

er mich eine schwarze Wolke und schwor, er würde mich schon vertreiben. Und dann erging er sich in sonderbaren Gewalttätigkeiten, ausgeklügelten Grausamkeiten, die er seine Launen, seine kleinen Freuden nannte. An manchen Tagen war er verstört, weinte er, kam mit offenem Munde auf mich zu, als wollte er mir von Waffenruhe, von vergangenen Dingen sprechen, die wiederkehren könnten. Aber kein Wort kam über seine Lippen, er schaute nur resigniert in den Himmel und machte sich nach einiger Zeit wieder auf den Weg. Eines Abends, als Reine Sans Nom mich mit Öl einrieb, fragte ich sie:

»Mütterchen, spürt er denn nicht, daß ich ihn liebe?«

»An dem Punkt, meine Tochter, an dem er angelangt ist, nützt ihm deine Liebe gar nichts, selbst wenn die ganze Erde ihn liebte, würde es ihm nichts nützen. Ach, wenn die Menschen doch lieben könnten, nicht nur mit halbem Herzen, sondern mit dem ganzen Organ, das uns der Herrgott dafür gegeben, niemand würde den Tod verdienen . . . aber du siehst, nichts ist unsterblich, so ist die Welt nun einmal . . .«

MEINE ERMATTUNG wurde übermächtig, ich hatte das Leben satt, fühlte mich trunken und aufgeschwemmt vom Unglück. Elie schlug mich jetzt wortlos und blind. Eines Abends dämmerte ich im Nichts dahin. Ich hörte und hörte nicht, ich sah und sah nicht, und der Wind, der über mich hinwegwehte, traf auf einen anderen Wind. War Elie es müde, mich zu schlagen, setzte er sich auf einen Stuhl, den Kopf in den Händen, und braute sich Ideen zusammen, Schranken und Gräben, die ihn für immer von mir, von sich selbst, von der ganzen Welt trennten. Stundenlang saß er so da, vollkommen reglos, und seine einzige Beschäftigung bestand darin, jeder Wunde, die das Leben ihm geschlagen, einen noch wirreren, noch abwegigeren Gedanken entgegenzustellen, ohne daß der Kampf je für ihn günstig ausgegangen wäre. Er ging fort, kam wieder, ging wieder fort, und er sah mich nicht mehr an. Ich blieb im Schatten meines Chinapflaumenbaumes sitzen, wesenlos, entnervt, und manchmal schlief ich ein unter dem Baum, umhüllt von einem Traum, der meinen Körper erfüllte, mich in den Himmel hob. Die Leute, die vorüberkamen, betrachteten mich fast wie eine Geistererscheinung. Sie ergriffen mir gegenüber Vorsichtsmaßregeln wie bei einem leibhaftigen Geist, und wenn sie sich meiner Hutte näherten, verschmolzen alle Gespräche zu einem vorsichtigen, undeutlichen Gemurmel. Ob Kinder oder Erwachsene, alle anscheinend fürchteten, mich zu erschrecken, daß ich davonfliegen könnte. Nur ein paar herumstreunende Hunde bellten, und selbst ihr Kläffen schien die Menge in ihrer Ansicht nur zu bekräftigen, die Vorstellung glaubhaft zu machen, ich hätte mich in eine Zombie verwandelt, die von den Hunden erkannt wird.

Jetzt hörte und hörte ich nicht, sah und sah ich nicht, und der Wind, der über mich hinwegwehte, traf auf einen anderen Wind.

9

Die Frau, die gelacht hat, ist dieselbe, die weinen wird, und deshalb erkennt man schon an der Art, wie eine Frau glücklich ist, wie sie sich im Unglück verhalten wird. Ich hatte diese Redensart der Reine Sans Nom einst geliebt, heute aber, unter meinem Chinapflaumenbaum, erschreckte sie mich, sie zerriß mir das Herz, denn ich sah deutlich, daß ich nicht zu leiden verstand. Zur Zeit meines Aufstiegs hatte ich zwar zeigen können, wie man glücklich ist, aber schon bei meiner ersten Prüfung unterlag ich. Dabei wußte ich doch sehr gut, zu beklagen ist nur, wer den Krug seines Lebens nicht in der Regenzeit gefüllt; und war mein Krug nicht voll von den Jahren mit Elie? Während ich mir dies sagte, fand ich keinen Trost, ich betrachtete mich selbst mit weitgeöffneten Augen, und darüber ging die Sonne unter, brach die Nacht herein, ging am nächsten Tag dieselbe Sonne wieder auf, und nun sah ich, daß kein Faden mehr meine Hütte mit den anderen Hütten verband. Da warf ich mich auf den Boden und mühte mich, meinen Körper aufzulösen, ich füllte mich mit Blasen, und auf einmal fühlte ich mich leicht, ein Bein löste sich, dann ein Arm, mein Kopf und mein ganzer Körper verloren sich in der Luft, ich schwebte, ich überflog Fond-Zombi so hoch, daß es mir nur noch wie ein Pollenstäubchen im Weltenraum vorkam. Doch nur selten gelangte ich zu diesem Glück, kaum schaffte ich es, mein geraubtes Leben gelassen zu betrachten, selten spielte es sich vor meinen Augen ab wie ein lindernder, bedeutsamer Traum, ein schmerzliches Geheimnis, das mich staunen machte, das mir entglitt ... Ich nährte wahrhaftig die Hoffnung, Elie werde zu mir zurückkommen, seine schmutzige Seele gereinigt werden ... auch schmutzige Wasser fließen zuweilen majestätisch dahin, und sind sie gereinigt, gibt es nichts Klareres und Tieferes; und dieser Augenblick war es, auf den ich wartete, dieser Mann, auf den ich lauerte.

Jetzt sagte Elie allen, die es hören wollten, in nachsichtigem Ton ... Télumée ist ein Sturmwind, was kann ich dafür, wenn sie den Wolken nachhängt? Er hielt sich gewissenhaft an seinen Grundsatz, zur Hütte nur noch zu kommen, um das Gras auf dem Hofe zu mähen, das bisweilen mannshoch stand. Wenn ich gerade im Gras lag, das er ebnen wollte, schob er meine Beine mit der Spitze seines Messers beiseite und mähte die Stelle schweigend und ohne mich anzusehen. Er beeilte sich, zündete das grüne Gras an und ging fort, wie er gekommen, das schöne Gesicht von einem unerklärlichen, verlegenen Lächeln erhellt. Ich hätte zu einem schäumenden Fisch oder zu einem Hund ohne Pfoten werden können, ohne daß das kleinste Fünkchen Anteilnahme in seinen Augen aufgeflammt wäre, es war, als verweste ich schon unter der Erde, und ich sagte zu mir selbst ... so betrügt man seine Welt, man hält mich für lebendig, und dabei bin ich tot. Ich wußte nicht mehr, wo er lebte noch aus welcher Schüssel er aß, noch welche Hände seine Kleidung wuschen und bügelten. Er war vom Rum zum Absinth übergewechselt, der zwischen ihn und den Rest der Welt einen

Schleier legte von derselben Farbe, trüb, fließend und unbestimmt, in dem er sich vorwärtsbewegte. Eines Abends sprang er von seinem Pferd, stürzte in unsere Hütte, sank kraftlos am Tisch nieder, nahm den Kopf zwischen beide Hände und schloß die Augen. Ich zündete die kleine Lampe aus rosenfarbenem Glas an, die Reine uns geschenkt hatte, und sah bei ihrem Schein, daß Elies Gesicht grünlich war und schweißbedeckt. Eine Woge von Zärtlichkeit überflutete mich, es war, als sähe ich den Jungen wieder, der mitten im Bassin bleu unsere Krebse fing. Ich trat zu ihm , um ihm das Gesicht abzuwischen, und fragte . . . du hast die Farbe gewechselt, mein Schwarzer, bist du etwa krank?

Er hob den Kopf und sah mich an mit Augen, die mir fremd waren, mit den Augen eines anderen Mannes, oder waren es die eines Teufels? . . . so umwölkt, traurig und kalt, kaum glomm in ihnen ein Funke Verachtung.

»Deine Brüste sind schwer«, sagte er langsam und lachte gezwungen, »deine Brüste sind schwer, und dein Bauch ist tief, aber du weißt noch nicht, was es heißt, eine Frau zu sein auf Erden, du weißt es noch nicht, sag ich dir«, und nach diesen rätselhaften Worten erhob Elie sich plötzlich, schlug seinen Filzhut vor die Augen und verschwand in der Nacht . . .

Sobald Großmutter den Galopp des Pferdes hörte, kam sie zu meiner Hütte gelaufen, um nachzusehen, ob nichts passiert sei, und dann bewegte sie meine Glieder, massierte bei der Gelegenheit die Stellen ein, wo Elies Fäuste oder Füße hingetroffen hatten, rieb meine Stirn, um mir Mut und Hoffnung zu machen, und behandelte mein Haar mit einem kleinen Kräuterbad, daß ich wieder duftete und die Farbe meines Gesichts den Augen meines Mannes angenehm sei. Ihr war es zu verdanken, daß ich aß und trank, sie ging sogar für mich einkaufen, denn ich konnte es nicht ertragen, daß die Leute mich auf der Straße anstarrten und tuschelten ... hier, seht, der Orleanbaum ist gefallen. Schon immer, wenn das Unglück den Orleanbaum ereilt, wenn er fällt und in den Staub stürzt, schrie, wer ihm seine Pracht geneidet: sein Holz war morsch ... und deshalb verließ ich jetzt meine Hütte nicht mehr, klammerte mich daran wie die »verschämte Krabbe« an ihr Schild. Wenn Reine Sans Nom mich gewaschen, mir zu essen und zu trinken gegeben, blieben wir stundenlang sitzen und sahen einander schweigend an, ich legte ihr einen Finger auf den Mund, sobald sie Elies Namen aussprach, denn ihr floß das Herz vor Bitterkeit über. Ich wollte nicht, ich wollte sie nicht sagen hören, ich habe ein durchgegangenes Pferd bestiegen, einen Schwarzen, der im Bauche seiner Mutter schlecht zusammengefügt gewesen und nun Stück für Stück, Glied für Glied auseinanderfiel. Wenn ich also ihre Lippen beben sah, legte ich ihr einen Finger auf den Mund, und wir sahen weiter zu, wie die Stunden verflogen, und trugen schweigend unsere Bürde. Ich gab die Hoffnung nicht auf, ich sagte mir, man habe niemals die Erde des Wassers überdrüssig gesehen und es werde der Tag kommen, da Elie wieder nach mir dürstete: ich mußte nur warten, mußte bereit sein, mein Leben wiederaufzunehmen an dem Punkt, wo es stehengeblieben war. Doch nach den geheimnisvollen Worten, die Elie an jenem Abend gesprochen, füllte sich mein Herz plötzlich mit Verzweiflung, und ich fragte Reine Sans Nom: »Aber was ist es nur, das ihn verfolgt, Mütterchen, was nur?«

Großmutter schaute aufmerksam erst auf einen Punkt im Raum, dann auf einen anderen, schließlich umfing sie meine ganze Gestalt mit einem Blick, sah mich starr an mit ihren schönen, müden Augen, die die Oberfläche der sichtbaren und unsichtbaren Dinge berührt zu haben schienen und seinerzeit selbst Entsetzen, Schrecken und Verzweiflung kennengelernt hatten, und murmelte sehr sanft: »Es gibt die Brühe und den Schaum von der Brühe, und der Mensch ist beides, Schaum und Brühe zugleich ... es ist aber nur der Schaum der Brühe, der Elie verfolgt, nur der Schaum, und der ist auch morgen noch nicht versiegt, nein ... deshalb sage ich dir, wenn du nicht beizeiten fliehst, wird er dich mit sich fortreißen ... Télumée, mein kleines Kristallglas, ich flehe dich an, dein Leben aus dem seinen zu entwirren, so wie ich jetzt dein Haar entwirre, denn nirgends steht geschrieben, daß eine Frau die Hölle mit sich herumtragen solle auf Erden, und wo sollte es auch geschrieben stehen, wo denn? Höre, der Tag wird kommen, da du wieder dein Kleid des Lebens anlegen wirst, und dann sehen alle, daß dein Geschmack sich nicht gewandelt hat ... da war schon ein Mann, der in meine Hütte kam, mir von dir zu erzählen, ein braver Mann, der immer schon voller Bewunderung für dich ist ... Du kennst ihn, ich kenne ihn, und ich kann dir sagen, daß er dich so liebt, wie ein vernünftiger Mann einen fruchtbaren Boden liebt, einen Boden, der ihn nährt und bis nach seinem Tode trägt ... du siehst, bisweilen stirbt der Rücken für die Schulter, und die Schulter weiß nichts davon; ich will, daß du heute den Namen dieses Mannes erfährst, ich werde ihn dir sagen ...«

Überrascht trat ich auf Reine Sans Nom zu und legte ihr einen Finger auf den Mund.

»Großmütterchen«, murmelte ich, »bitte, genug dieser Worte: glaubst du, ich hinge so sehr am Leid und ich bliebe an Elies Seite, wenn ich anders handeln könnte? Wo hast du nur je ein Mammut wie mich gesehen, wo, Mütterchen?«

Reine Sans Nom lächelte, und ihre Augen wurden sehr

klar, als blickte sie zum erstenmal auf den Grund meines Wassers und sähe den winzigsten Kiesel im Flußbett. Sie zog ihre feinen, geschwungenen Brauen hoch.

»Meine Tochter, du hast einen ungebärdigen Mann, der in den Armen der Finsternis schläft, aber wer weiß? . . . vielleicht hast du recht, wenn du sagst: trübe Wasser fließen bisweilen majestätisch dahin, aber wenn sie gereinigt sind, gibt es nichts Klareres und Tieferes. Gestern bin ich zu Man Cia in den Wald gegangen, sie sagte mir, ein böser Geist sei gegen deine Hütte geschickt worden, um ihr die Betrübnis zu bringen. Zuerst ist der Geist in Elies Körper eingedrungen, deshalb kämpft das Blut dieses Mannes und zerstört ihn Stück für Stück. Man Cia läßt dir sagen, sie schlafe nicht in ihrem Walde und sie werde Elie so, wie er sich Stück für Stück zerstört hat, wieder zusammensetzen. Zuvor muß man den Zauber von der Hütte nehmen, in der du lebst, damit der Geist über dich keine Macht gewinnt. Ab morgen werde ich die Kräuter rauchen lassen, die sie mir gegeben, damit dieser Geist schleunigst zu seinem Herrn zurückkehrt. Du weißt, Télumée, das Böse ist sehr mächtig auf Erden; was im Herzen des Menschen keimt, reicht für die Schultern des Menschen aus, und es ist zu nichts nütze, daß die bösen Geister noch ihre Launen hinzufügen . . .«

Um die erste Stunde des nächsten Tages versah Großmutter sich mit Gefäßen aus Kokosnüssen, und nachdem sie diese rings um meine Hütte aufgestellt, verbrannte sie Weihrauch, Benzoeharz, Iwarankusawurzeln und Zauberkräuter darin. Sie erzeugten einen schönen, grünen Rauch, der sich langsam in der Luft ausbreitete und meine Hütte bald mit einer schützenden Aura umgab. Während sie am Werke war, wandte ich mich Man Cias roter Scheibe zu, und mir war, als sähe ich, wie Elie sich Stück für Stück wieder zusammenfügte, so, wie sie es vorausgesagt. Ach, sagte ich mir mit einem Lächeln im Herzen, er muß einsehen, daß eine Schwarze keine Wolke ist und er kein Wind, der stark genug wäre, irgend etwas zu vertreiben. Zum erstenmal seit langem nahm ich einen Kamm, kämmte mein verfilztes Haar, wusch es, rieb es mit Öl ein, daß es glänzte, säuberte meinen Körper und meine Hütte, die noch am selben Tag wieder so aussah wie früher. Doch von irgendwem herbeigerufen, kam Elie am späten Nachmittag heim, er schäumte vor Wut, stieß mit dem Fuß die rauchenden Schalen beiseite und brüllte, er wolle in seiner Hütte keine Hexe sehen. Von nun an seien in der ganzen Savanne Fallen aufgestellt, und wehe dem, der hineingerate. Nach dieser Warnung wandte er sich mir zu und rief in spöttischem Ton: »Du hältst dich immer noch für das kleine Mädchen vom Bassin bleu, aber wenn du es nicht weißt, so werde ich dir beibringen, daß du eine erwachsene Frau mit schweren Brüsten unterm Kleid bist . . . ich werde dich bald lehren, was dies Wort bedeutet: Frau auf Erden, und du wirst dich dann herumwälzen und schreien, wie eine Frau sich herumwälzt und schreit, wenn man sie richtig behandelt . . . Du versuchst, mich zu fliehen, du entlaufene, marklose Schwarze, du steigst in die Lüfte und schwebst und wirst doch nicht dem Mann entgehen, der ich bin, und weißes Haar schreckt mich nicht.«

Am Straßenrand hatte sich eine Gruppe gebildet, Elie warf sich in die Brust und schleuderte seine Worte mit so lauter Stimme heraus, daß man ihn bis zu Vater Abels Laden hören konnte. Von Zeit zu Zeit warf er einen verstohlenen Blick in die Runde, auf irgendein Zeichen, einen Beweis der Bewunderung oder der Verachtung hoffend. Da die Leute aber sahen, daß er darauf aus war, drehten sie ihm den Rükken zu, und wir blieben allein mitten in diesem fremden

Raum, den noch immer kleine grünliche Spiralen durchzogen. Da zeigte Elie ungeniert mit dem Finger auf mich und sagte lachend ... ein magerer Fisch auf einem Teller bist du, liegst auf dem Rücken ... und während ich entsetzt in mich zusammensank, kam er mit erhobener Faust auf mich zu, entschlossen, mich zu zerschmettern wie eine Melone, die vom Baum gefallen ist ...

»Wohin sind deine Schreie und deine Tränen, Geist der Landstraßen, schwebende Schwarze, wohin sind deine Schreie?«

Von nun an ließ er keinen Tag mehr vergehen, ohne mich zu besuchen, ohne mich zu lehren, was es heißt, eine Frau zu sein auf Erden. Ich sah ihn schon von weitem, das schöne Gesicht von einer Ruhe gezeichnet, die in dem Maße schwand, wie er sich der Hütte näherte. Plötzlich verkrampfte sich sein Mund, seine Nasenlöcher bebten, kalter Zorn packte ihn, und mit aller Kraft, schäumend vor Wut, warf er sich auf mich ... du willst mich fliehen, mein schöner Rabe, du glaubst, ich ließe dich in den Lüften schweben, du wirst den Wolken aber nicht nacheilen, denn ich bin da, ganz da und kann dir versichern: der Bauch meiner Mutter hat mich ausgestoßen, aber er öffnet sich nicht mehr für mich. Nachdem er fort war, fertig damit, meinen Körper und meine Seele auf dem Boden zu zerschmettern, streckte ich mich jedesmal mit geschlossenen Augen im Grase aus und bemühte mich, Fond-Zombi und mich selbst auf den Grund meines Gedächtnisses zu versenken. Aber die Wege des Himmels waren mir verschlossen, ich konnte die Lüfte nicht mehr als Zuflucht wählen, und ich mochte noch so oft die Lider senken, ich blieb doch mit meinen Erinnerungen unten, stocherte in der erloschenen, abgekühlten Asche herum mit dem bitteren Gefühl, noch weit von der Abrechnung entfernt zu sein, mit der Gewißheit, noch viele Entdeckungen machen zu müssen, bevor ich wußte, was das wirklich bedeutet: eine Frau zu sein auf Erden.

So gingen die Tage für mich dahin, schimpfbeladen, mit Ängsten, die man nicht bekannte, und selbst meine Erinnerungen verließen mich nach und nach, verloren sich im Nebel. All die schönen Worte, all die Dinge, die ich zu verstehen glaubte, waren einer anderen Frau passiert, nicht mir, einem lebendigen Körper, nicht diesem toten Körper, der dem Messer gegenüber gleichgültig ist, einer Frau, die Freude daran fand, sich zu frisieren, sich zu kleiden und dem Leben der Geschöpfe auf Erden zuzusehen.

Der Jammer des Menschen vermochte aber nie den Glanz der Sonne zu trüben, und in dieser Zeit, da das Jahr zu Ende ging, war ein Tag herrlicher als der andere. Es war im Advent, Lieder erhoben sich, verhallten, setzten wieder ein und klangen von Hütte zu Hütte, von Hügel zu Hügel, bis hin zum Rand des Waldes. Die Seele der Schwarzen, die das ganze Jahr über brachlag und voller Dornen war, wurde licht, und wenn sich die Leute auf der Straße begegneten, betrachteten sie einander schalkhaft, manche riefen sich sogar zu: »Schmückt sich der Schwanz des Wildschweins nicht mit einem Federbusch, wenn man es jagt?«

Und als traditionelle Antwort schoß es heraus: »Er schmückt sich freilich, mein Schwarzer, und sind wir hier in Fond-Zombi denn etwas anderes als ein Rudel vogelfreier Wildschweine?«

Zufrieden mit dieser Erklärung, lächelten sie sich naiv und entzückt zu. Dann setzten sie gedankenvoll ihren Weg fort mit dem langsamen, lässigen und würdigen Schritt, den sie in den letzten Dezembertagen für angemessen hielten.

Ein paar Tage vor dem Fest begannen die Leute, vor meiner Hütte hin und her zu gehen, ohne ein Wort zu sagen, einfach um mir zu zeigen, daß es im Lebensfaden keinen Riß geben könne, mochte ich auch fliegen und ein Sturmwind sein wollen, ich hatte dennoch zwei Hände und zwei Füße, ebenso wie sie. Und wie sie so an meinem Hof vorbeigingen, hätte man meinen können, es mache ihnen Vergnügen, noch lauter zu lachen, ja einige gingen sogar so weit, lustige Lieder oder Erlösungslieder zu singen mit einer Begeisterung, daß ich mich fragte, ob sie nur für sich selbst sangen. So war ein Kommen und Gehen vor meiner Hütte, und von Zeit zu Zeit trat eine Frau aus einer Gruppe heraus, hob flehend die Arme zum Himmel und sprach in schrillem Singsang ... komm herab, komm herab, o Herr, unser Schicksal zu ändern ... Und als ich sie hörte, hatte ich das sonderbare Gefühl, sie werfe mir durch die Luft einen Faden zu, einen sehr leichten Faden, bis zu meiner Hütte, und ich mußte lächeln. Indessen wuchs das Gras auf meinem Hof, es verbarg mich vollkommen, und ich kam mir vor wie ein verwahrloster, seinen Stacheln und Dornen ausgelieferter Garten.

Eines Tages, es war am Heiligen Abend, entstand auf der anderen Straßenseite ein großes Hin und Her, ich hörte fromme Lieder, leises Lachen und das Geräusch raschelnden Grases. Plötzlich gelangten diese menschlichen Stimmen, dieses Lachen, diese geheimnisvollen und scheinbar ziellosen Kräfte zu meiner Hütte, meiner Wiese, dem Chinapflaumenbaum, unter dem ich saß. Als ich mich etwas aufrichtete, sah ich Adriana, Ismène und andere Gevatterinnen sich seitlich der Straße niederlassen, meinem Hofe gegenüber. Sehr gerade saßen sie im Kreis auf ihren Fersen, wie in einer Hütte, und blickten stumm in meine Richtung, als wollten sie mich an ihre Anwesenheit gewöhnen. Nach einer ganzen

Weile begannen sie dann, sich natürlich und anmutig zu unterhalten, wobei sie sich auch an die Luft und an den Wind wandten. Die ersten Worte, die ich vernahm, waren ... Ismène, nach der Mitternachtsmesse wollen wir nur gefärbten Rum ... sieh zu, daß dein Sirup ordentlich ist, du kleine nichtsnutzige Laus.

Adriana saß breit im Gras, ihre molligen Arme auf die Knie gestützt. Die Frauen saßen um sie herum wie Küken um ihre Mutter. Mit einemmal wandte sich die schwarze Masse ihres Kopfes mir zu, und Adriana sprach mit langsamer Stimme, jedes ihrer Worte betonend: »Wißt ihr schon das Neueste, meine Freundinnen, Reine Sans Nom ist krank, und wir werden bald ihre Totenglocke hören ...«

Schweigen trat ein, doch dann erklang eine Stimme und sagte vorwurfsvoll:

»Reine Sans Nom hatte uns doch gebeten, nichts zu sagen ...«

»Aber nicht doch, meine Liebe«, sagte eine andere Stimme, »siehst du denn nicht, daß diese Person weder hören noch verstehen kann? Ich frage mich sogar, ob sie eines Tages zurückkommen wird wie einst, als Wesen aus Fleisch und Blut ...«

»Ja, du hast recht, irgend etwas hindert sie daran, auf die Erde zu kommen, und sie kann noch lange in den Lüften schweben, ohne je den Fuß auf irgendein Festland zu setzen.«

»Ihr schifft euch auf einem schönen Floß ein, nach einiger Zeit blättert die Farbe ab, der Mast bricht und das Segel, das Schiff läßt Wasser durch, das ist immer so, warum, warum denn? ...«

»Dabei hatte sie ein recht hübsches Gesicht, die Vorderzähne standen ein wenig auseinander, Gesichtszüge, die das

Glück herbeirufen sozusagen, und ich hatte geglaubt, daß wenigstens einmal alles gut gehen und daß es hier in Fond-Zombi ein Frauenleben geben würde, so leicht und glänzend wie weiße Baumwolle ... ach, es kommt der Tag, da Gott sein Seil um alle vier Ecken von Fond-Zombi schlingen wird, um es vom höchsten Himmel auf den tiefsten Grund des Ozeans zu schleudern ... das Salz reinigt und zersetzt dann alles, alle Greuel, die wir erlitten ...«

In diesem Augenblick erhob Adriana sich schwerfällig, und ich sah ihre riesige Gestalt sich im Licht des sinkenden Tages abzeichnen, das ihrer aufrecht stehenden Fleischmasse etwas Granitähnliches verlieh. Sie hob fast widerwillig ihre Lider und sprach mit träumerischer, wehmutsvoller Stimme: »Wissen wir denn, wir Schwarzen von Guadeloupe, was durch unsere Adern fließt? ... der Fluch, der nötig ist, um Herr zu sein, und der, der nötig ist, um Sklave zu sein ... Du hast wirklich recht, Ismène, irgend etwas hindert diese kleine Schwarze daran, auf die Erde zurückzukommen, und sie kann noch lange so schweben, lange ... und dennoch schlage ich mich, Adriana, an die Brust und sage euch: diese Frau wird ankommen.«

»Sie wird ankommen«, bestätigte Ismène in unbekümmertem Ton, »bestimmt wird sie ankommen ...«

Direkt an mich gerichtet, rief die gute Adriana von der anderen Straßenseite mit bebender Stimme, gleich einem Schrei: »Télumée, liebes, kleines Stück Heimat, bleib in deinem Grase, heute brauchst du uns nicht zu antworten; ich wollte dir nur eines sagen, am Weihnachtstag wirst du ankommen.«

Danach ging Adriana in Richtung auf Vater Abels Laden davon, die anderen Frauen erhoben sich ebenfalls, glätteten ihre knisternden Röcke, schwatzten drauflos und zerstreuten sich über das Dorf. Ich blieb in meinem hohen Gras, unter meinem kleinen Blätterkäfig, der um meinen Chinapflaumenbaum herum entstanden war. Die Nacht sank herab, irgendwo in der Ferne erklangen Gesänge, flehten noch immer schrille Stimmen ... komm herab, unser Schicksal zu retten ... und ich dachte an das Bündel Leid, das ich Reine Sans Nom aufgebürdet, an die Zahl gestärkter Unterröcke, die sie übereinanderziehen mußte, damit nicht ihre Magerkeit noch ihr Kummer durchschienen.

Mir war, als hätte Adriana etwas über Großmutter gesagt, aber was? Ich erinnerte mich nicht mehr, und nur eine unerklärliche Angst stieg in mir hoch bei dem Gedanken daran. Von Zeit zu Zeit verstummten die Lieder, ein Akkordeon löste sie ab, und die abgerissenen, melancholischen Klänge schenkten mir Erbarmen. Ich fragte mich also, was ich eigentlich auf der Erde zu suchen hatte, was ich unter diesem Chinapflaumenbaum tat. Nun, ich war zur Jagd gegangen, hatte meinen Hund und das Aguti verloren, eine Hälfte meiner Seele war »dahingeschmolzen«, und die andere hatte sich weggeworfen. Der Mond war aufgegangen, und seine funkelnde, heitere Klarheit trübte und tötete die Schönheit der Sterne. Man sah das ganze Land wie am hellichten Tag, aber überall stiegen die Kühle und das Geheimnis des Abends auf, und im glänzenden Gras dort am Rande der Straße tanzten die Schatten der Bäume im Wind. In diesem Mondenschein tauchte eine große Silhouette mit zwei Köpfen auf. Von Vater Abels Laden her kam die Silhouette wie ein Geist auf mich zu, glitt langsam vorwärts, ohne den Boden zu berühren. Jetzt strich sie über das Gras meines Hofes, und als sie sich nahte, schloß ich angsterfüllt die Augen. Plötzlich ertönten menschliche Stimmen, und aus dem Unkraut sah auf langem, wie bei einer Wildgans gestrecktem

Hals Laetitias rätselhaftes Gesicht hervor. Laetitia hatte sich über mich gebeugt, ihr Arm umfaßte Elies Taille, während sie mit zärtlicher, schlaffer Stimme murmelte:

»Was hat diese kleine Frau doch für ein Herz, und wie gut versteht sie es, das Leid zu tragen ...

»Was tust du in meinem Haus, Laetitia?«

»In deinem Haus?« meinte sie lässig.

»Elie, Elie, was tut sie in meinem Haus?«

»Du wolltest nicht verstehen«, sagte Elie gelangweilt, die Augen traumverloren, »habe ich dir nicht stets und ständig gesagt, du sollst dir ein Loch suchen, wo du dich verkriechen kannst, meine arme kleine Krabbe ohne Scheren? Warum bist du in dieser Hütte geblieben, als hättest du ein Seil um das Fußgelenk, warum? Ich habe dir jeden Tag etwas mehr die Sporen gegeben, du aber bist nicht gegangen.«

»Warum?« wiederholte Laetitia mit schriller Stimme.

»Das ist eine kleine, schwebende Schwarze«, sagte Elie in merkwürdigem, halb grausamem, halb mildem Ton, »sie wollte nicht verstehen, aber vielleicht wird sie heute abend begreifen, was es heißt, eine Frau zu sein auf Erden.«

Und da seine Gereiztheit stieg, schrie er plötzlich los: »Bist du immer noch da, du kopflose Krabbe? Hast du auf Erden kein Loch, dich zu verkriechen? Du mußt aber aus diesem Haus verschwinden, ob rückwärts kriechend, hinkend oder fliegend, du mußt verschwinden ... bald ... sofort ...«

Laetitia lauschte diesen Worten mit halbgeschlossenen Augen, wie man einer himmlischen Musik lauscht. Dann trat sie näher zu mir und sagte mit teilnahmsvoller Miene: »Du siehst doch, daß du jetzt gehen mußt ...« Und dann fügte sie sanft und lächelnd hinzu: »Wenn du aber trotzdem bleiben willst, geben wir dir eine Decke, und du kannst dich am Fußende des Bettes ausstrecken. Aber eines sag ich dir: versuche, dir die Ohren mit Baumwolle zuzustopfen, denn ich schreie nachts sehr laut«, schloß sie und reckte vor meinen Augen ihren schönen, gitarrengleichen Körper.

Elie zog sie eng an sich, beide begannen zu lachen und hatten mich schon vergessen.

Ich hastete zu meiner Hütte, zündete eine Kerze an, suchte in höchster Eile meine Sachen zusammen und tat sie in das Tuch von Reine Sans Nom, denn ich sah ein, daß ich diese Stätte meines Schicksals so schnell wie möglich verlassen mußte. Fern im Dorf hörte ich das Stimmengesumm der Schwarzen, und dann erklang Akkordeonmusik, die mir das Herz durchbohrte, so daß ich die Hände auf meine Brust pressen mußte. Es mußte mir doch gelingen, all das so zu betrachten, als geschähe es einer anderen. Dieser Gedanke tröstete mich, ich hob mein Bündel auf den Kopf und verließ ruhigen Schrittes die Hütte. Im letzten Augenblick konnte ich aber ganz gegen meinen Willen nicht an mich halten und sagte zu Laetitia: »Es gibt also auf der ganzen Erde nichts, was dir gefällt, nur mein Platz und meine Hütte?«

Laetitia schien ehrlich erstaunt.

»Kleine Kokosblüte«, sagte sie tief betrübt, »du kommst wohl aus einer anderen Welt? Deine Hütte? Welche Hütte denn? Du bist hier nicht mehr zu Haus als anderswo, hast du denn immer noch nicht begriffen, daß der einzige Platz einer Schwarzen auf Erden der Friedhof ist?«

Sie lächelte traurig, und ich erinnerte mich an das kleine Mädchen der Landstraßen, an das Kind von jedermann, das sämtliche Winkel von Fond-Zombi kannte. Aber mit einemmal überfiel mich panische Angst, ich rannte los, eilte durch das hohe Gras und gelangte auf die Straße, rannte noch immer, wie von einem Geist verfolgt, im Schein des Mondes dahin, der jetzt sein Aussehen veränderte, einen rötlichen Farbton annahm, anschwoll und am Himmel kämpfte wie ein Krake, der angegriffen wird. An der Brücke von Autre Bord angekommen, fühlte ich mich ermattet, ich setzte mich auf einen Erdhaufen, preßte mich an einen Pfeiler der Brücke und weinte.

Die Sonne ist es nie müde aufzugehen, aber es kommt vor, daß der Mensch es müde ist, sich unter der Sonne wiederzufinden. Ich habe keine Erinnerung an die Tage, die folgten. Später erfuhr ich, man habe mich am nächsten Morgen im Hof von Reine Sans Nom auf einem Stein sitzend gefunden, im Zustand des totalen Stumpfsinns. Ich blieb dort mehrere Wochen, ohne mich zu rühren, ja ohne noch den Tag von der Nacht unterscheiden zu können. Reine Sans Nom gab mir zu essen und holte mich abends ins Haus wie ein Küken, das man vor den Mangusten schützt. Sprach man mich an, so blieb ich stumm, und es hieß, die Rede sei für mich zur fremdesten Sache der Welt geworden. So vergingen drei Wochen. Um nicht vor mir schwach zu werden, ging Reine Sans Nom zum erstenmal auf die Straße, ihren Kummer herauszuschreien ... mein Kind, mein Kind, ihr Kopf ist hin, hin ...

Eines Tages kam sie wortlos auf mich zu, zog plötzlich eine Nadel aus ihrer Bluse und stach mich in den Arm.

»Da siehst du, daß du kein Geist bist«, sagte sie, »denn du blutest ...«

Dann hob sie die Arme zum Himmel, mühsam ihre alten Knochen streckend, und ging ins Haus zurück. In dem Augenblick, da Reine Sans Nom mich gestochen hatte, war ihr dicht über mich geneigtes Gesicht mir ganz flach und zerstört vorgekommen, ohne Mund, Nase und Ohren, wie ein unförmiger Stumpf, aus dem nur ihre schönen Augen hervortraten, die unabhängig von allem übrigen zu leben schienen. Etwas später hörte mich Großmutter aus vollem Halse singen. Auf meinem Stein stehend, sang ich so laut, als wollte ich eine Stimme übertönen, die gleichzeitig mit mir sang, die Stimme eines Menschen, dessen Lied ich nicht hören wollte. So immer weitersingend, rannte ich zum Fluß, warf mich hinein und tauchte unter, immer und immer wieder. Schließlich kam ich ganz durchnäßt zur Hütte zurück, zog trockene Kleider an und sagte zu Großmutter ... Reine, Reine, wer sagt, es gebe nichts für mich auf Erden, wer sagt solchen Unsinn? Eben habe ich meinen Kummer auf den Grund des Flusses fahren lassen, nun wird er von der Strömung fortgetrieben, er wird ein anderes Herz als meines einhüllen ... sprich mir vom Leben, Großmutter, sprich mir davon ...

10

Richtig wiederhergestellt wurde ich aber erst durch alle die Besuche, alle die Aufmerksamkeiten und kleinen Geschenke, mit denen man mich beehrte, als mein Kopf von seiner Reise zurückgekehrt war. Der Wahnsinn ist eine ansteckende Krankheit, und deshalb war meine Heilung die Heilung aller, war mein Sieg der Beweis, daß der Schwarze sieben Gallen hat und nicht gleich im ersten Schreck die Waffen streckt. Die Leute kamen zu Reine Sans Nom, füllten die Hütte mit ihrem Geschwätz, brachten mir Obst, duftende Kräuter und Weihrauch, weil ich den Klauen des Bösen entronnen war. Dann betrachteten sie mich mit ihren faltenumringten Augen wie eine, die von weit, sehr weit herkommt ... ah, sagten sie feierlich, da ist die wackere Person, die Schwarze mit den sieben Gallen, vier Brüsten, zwei Nabeln ... gut, gut, Frau, halte die Stellung, geh nicht los, eine Schere zu kaufen, um sie ihm ins Herz zu bohren, denn dieser Mann ist die Schere nicht wert. Ich lachte, stimmte wortlos zu, und all diese Worte, dieses Lachen, diese Zeichen der Aufmerksamkeit halfen mir, mich wieder in den Sattel zu setzen und die Zügel meines Pferdes in der Hand zu halten.

Bisweilen kamen mir die früheren Gedanken wieder, zergingen wie Staubwolken in einer Straße, durch die ein Rudel wilder Pferde galoppiert ist. Dann versuchte Großmutter, mir Wind in die Segel zu blasen, sie sagte, wir würden bald von hier fortgehen, weil die Luft von Fond-Zombi nicht mehr gut sei für meine Lungen. Seit meiner Rückkehr schien ihr plötzlich ein Paar Flügel gewachsen zu sein, war es, als könnte sie endlich entfliegen. Sie war von all den Aufregungen noch ein wenig müde, und man mußte sie in ihren Schaukelstuhl setzen, denn das schaffte sie nicht mehr allein. Aber ihre Augen funkelten, schon im voraus aufs höchste verwundert über all die schönen Dinge, die uns erwarteten ... ach, sagte sie, und ihre Wangen belebten sich vor Begeisterung, an Ortschaften fehlt es nicht in Guadeloupe, und sobald ich wieder gesund bin, laden wir unsere Hütte auf Amboises Karren und stellen sie am Hügel La Folie wieder auf, auf dem Land von Monsieur Boissanville ... ich kenne ihn von früher, er wird uns ein Stück Boden nicht versagen, und wenn dann deine Yamswurzeln und deine Erbsen aufgehen, wirst du eineinhalb Frauen auf Erden sein ...

In ihren letzten Tagen machte Großmutter also Wind, meine Segel aufzublähen, mir die Weiterreise auf dem Wasser zu vergönnen. Wenn ich sie reden hörte, wurde ich ein Opfer ihrer Luftschlösser, und schon fügte ich unserer künftigen Hütte eine kleine Veranda an, um der Freude willen, Reine in der frischen Luft auf ihrem Schaukelstuhl sitzen und den Wind trinken zu sehen. Mit der Zeit vergaß ich, daß ich ein gefallener Orleanbaum war, ich empfand von neuem die Schönheit meiner Frauenbeine, und ich ging umher. Anfangs scherzte Reine gern ... Télumée, du gehst krumm, aber du gehst wenigstens ... dann hörte sie auf zu lächeln und wies mich darauf hin, daß ich jetzt den Gang einer Frau hatte ... den Gang einer Frau, die gelitten hat, schloß sie.

»Und woran erkennt man den Gang einer Frau, die gelitten hat?« fragte ich sie.

Und Großmutter antwortete in einem Atemzug: »An einem ganz besonderen, unverwechselbaren Fluidum, das diejenige umgibt, die sich eines Tages gesagt hat: ich habe den Menschen genug geholfen zu leiden, jetzt muß ich ihnen helfen zu leben.«

Reine Sans Nom hatte immer gesagt, wenn sie sich eines Tages niederlege, so nur, um zu sterben. Ich folgte ihr in ihre Zukunftsträume und tat so, als hielte ich Großmutter für unverwundbar. Indessen ging es mit ihr zu Ende, und die Kerze, die sie für uns hatte leuchten lassen, war kurz vor dem Verlöschen.

In ihrem Gesicht, das immer kleiner wurde, sahen die Augen plötzlich sehr groß aus, so, als wollten sie bis in die kleinsten Nuancen die Dinge und Wesen erfassen, die in ihr Blickfeld gerieten: ein Huhn, den Schatten eines sich im Winde wiegenden Bambusrohrs, den durchsichtigen Nieselregen bei Sonnenschein. Wenn sie einen anschaute, hatte man den Eindruck, einen kleinen Teil ihrer Weisheit in sich aufzunehmen, einen Teil ohne Bitterkeit und ohne Haß, fast mit Frohsinn dargeboten, der einem noch folgte, nachdem man schon lange nicht mehr bei ihr war. Eines Tages fand ich sie ganz schwach in ihrem Bett vor, sie schämte sich, weil sie nicht aufstehen konnte. In der letzten Zeit hatte sie über Grind geklagt. Ich bettete sie auf ihr Lager, und nachdem ich mich vor ihr hin und her drehen mußte, damit sie mich betrachten konnte, wie an jenem ersten Tag, an dem sie mich aus L'Abandonnée geholt, bat sie um Eschenwurzschleim mit Vanillegeschmack. Während ich mit den Töpfen hantierte, die Kohle anblies, die Eschenwurzstückchen zerkleinerte, senkte sich der Abend mit seiner für die Abende in Fond-Zombi üblichen Pracht wie eine Liebkosung zwischen die Häuser und Bäume. Großmutters auf dem Weiß des Kopfkissens ausgebreitetes schweißnasses Haar umgab ihre zerfurchte Stirn, und sein wäßrigfahler grünlicher Schimmer schmückte sie wie ein Kristalldiadem. Dabei nahm man auf dem Grund ihrer Augen einen Ausdruck unergründlicher Schalkhaftigkeit, eine grenzenlose Erleichterung, eine Fröhlichkeit wahr, durch die sie sehr lebendig wirkte, lebendiger denn je, vielleicht genauso wie zur Zeit ihrer schönsten Jugendblüte. Nachdem Großmutter den Schleim gegessen, nahm ich ihren Kopf auf meine Knie, und sie sprach mir vom Gleichgewicht der Natur und der Gestirne, von der Ewigkeit des Himmels und der Sterne und vom Leid, das alles in allem auch nur eine Form des Lebens ist wie jede andere. Das Fenster des Zimmers war weit geöffnet, und von unserem Bett aus konnten wir den Himmel und den höchsten Gipfel des Gebirges sehen, der noch im Abendlicht dalag, das alle Dinge zu vergrößern schien, indem es uns einen Baum, ein Bambusgebüsch in ihrer Ewigkeit enthüllte. Großmutter wandte sich mir zu und murmelte in einem Atemzug ... Télumée, meine kleine Flamme, auch wenn du mich so zufrieden siehst, glaub ja nicht, daß ich mich über den Tod freue, nein ... ich muß dir ein Geständnis machen, höre: seit drei Monaten ist Jérémie an meiner Seite und verläßt mich weder bei Tag noch bei Nacht ... siehst du, weil er weiß, daß meine Zeit gekommen ist, konnte er es nicht mehr aushalten und ist zu Toussine gekommen ...

»Wo ist er jetzt? Ist er hier im Zimmer?«

»Er sitzt neben meinem Kopfende, streichelt mir ab und

zu das Haar, reibt mich ab, und wenn mir zu heiß ist, kühlt er mich mit seinem Atem . . .«

Ich spürte die Gegenwart des Ungewöhnlichen, des nahen Todes, aber ich konnte meine Augen im Dunkeln noch so weit aufreißen, ich sah nichts Ungewohntes. Während wir im Gefühl vollkommensten Glücks plauderten und nur an unsere Freude dachten, zusammen zu sein, sank plötzlich die Nacht herab und verhüllte die Unordnung der Erde. Da begann Großmutter ganz ruhig zu atmen, und nachdem sie ein paarmal vor Zufriedenheit geseufzt hatte, sagte sie: »Du siehst, ich werde an Jérémies Seite meine Ruhe finden. Er sagte, er habe mir einen schönen Platz bereitet, und ich gehe nun fort, ihn auszufüllen . . . was dich betrifft, mein Kind, so sollst du nicht länger in Fond-Zombi bleiben. Deine Augen sollen diesen Mann und diese Hütte nicht mehr sehen . . . so wird dein Herz genesen können und deine Glücksblume vielleicht wieder erblühen.«

»Ich soll also mein Schiff verlassen, daß es ganz allein untergeht, Mütterchen?«

»Ach, Télumée Lougandor, glaub nicht, es sei dein Los, das Höllenfeuer zu unterhalten . . . sieh zu, daß dies nicht in dein Lebensbuch eingeschrieben wird, denn das ist etwas, wovor sich die Menschen, der Himmel, die Bäume entsetzen . . .«

Ich versprach ihr, den Staub Fond-Zombis hinter mir zu lassen, und wir sagten eine lange Weile kein Wort: sie in Gesellschaft Jérémies und ich im Dunkeln auf der Suche nach meinem Frauenherzen. Draußen schienen die Sterne um den Mond zu tanzen, und es war, als hätte sich alle Schönheit, ja das Leben selbst in die Gestirne geflüchtet. Der Himmel schien belebt, von Wellen und Strömen durchzogen, man spürte, das war eine Macht, die die Menschen ausschloß, aber die bloße Existenz der Menschen reichte aus, sie zu besänftigen. Plötzlich stützte Großmutter sich auf die Ellenbogen, und anscheinend sehr munter, begann sie, von ihrer Jugend zu sprechen, von ihrem Mütterlein, der Schwarzen Minerve, die eine ganz Geriebene war, wie sie sagte ... ja, ich bleibe dabei, diese Frau war nur auf Neckereien aus, ich will dir sagen, weshalb: zu der Zeit, da Jérémie anfing, mir den Hof zu machen, kam er jeden Nachmittag in unser Haus, ging sofort in die Küche, und dort redeten die beiden Komplizen alles mögliche über mich ... Mütterlein hatte nie so gestrahlt wie in jener Zeit, mein Jérémie trat in ihre Küche, und sie verbrachten ganze Nachmittage gemeinsam ... Jérémie erzählte ihr, wie er mit mir leben wollte, er sagte ihr, wie er mich fand und was ich in seinen Augen war... und die arme Minerve trank seine Worte wie Honig, denn, so sagte sie zu ihm, sie sehe daran sehr wohl, daß er ein vernünftiger Mann sei, fähig, die Wunder des lieben Gottes nach ihrem wahren Wert einzuschätzen ... Es gab da indessen etwas, das ich haßte ... war mein Bräutigam fortgegangen, kam diese Frau aus der Küche, breitete einen weiten Rock mit gelben Tupfen aus und sang mir vor:

»J'ai besoin d'un mari pêcheur
Pour me pêcher des daurades
Je ne sais pas si vous le savez
J'ai besoin d'un mari pêcheur
O rame devant il me fait plaisir
O rame derrière il me fait mourir«

Reine Sans Nom hatte ein winziges Stimmfädchen, leicht und durchsichtig, und es tat fast weh, ihr zuzuhören. Ihr Gesicht aber strahlte wie zu jener Zeit, da Minerve sie mit diesem Liedchen aufgezogen. Plötzlich brach ihre Stimme, und ich begann zu weinen, ohne zu wissen, warum, und feine Tränen rannen still über meine Wangen.

Eines Abends fand ich Reine Sans Nom lang ausgestreckt, sie hielt ihr Herz mit beiden Händen, wie man sich müht, ein durchgegangenes Pferd zu halten. Nach einer Weile wurde ihr Atem ruhiger, sie sank in einen schweren Schlaf. Schattenstreifen irrten über den Weiler, und Wolken türmten sich drohend. In der Tiefe des Himmels flimmerte ein Stern wie eine kleine perlmutterfarbene Muschel auf einem Strand aus schwarzem Sand, und sowie ich den Stern erblickt hatte, schwand mein Kummer ein wenig. Großmutter öffnete erstaunt die Augen, und ganz munter durch ihren kurzen Schlummer, versuchte sie, sich aufzusetzen. Sie schien gerade einen ihrer kleinen Scherze machen zu wollen, als sie plötzlich zurückfiel und mich zu sich heranwinkte, näher noch, noch etwas mehr, bis ich mein Ohr an ihren Mund legte und sie hervorbrachte ... heute und morgen werden dieselbe Sonne und derselbe Mond scheinen, aber ich werde nicht mehr sein ... und genau in dem Augenblick lächelte sie.

Mir schlug das Herz, als ich sie lächeln sah, und ich fragte sie ungewollt vorwurfsvoll: »Nun, Großmutter, du verläßt mich und lächelst ...«

Sie nahm mein Gesicht in ihre Hände und brachte ihre Lippen dicht an meine Ohrmuschel.

»Es ist nicht mein Tod, der mich so freut«, sagte sie, »sondern das, was danach kommt ... die Zeit, in der wir einander nicht mehr verlassen werden, mein kleines Kristallglas ... kannst du dir unser Leben vorstellen, wenn ich dir unsichtbar überallhin folgen werde und die Leute nie ahnen, daß sie es mit zwei Frauen zu tun haben und nicht mit einer einzigen? Kannst du dir das vorstellen?«

Mit jedem Wort wurde das Gesicht von Reine Sans Nom kleiner, und ich wußte nicht, wie ich sie zum Schweigen bringen sollte. Sie aber flüsterte an meinem Ohr und zeigte mit dem Finger auf den Nieselregen, der sanft vom Himmel fiel ... das sind keine Tränen, nur ein leichter Dunst, denn eine menschliche Seele soll den Verlust des Lebens beklagen ... und eine außergewöhnliche Sanftheit kam in ihre Stimme, als sie murmelte ... höre, die Leute belauern dich, sie verlassen sich immer auf jemanden, um zu erfahren, wie sie leben sollen ... wenn du glücklich bist, können alle glücklich sein, und wenn du zu leiden verstehst, verstehen die anderen es auch ... Jeden Tag mußt du dich erheben und deinem Herzen sagen: ich habe genug gelitten, jetzt muß ich leben, denn das Licht der Sonne darf nicht verschwendet werden, darf nicht verlorengehen, ohne daß ein Auge es preist ... wenn du so nicht handelst, hast du nicht das Recht zu sagen: es ist nicht meine Schuld, wenn jemand eine Klippe sucht, um sich ins Meer zu stürzen ...

Ich hörte draußen Lachen, hörte menschliche Stimmen, es nieselte, und ich konnte nicht glauben, daß Reine Sans Nom starb. Sie schloß die Augen und flüsterte mir nach einer langen Pause zu, ich solle Wasser zum Wärmen aufsetzen, denn sie wolle selbst ihre Totenwäsche besorgen. Als sie ihre Toilette beendet hatte, zog ich ihr das rosa Nachthemd an, das beste, das schon seit langem zusammengelegt und gebügelt bereit lag, denn sie hatte immer in Rosa ins Jenseits eingehen wollen. Während ich ihr das Hemd anzog, machte sie mit der Hand ein Zeichen, um anzudeuten, daß die Zeit verging, und das verwirrte mich, denn ich hatte mir nie vorgestellt, daß man so sanft sterben könne. Als sie angekleidet, gekämmt und gepudert war, schien sie wirklich mit sich und der Welt zufrieden, ihre Blicke wanderten langsam durch das Zimmer, und sie sprach ... Télumée, das Leid ist da, und jeder muß ein wenig davon auf seine Schultern nehmen ... ach, jetzt, wo ich dich leiden gesehen, kann ich beruhigt meine Augen schließen, denn ich lasse dich mit deinem Fluidum auf Erden zurück ... laß Man Cia holen, sobald auf dem Spiegel kein Hauch mehr zu sehen ist, sie wird sich um alles kümmern ... vor allem schrei nicht, denn wenn du um mich schreist, was soll dann die Mutter tun, die ihr Kind überlebt? ... und dann hab keine Angst vor einer Leiche ... hab keine Angst ...

Sie bewegte noch die Lippen, versuchte zu sprechen, aber ihre Zunge war schwer geworden, und sie sagte nichts mehr. Ihr Kopf lag auf meinen Knien, und ich streichelte ihn. Nach kurzer Zeit schlief sie ein und atmete schwach, immer schwächer, und als sich ihre Hände und ihre Brust nicht mehr bewegten, wußte ich, daß sie tot war.

Während ich ausfegte, überzog Dämmerung den Himmel, und ein dünner Nieselregen, fast wie Wasserdampf, bedeckte die Erde. Ich habe immer gehört, eine gute Seele verlasse die Erde nie ohne Bedauern, deshalb fiel dieser Tau – Tau, kein Regenguß, keine Tränen, einfacher Tau. Soeben war ich mit einer Fackel in der Hand hinuntergegangen, um den Tod von Reine Sans Nom zu verkünden. Während die Dinge ihren Lauf nahmen, war ich damit beschäftigt, das Haus aufzuräumen, zu säubern und zu parfümieren, damit alles in Ordnung sei, wenn die Leute langsam herbeiströmten. Von Zeit zu Zeit schaute ich auf Großmutter, aber ohne Schrekken, ich fragte mich nur, ob ihre Seele schon ihren Körper verlassen habe, ob sie neben mir sei. Mir kamen ruhige, seltsam friedliche Gedanken, es war, als dränge eine Kraft in mich ein, und das Leben schien mir eine so einfache Sache, daß ich mich nicht genug darüber wundern konnte. Zum erstenmal dachte ich an mein Leben mit Elie ohne den Versuch zu sortieren, das Gute zu bewahren und das übrige zu verwerfen. Es gab keine zwei verschiedenen Seiten, sie hatten sich bei ein und derselben Person gezeigt, das war gut so, und ich war froh, eine Frau zu sein auf Erden. Ich fühlte mich leicht und entschlossen, fertigte ein paar Fackeln, zündete die Lampen an und empfing, wie es sich gehörte, die Leute, die nun herbeiströmten, um Reine Sans Nom zu ehren. Man brachte Tassen, Gläser, Töpfe, gerösteten Kaffee, Gemüse für die Morgensuppe, und jeder kam, um sich zu sammeln und um Großmutters Gesicht zu betrachten. Sie schien zu schlafen, um ihre Lippen lag ein Lächeln, und nachdem man das Kreuz geschlagen und Weihwasser in die vier Ecken des Raumes gesprengt hatte, fragte man einander: »Was hat sie wohl gesehen, die Reine, daß sie so ein Gesicht hat, ja, was war es wohl?«

Nach kurzem Gedankenaustausch hängten einige Frauen gestickte Decken aus Vieux-Fort an die Wände. Die Beterinnen setzten sich mit geschäftiger Miene zu beiden Seiten des Totenbettes nieder und füllten das Zimmer mit Litaneien und De profundis. Ab und zu stand eine von ihrem Stuhl auf, um an der Wand eine Blume anzubringen, und das Gebet fing wieder von vorn an. Draußen im Hof spannten die Männer eine Plane, stellten Tische, Hocker und ihre eigenen kleinen Bänke auf, während einige Gevatterinnen das Gemüse für die Suppe kleinhackten und zusammenhangloses Zeug schwätzten.

»In der Luft muß heute etwas vor sich gehen ... das ist Jérémie, der abends bei der letzten Ölung dabei sein muß, trotzdem, Herrgott, nach so langer Abwesenheit ...«

Unter der Plane saß ein Mann nachlässig auf seinem Hokker, andere diskutierten, lachten laut, tranken, worauf sie Lust hatten, und veranstalteten Spiele. Würfel waren da, Dominosteine, und in einer Gruppe warf man einander einen Stein zu, während ein rauhes, monotones Lied gesprochen wurde:

»Maudit maudit
Même si ta mère est maudite
Dis une prière pour elle« *

Der Stein ging immer schneller von Hand zu Hand, und jeder stieß ihn auf den Boden, bevor er ihn seinem Nachbar weiterreichte. Der Rhythmus überschlug sich, der Stein machte immer größeren Lärm, die Melodie war kaum noch zu hören, als ein Mann sich erhob und sprach:

»La Reine est morte, messieurs, a-t-elle vécu?
Nous ne savons pas
Et si demain c'est mon tour, est-ce que j'aurai vecu?
Je ne sais pas
*Allez buvons un peu***

* Verflucht, verflucht, auch wenn deine Mutter verflucht ist, sprich ein Gebet für sie.

** Reine ist tot, Messieurs, hat sie gelebt? Wir wissen es nicht. Und wenn morgen die Reihe an mich kommt, habe ich gelebt? Ich weiß es nicht. Los, laßt uns ein wenig trinken.

Ein Seewind war aufgekommen, und helle Wolken durchdrangen die tiefe Nacht. Ich hatte mich während all dieser Vorkehrungen auf eine Bank gesetzt und schlug unablässig mit kleinen emsigen Schlägen einen Stein gegen ein Stück Holz, bemüht, vor aller Augen zu verbergen, wie verloren und zerrissen ich mich ohne Großmutter, den kleinen Leitstern, fühlte. Adriane tauchte auf, und Man Cia folgte ihr auf dem Fuße, ohne Fackel, die Dunkelheit gewohnt; unter dem Arm trug sie sorgsam ein in eine Zeitung gewikkeltes Paket. Sie ließ ihre Augen nach allen Seiten schweifen, kniff sie, als wäre sie aus irgendeinem Grund zufrieden, zusammen und sagte: »Es ist, als wäre Reine lebendig und überwachte alles mit ihren schönen weißen Negerinnenaugen.«

Sie ging durch die Bankreihen, begrüßte die Gesellschaft und betrat das Zimmer ihrer Freundin. Sie streichelte ihr das Haar, betrachtete sie lange, erstaunt ... ah, da bist du, wo aber bist du jetzt? ... ein Rätsel, diese Frau, sagte sie dann mit lächelnder Miene.

Es herrschte nun schwarze Nacht, ohne Mond, ohne Sterne, nirgends ein Licht, unsere Hütte schien allein auf der Welt zu sein, von Dunkelheit umgeben. Die Flamme der Fackeln flackerte im Abendwind nach rechts, nach links, und die Gesichter nahmen einen unsicheren Ausdruck an. Die Vorbereitungen waren beendet, eine Art Erstarrung befiel die Gemüter, wir saßen in größter Stille im Kreise und verglichen das Gewicht der Toten und das der Lebenden, und die Ungewißheit war groß. Ich saß zwischen Man Cia und einer Frau, deren Augen von einem bläulichen Schleier verdeckt waren, Ismène. Sie war ganz winzig, hatte ein rundes Gesicht mit Grübchen, und ihre tiefschwarze Haut war mit zunehmendem Alter ausgeblichen, so daß sie bisweilen keine Farbe mehr zu haben schien. Sie war eine beschauliche Schwarze, die Gefallen daran hatte, die Leute zu betrachten; wenn sie das Wort an euch richtete, schloß sie jedoch stets die Augen, als könnte sie nicht zu gleicher Zeit sprechen und das Gesicht eines Menschen beurteilen. Sie tat eigentlich nicht gern den Mund auf, deshalb waren wir alle verwundert, als sie mit zögernder, fragender Stimme sagte ... so viel Elend zu sehen, so oft angespien zu werden, gebrechlich zu werden und zu sterben ... ist das Leben auf Erden wirklich dem Menschen angemessen?

Man Cia entzündete ihre alte Pfeife, senkte die Lider über ihre schönen Augen von ausgeblichenem Samt und sagte ruhig:

»Hier vor Reine Sans Nom schlage ich mir an die Brust und sage: es gibt solche, deren Leben niemanden erfreut, und es gibt solche, deren Tod noch die Menschen versöhnt ... das ist ein schöner Stein für deinen Garten, nicht wahr, Reine?« schloß sie, an Großmütterchen gewandt, mit einem Lächeln.

»Wie schön ihr Tod ist«, ließ sich wieder die kleine Ismène mit ihrer ewig halb weinerlichen, halb lachenden Stimme vernehmen ... o wie ich es bedauere, sie nicht in ihrer Jugend gekannt zu haben ... ich würde euch davon erzählen ... wenn ich sie gekannt hätte ...«

Ein Schauer durchlief die Versammlung, und alle Blicke richteten sich auf Man Cia, die dastand, geblendet, eine Hand schützend vor die Augen gelegt, und die Vergangenheit auszuforschen schien.

»Es ist wahr«, sagte sie schließlich, »um Reine wirklich zu kennen, muß man sie in L'Abandonnée gesehen haben, als Jérémie noch lebte ... sie hatte einen Körper, wie er im Buche steht, zwei Beine wie zwei Flöten, einen Hals, biegsamer als die Spindel einer Weckeruhr... und ihre Haut, wie soll ich es euch sagen? ... dazu blinzelte sie immer mit den Augen, als stünde sie im hellen Sonnenlicht, deshalb sagte man auch in L'Abandonnée: Toussine? Wahrlich, sie wird ein Regenbogen werden, dem Blau des Himmels zum Lobe ...«

»Gut, die Reine, gut«, sagte ein Mann, zu Großmutters Bett gewandt.

Madame Brindosier saß etwas abseits, nahe der Tür, die Hände artig über der Masse ihres Bauches zusammengelegt, ihre großen, naiven Augen sahen von einem zum anderen, gingen von Gesicht zu Gesicht und lauerten auf eine Pause. Als sie ihre Stunde für gekommen hielt, richtete sie sich auf ihrem Stuhl auf und sprach mit sanfter, einschmeichelnder Stimme:

»Seht, das Unglück ist, daß Regenbogen auf Regenbogen folgt und daß sie nicht länger wahren als die Sternschnuppen ... Wüßte man, man kommt aus der Kalebasse nicht wieder heraus, wäre man dann hineingegangen? ... Ich sage, der Tadel Gottes trifft eine jede Kreatur... schließlich und endlich sind Güte und Bosheit für ihn eins ... er tötet dich doch.«

»Was sollen diese Geschichten vom Tadel?« sagte Man Cia mit nörgelnder Stimme. »Wenn Gott tadelt und wenn er tötet, so mag er töten ... er kann aber nicht verhindern, daß ein Schwarzer ihm zeigt, wie schwer in seinen Augen die Seele eines anderen Schwarzen auf Erden wiegt ... Wahrlich, Ismène, der Mensch gehört der Erde nicht mehr als dem Himmel ... nein, der Mensch gehört nicht der Erde ... und deshalb hält er Ausschau, sucht er ein anderes Land, deshalb gibt es welche, die nachts fliegen, wenn die anderen schlafen ...«

Ismène strahlte, und mit großen Augen auf die Versammlung starrend, begann sie in ihrer Aufregung, mit ihrer eigenartigen, zögernden, fragenden Stimme zu sprechen, einzig der eigenen Bedeutungslosigkeit gewiß:

»Ah, Man Cia, hast du während deiner nächtlichen Flüge schon ein anderes Land entdeckt?«

»Meine kleine Traumtänzerin, leider kann ich dir davon nicht sprechen, doch obgleich wir fast nichts auf Erden sind, kann ich dir eines versichern: mögen die Töne auch noch so schön sein, so sind doch allein die Schwarzen Musiker . . .«

Wir spürten die Seele von Reine Sans Nom, und wir sangen bis zum Morgen und erzählten, was die Reine gewesen, riefen uns die kleinsten Ereignisse aus ihrem Leben ins Gedächtnis, und man wußte sehr genau, wie schwer sie wog auf Erden, hier in Fond-Zombi. Bei ihrer Beerdigung am nächsten Tag dachten wir gerade nach der letzten Schaufel Erde alle, sie würde uns mit den Tränen ihres Bedauerns netzen, denn die Wolken segelten recht tief über dem Friedhof dahin. Aber das war nur eine Finte, ihre letzte kleine Finte, und funkelnd in einem rosenroten Himmel versank die Sonne an jenem Tag fern am Horizont im Meer.

10

Der Mensch ist keine Wolke im Wind, die der Tod mit einem Schlage vertreibt und auslöscht. Und wenn wir Schwarze der entlegenen Gegenden unsere Toten neun Tage lang verehren, so, damit die Seele des Verstorbenen keine Kränkung erleide, damit sie sich langsam von ihrem Stückchen Erde, von ihrem Stuhl, von ihrem Lieblingsbaum und vom Gesicht der Freunde lösen kann, bevor sie die verborgene Seite der Sonne schauen wird. So haben wir neun Tage und neun Nächte geschwatzt, gesungen und geschlummert, bis der Seele von Reine Sans Nom die Last der Erde leichter wurde und sie entfliegen konnte. Am zehnten Tag trugen die Leute ihre schönen Leinentücher aus Vieux-Fort, ihre Tassen, ihre Teller und ihre Bänke wieder heim. Großmutters letztes Fest war zu Ende, alle Stimmen verstummten, und ich blieb allein in dem Dämmerlicht des Morgens, das in den Höhen gelblich wurde und nach und nach die Wipfel der Bäume erreichte. Ich fühlte mich nackt und bloß, und ich hörte eine Stimme, es war die von Man Cia ... meine wakkere Télumée, wisse, daß ich nicht wie Reine Sans Nom sterben werde, die Augen vom Sonnenlicht verzaubert, denn ich bin in Wirklichkeit eine Blinde, die von der Herrlichkeit der Welt nichts sieht; doch ich sage dir, wer dich liebt, hat Augen für dich, selbst wenn sein Blick erloschen ist ... Gehen wir

in meine Wälder, Frau, sie werden dich erwärmen und den Schmerz der Zurückbleibenden lindern ...
So verließ ich Fond-Zombi, um Man Cia in ihre Wälder zu folgen und die Hütte zu bewohnen, in der sie mit dem Geist ihres verstorbenen Gatten, des Mannes Wa, lebte. Sie arbeitete ein wenig in ihrem Garten, empfing die Kranken, die sie einrieb, die Besessenen, von denen sie den Zauber nahm, das böse Geschick vertrieb. An ihrer Seite lebend, spürte ich, wie ich selbst zum Geist wurde. Allmorgendlich erwachte ich schweißgebadet, entschlossen, diesen Wald zu verlassen, um in meinem Körper und mit meinen Frauenbrüsten zu leben. Nach vier Wochen ging ich wieder nach Fond-Zombi. Als ich an dem Chinapflaumenbaum vorüberkam, sah ich Elies Hütte verlassen, den Hof von hohem Gras überwuchert, verwahrlost. Vater Abel spielte mit keinem Wort auf das Verschwinden seines Sohnes an und schlug mir vor, mich nach Pointe-à-Pitre zu begleiten, um von Monsieur Boissanville ein Fleckchen Land zu erbitten, wie Reine Sans Nom es mir geraten. Er mußte selbst in die Stadt fahren, um Einkäufe zu tätigen, und da er mich wenig begeistert sah, war er einverstanden, mich bei dem Besitzer zu vertreten. Ich kehrte in die Hütte von Reine Sans Nom zurück, öffnete flugs Fenster und Türen und begann, den Fußboden mit einem Ungestüm und einer Leidenschaft zu schrubben, daß ich darüber lächeln mußte. Am nächsten Tag stand der Mann Amboise vor der Schwelle meiner Hütte, in der Hand hielt er eine sehr schöne weiße Caplao-Yamswurzel. Ich hatte seinen Besuch erwartet, und als ich ihn in der Türöffnung stehen sah, sehr würdig, das eigentümliche leise Flakkern einer verfolgten Wildtaube auf dem Grunde seiner Augen, erinnerte ich mich an das, was Reine Sans Nom auf ihrem Sterbebett zu mir gesagt hatte ... er liebt dich nicht

erst seit heute, Télumée, und denk daran, Amboise ist ein unverrückbarer Fels, der das ganze Leben auf dich wartet. Dieser Mann war für mich Elies Schatten gewesen, als die beiden noch im Walde Bretter sägten. Und während er vor der Tür stand, der große rotbraune Schwarze mit den unruhigen Augen, den tiefen Falten und den zwei Orgelpfeifen in der Nase, lächelte ich innerlich und sagte mir, diese großen Kerle von Männern hätten besser daran getan, anstelle der Liebe das Leben zu erfinden. Doch der Schwarze Amboise trat einen Schritt vor, legte sanft die Yamswurzel in meine Arme und sagte:

»Guten Tag, Télumée, was treibst du so im Leben?«

»Nichts, ich sehe zu, wie es vergeht . . .«

»Die verwundete Schnepfe bleibt nicht am Wegrand liegen«, sagte er.

»Wohin geht sie denn?« fragte ich ihn.

»Aber ja, wohin geht sie denn?« entgegnete er lachend.

Mit ernster Stimme, die mich plötzlich aufwühlte, fügte er hinzu: »Ich wollte dir nur sagen . . . sogar in der Hölle hat der Teufel seine Freunde.«

Er lachte leise und verlegen, drehte sich auf den Fersen um und verschwand: ich sollte ihn erst eine Woche später wiedersehen, an dem Tag, da meine Hütte zum Hügel La Folie gebracht wurde.

Das Gefährt fuhr im Morgengrauen ab, ein Gespann mit vier Ochsen, die zwei lange Balken auf Rädern zogen, auf die man die Hütte der Reine Sans Nom hob, nachdem alles herausgenommen worden war, was die Reise nicht überstanden hätte. Auf einen Peitschenknall hin setzte sich das Gespann in Bewegung, die Hütte der Reine Sans Nom machte sich auf den Weg, durchquerte das Dorf, gefolgt von all ihrer anderen irdischen Habe, ihrem Tisch, ihrem Schaukelstuhl, ihren beiden runden Körben mit Tellern und Töpfen, die auf den Köpfen der mich begleitenden Nachbarn schaukelten. Hinter der Brücke von Autre Bord bewegte sich der Zug durch eine Schlucht, die geradewegs in das Gebirge führte. Schreiend, fluchend, bei jeder Pause die Räder festkeilend, schafften die Männer die Hütte gegen Abend auf ein kleines, mit Schneidegras bewachsenes Plateau; davor und dahinter war Wald, und in der Nachbarschaft sah man ein paar Rauchsäulen. Nachdem die Hütte auf vier Ecksteinen aufgestellt war, tranken und scherzten alle und erklärten, ich sei ein Glückskind, und bei diesem Lärm, der ihre Traurigkeit verbergen sollte, purzelten die Schwarzen aus Fond-Zombi den Hügel hinab und ließen mich in der Einsamkeit und in der Nacht allein. Plötzlich kam eine Silhouette den Weg zurück, ich erkannte Amboise, und beim Anblick seiner hohen Gestalt, seines durchfurchten Gesichts, in dem die Augen euch ohne Bitterkeit ansahen, wurde ich ganz gerührt. Eine tiefe Verlegenheit bemächtigte sich seiner, und er machte eine Bewegung, als wollte er die Falten seines Gesichts und das angegraute Haar, die ihn von mir trennten, auslöschen. Dann lächelte er und sagte ruhig, ohne daß ein Wort lauter klang als das andere:

»Télumée, du hast das Gewand deines Mutes angetan, und es steht mir nicht an, dir nicht zuzulächeln. Aber was wird aus dir werden auf diesem Stückchen Land hier, das der Hand Gottes entglitten ist?«

»Amboise, ich weiß nicht, was aus mir werden wird, ob ein Flammenbaum oder ein giftiger Manzanillabaum, aber dazwischen gibt es nichts, und dieser Hügel wird sprechen, um es mir zu sagen.«

»Dieser Hügel wird sprechen«, sagte Amboise.

Ich sah ihn fortgehen und fand mich ohne Schrecken in

dem unbekannten Dunkel des Hügels wieder, denn die Ungewißheit war an diesem Abend meine Verbündete.

Am Morgen nach meiner ersten Nacht als freie Frau stieß ich die beiden Flügel meiner Tür auf und sah, daß die Sonne von derselben Farbe war wie in Fond-Zombi, ich ließ sie am Himmel kreisen, um nach ihrem Ratschluß die Blume meines Glücks niederbrennen oder erstrahlen zu lassen. Die Stelle, an der ich meine Hütte aufgestellt hatte, war besonders öde, und als ich gen Osten schaute, erblickte ich jenseits der grünen Wogen der Zuckerrohrfelder eine schier unüberwindliche Barriere riesiger Stämme von Balata- und Mahagonibäumen, die die Welt zurückhielt und daran hinderte, bis zu mir zu gelangen. Zwei oder drei Holzhütten und wohl ein Dutzend Lehmhütten waren in unmittelbarer Nachbarschaft auf den Hängen verstreut, inmitten der Wälder von wilden Akazien, Cahimintbäumen und hohen Kokospalmen, deren Wedel sich ständig in der Luft bewegten.

Der Hügel La Folie war von umherirrenden, bunt zusammengewürfelten Schwarzen bewohnt, die aus den zweiunddreißig Gemeinden der Insel ausgestoßen worden waren und hier eine Existenz führten außerhalb aller Regeln, ohne Erinnerung, Verwunderung oder Furcht. Der nächste Laden war drei Kilometer entfernt, und da ich kein Gesicht, kein Lächeln kannte, schien mir dieser Ort unwirklich, gespenstisch: eine Art Geisterland. Die Leute vom Hügel La Folie nannten sich selbst »Bruderschaft der Ausgestoßenen«. Der Luftzug des Elends hatte sie hierher auf diese unfruchtbare Erde geweht, aber sie mühten sich, wie jedermann zu leben, sich in der ewigen Ungewißheit zwischen Blitz und Donner recht und schlecht hindurchzuschummeln. Aber weiter oben im Gebirge, weit drinnen in den tiefen Wäldern lebten wirklich verlorene Seelen, denen man den Namen »Irregeleitete« gegeben hatte. Jene pflanzten nichts, schnitten kein Zuckerrohr, kauften und verkauften nichts, ihre einzige Hilfsquelle waren ein paar Krebse, Wildbret und Wildfrüchte, die sie im Laden gegen Rum, Tabak und Streichhölzer eintauschten. Sie liebten das Geld nicht, und gab man ihnen eine Münze in die Hand, ließen sie sie mit ärgerlicher Miene zu Boden fallen. Sie hatten unbewegliche Gesichter, unbezwingbare, mächtige, unsterbliche Augen, und wenn ich sie sah, spürte ich eine unbekannte Kraft in mir, eine Süße ließ meine Knochen erschlaffen, und ohne zu wissen, warum, fühlte ich mich ihnen gleich, ausgestoßen, unbeugsam.

Der Geheimnisvollste von ihnen war ein gewisser Tac-Tac, der so genannt wurde wegen seines Voumtac, einer riesigen Bambusflöte, die er stets über der Schulter trug, als hinge sie dort in aller Ewigkeit. Er war ein alter Schwarzer von der Farbe gebrannter Erde, mit einem flachen Gesicht, in dem sich zwei verlorene Augen öffneten, die überrascht und vorsichtig auf euch herumwanderten, immer entzückt und verwundert, Tiere und Menschen wiederzuerkennen. Er wohnte weiter weg als die anderen, auf dem Gipfel des Gebirges, in einer kleinen, elenden Hütte in einem Baum, zu der er über eine Strickleiter gelangte. Seine kleine Hütte, seine Bambusflöte, sein Garten in der Mulde einer Lichtung ... er kam alle zwei Monate herunter, seinen Rum kaufen, und in der Zwischenzeit durfte man ihn nicht besuchen, der Kerl liebte das nicht und brachte für keine Seele, die in seiner Umgebung wohnte, die Zähne auseinander, hatte keine Zeit, wie er sagte. Aber kaum war morgens die Sonne bis in Höhe der Bäume aufgestiegen, da erreichte uns das Kreischen der Flöte, es war Tac-Tac, der mit geschlossenen Augen und gespannten Halsadern vor seinem gewaltigen Bambusrohr herflog, es war Tac-Tac, der, wie er sagte, in allen Sprachen der Erde zu reden begann. Und er blies ruckweise mit seinem ganzen Körper, lang, kurz, kurz, lang, kurz, kurz, lang, lang, lang, lang, durchdrang geradewegs das Gewölbe des Waldes, um in unsere schaudernden, schluchzenden, liebenden Busen zu dringen, und das hob euch einfach von der Erde, wenn ihr die Augen öffnetet. Er stand aufrecht, aufrecht vor seiner großen Bambusflöte, und es gab kein Mittel, ihm nicht zuzuhören, denn dieses Voum-tac drang eben ein und kam im selben Augenblick wieder, da ihr die Augen öffnetet, es war so, ihr konntet nichts dagegen tun; Tac-Tac entflog vor seinem Bambusrohr, nachdem er alles ausgeschüttet, was ihn erfüllt, alles, was er an jenem Morgen gefühlt hatte . . .

Die ganze Woche über wendete ich mein Stückchen Erde um und um, riß Unkraut aus, verbrannte es, verbrannte ganze Bäume auf ihren Wurzeln, bepflanzte alsbald das dem Wald abgerungene Land, setzte Wurzwerk, Boucoussous-Erbsen, Eibische. Und am Sonntag machte ich mich auf den Weg zu der roten Scheibe Man Cias, die mich schon seit dem Morgengrauen dort am anderen Hang des Tales rief.

Anstatt die Straße über den Hügel einzuschlagen, die mich zwingen würde, durch Fond-Zombi zu gehen, gelangte ich direkt in den Wald von Man Cia über einen Seitenpfad, der sich an wilden Hängen entlangschlängelte, an den Zuckerrohrfeldern der Fabrik Galba vorbeiführte, an der Raffinerie mit den Rohrzuckerbottichen, den vier Traufen und der weißen Esse; diese beherrschte eine Landschaft von

Zuckerrohrfeldern, die zur Fabrik gehörten, von Hütten, die zur Fabrik gehörten, und von Schwarzen im Innern dieser Hütten, die ebenfalls zur Fabrik gehörten. Wegen des Geruchs nach ausgepreßtem Rohr und nach Schweiß beeilte ich mich, ich durchschritt die Furt des Flusses, und gleich am anderen Ufer begann der blaue Schatten von Man Cias Wäldern. Ich traf sie nie auf der Lichtung an, aber in der Sonne vor ihrer Hütte erwartete mich eine große Tonschüssel voll Wasser, das von allen möglichen Zauberkräutern, Paoca, Wunderbalsam, Brautrose und Satanskraft, eine veilchenblaue Farbe angenommen hatte. Ich stieg sogleich in das Bad, ließ dort die ganze Mühsal der Woche, bemühte mich, meine Hände zu einer Schale zu formen, um mir den Inhalt der Schüssel neunmal über den Kopf zu gießen. Ich stieg aus der Schüssel, zog eine Hose an, legte mich in die Sonne und warf von Zeit zu Zeit einen kurzen Blick in die Runde, ob das Dickicht vielleicht Augen bekommen hätte. Danach zog ich mich an, kämmte mich vor einem Spiegel, der am Stamm des Mangobaums hing, hörte plötzlich hinter meinem Rücken einen kurzen, rauhen Husten und sagte, ohne den Kopf zu wenden ... bist du es, Man Cia, bist du da? ... und tief aus ihrer Kehle kam ein Räuspern, wirklich, sie war da.

In der größten Stille fingen wir alsbald an, Kaffeebohnen zu schälen, die Wurzeln des Tages auszugraben und den Hühnern ein paar gekochte Bananen vorzuwerfen. Es wurde schnell Mittag, denn es machte mir Freude, bei ihr unter dem leuchtenden Blick ihrer Augen zu arbeiten. Wir setzten uns unter den Mangobaum, um unser Mahl einzunehmen, immer dasselbe: Reis mit roten Bohnen, die schon seit dem Morgengrauen auf dem Feuer standen, und der ewige Schweineschwanz. Da sie woanders zu sein schien und wie im Traum kaute, sagte ich zu ihr: »Man Cia, wenn man dich sieht, könnte man glauben, es ginge abwärts mit dir.«

Und sie antwortete ruhig: »Es geht nicht abwärts mit mir, ich überlege.«

Dann nahm sie ein Glas Rum, trank es in einem Zuge aus, schnalzte vor Zufriedenheit mit der Zunge, lachte leise glucksend in der Tiefe ihrer Kehle und sprach: »Eine Alte wie ich, und du fährst mich an ... hast du denn keinen Respekt vor meinem weißen Haar?«

Sie schüttelte den Kopf, warf den schmerzlichen, blendenden Strahl ihres Greisinnenblickes auf mich, wir erhoben uns und gingen im Wald spazieren, wo Man Cia mich in die Geheimnisse der Pflanzen einweihte. Sie lehrte mich auch den menschlichen Körper kennen, seine Gelenke und seine schwachen Stellen, wie man ihn einreibt, wie man Unwohlsein, Krämpfe und Abgespanntheit vertreibt. Ich lernte, Tiere und Menschen zu entbinden, Behexte zu erlösen und jeden bösen Zauber auf diejenigen zurückfallen zu lassen, die ihn verursacht hatten. Aber jedesmal, wenn sie mir gerade das Geheimnis der Verwandlungen enthüllen wollte, hielt mich etwas zurück und hinderte mich daran, meine Frauengestalt mit ihren beiden Brüsten gegen die eines Tieres oder eines fliegenden Gespenstes einzutauschen, und wir machten nicht weiter. Am späten Nachmittag nahmen unsere Gespräche gewöhnlich einen ganz bestimmten Ton an, immer denselben, gleichzeitig traurig und geheimnisvoll. Die Helligkeit des Tages durchdrang uns, das Licht flutete in Wellen durch das vom Wind bewegte Laub, wir schauten einander an, erstaunt über bestimmte Worte, bestimmte Gedanken, die wir beide gesagt oder gedacht hatten, und plötzlich beugte Man Cia sich vor und fragte mich schroff und geradeheraus ... sind sie gekommen, uns auf ewig zu zerbrechen, zu zerstoßen, zu zermalmen ...? ach, wir sind Waren auf der Auktion gewesen und fnden uns heute mit zerrissenem Herzen wieder ... Du siehst, fügte sie mit einem kleinen, ungezwungenen, aufheiternden Lachen hinzu, immer im Leben hat mich die Sklaverei geplagt, die Zeit, in der Fässer mit verdorbenem Fleisch mehr Wert hatten als wir. Ich kann darüber noch soviel nachdenken, ich verstehe nicht ...

Sie schüttelte fieberhaft aufgeregt den Kopf, ihre Augen blitzten, Speichel lief ihr aus dem Mund, wie bei Kindern, die die Worte plötzlich hervorsprudeln, bevor sie in Tränen ausbrechen. Schwermut verschleierte das Leuchten ihrer Augen, und sie sprach alle möglichen geheimnisvollen Sätze mit der zornigen, klagenden Kinderstimme, mit der sie seit dem Tod von Reine Sans Nom bisweilen redete. Eines Abends, als ich gerade aufbrechen wollte, hielt sie mich mit einer Handbewegung zurück ... Télumée, sagte sie, stoß dich nicht daran, sei nicht betroffen, wenn du mich eines Tages nicht als Christenmenschen, sondern als Hund antriffst ...

»Warum willst du das tun, Man Cia, hast du als Frau schon so viel gesehen?«

»Ich habe als Frau noch und noch gesehen, aber nicht deswegen werde ich die menschliche Gestalt aufgeben, ich bin müde, siehst du, ich bin einfach müde mit meinen zwei Füßen und meinen zwei Händen ... ich würde es daher glatt vorziehen, ein Hund zu sein ...«

Ich küßte sie beklommenen Herzens und sagte mir, daß für Man Cia die Einsamkeit nicht mehr gut sei, seitdem ihr Gesicht diesen eigentümlichen, kindlichen Ausdruck angenommen hatte ...

Als ich am nächsten Tag eine Maderafurche in meinem Garten aushob, erschien ein großer schwarzer Hund mit einem für seine Größe erstaunlich kurzen Schwanz. Ich dachte weder an Hunde noch an Menschenhunde und fuhr friedlich fort, meine Furche auszuheben. Die Furche ist fertig, ich lege meine Hacke beiseite und sehe den Hund direkt vor mir, mich genauso neugierig anstarrend. Ich hielt ein, um ihn auch anzusehen, und seine Augen machten mich stutzig ... kastanienbraun, ganz besonders durchsichtig, schauten sie mich fest und ohne zu blinzeln an wie die Augen von Man Cia. Kalter Schweiß lief mir über den Hals, und ich fragte ihn sanft ... Hund, o Hund, gehst du einfach deiner Wege, oder willst du zu mir? ... Als das Tier aber unbeweglich stehenblieb, schrie ich ... geh! geh! ... brach vom nahen Mispelbaum eine Gerte ab und gab ihm einen Schlag über den Rücken. Das Tier stieß einen Schrei aus und verschwand im Gras.

Ich ging in die kleine Hütte zurück, legte mich schwitzend und zitternd auf das Bett der Reine Sans Nom und weinte. Am Sonntag trieb mich eine Kraft in den verzauberten Wald, ich fand die Hütte leer, Türen und Fenster den Winden offen, und zu Füßen des Mangobaumes, an dem mein kleiner Spiegel hing, lag der schwarze Hund. Man Cia erwartete mich, die Vorderpfoten übereinandergelegt, und als ich näher herantrat, erkannte ich ihre eigenartigen, malvenfarbenen, längs gerieften Nägel. Sie schaute mich an wie immer, ohne die klaren, durchsichtigen Augen mit dem ironischen Schimmer auf ihrem Grunde auch nur ein klein wenig zu senken. Ich setzte mich ins Gras und streichelte weinend meine alte Freundin ... was willst du von mir, Man Cia, was willst du von mir? ... Warum hast du dich in einen Hund verwandelt, da ihr doch nicht sprechen könnt? ...

Warum sollen unsere kleinen Plaudereien aufhören? … Sieh, sieh nur, wie du mich ängstigst, wenn du dasitzt, als wärst du kein menschliches Wesen, nicht aus dem Bauche einer Frau geboren …

Während ich sprach, besänftigte sich mein Schmerz, schwand, und ich fühlte mich nur noch ein bißchen traurig, es war, als befände ich mich nicht auf Erden, im Schatten unseres Mangobaums, sondern an einem feierlichen Ort, wo die Zeit stillsteht und der Tod etwas Unbekanntes ist. Man Cia begann, um mich herumzustreichen, mir lustvoll die Füße, die Hände zu lecken, und schon gewöhnte ich mich an ihre neue Gestalt und sagte lächelnd zu ihr … da du nun schon einmal so bist, Man Cia, bleib so, wie du bist … am nächsten Sonntag komme ich wieder und werde nicht vergessen, eine Rotwurst für dich mitzubringen …

Ich bekam Lust auf einen unserer üblichen Spaziergänge, Man Cia folgte mir und umsprang mich leise und glücklich kläffend. Etwas später, um elf Uhr, kam ich zu ihrer Hütte zurück und kochte Reis mit Bohnen, den wir wie einst im kühlen Schatten des Mangobaumes aßen. So war es auch an den folgenden Sonntagen. Ich kam am frühen Morgen mit einem Stück Maniokrotwurst, reichte ihr ihr Lieblingsmahl auf einem sauberen Teller und sagte stets … du siehst, Man Cia, ich habe dich nicht vergessen, du dagegen wo sind meine roten Bohnen und mein Reis? … Und sie umsprang mich, leckte mir lange die Hände, begleitete mich überallhin, und in ihren schönen kastanienbraunen Augen las man einen stummen, unergründlichen Ruf, der mein Herz in Aufruhr versetzte. Ich sprach mit ihr, erzählte ihr die Ereignisse der Woche, sagte ihr alles, was ich ihr damals nicht zu sagen gewagt hatte, als ich mich wie ein kleines Mädchen fühlte, das aus Versehen auf die Erde gekommen war. Eines

Sonntags, als ich wie gewöhnlich mit einem kleinen Stück Rotwurst hinaufgegangen war, sie zu besuchen, fand ich sie nicht an ihrem gewohnten Platz unter dem Mangobaum. Ich ging zu ihrem Haus, suchte in den nahen Büschen, lief in den Wald und rief sie bis spät in die Nacht. Sie war fort, und ich sah sie nie wieder. Nach und nach zog allerlei kleines Getier in ihre Hütte ein, die eines schönen Tages zusammenfiel, aufgefressen von den Holzwürmern und den Termiten ...

12

Seit meiner Ankunft auf dem Hügel La Folie stärkte mich die Gegenwart von Reine Sans Nom, sie führte zur Hälfte meine Hacke, ergriff zur Hälfte mein Messer, trug zur Hälfte jede meiner Mühen, so daß ich mit ihrer Hilfe wirklich eine Schwarze wie eine Trommel mit zwei Herzen war. Wenigstens hatte ich das geglaubt, bis Man Cia sich in einen Hund verwandelte und verschwand. Da erfuhr ich, daß der Schutz der Toten nicht die Stimme der Lebenden ersetzt. Unter meinen Füßen war der Sumpf, und es war für mich an der Zeit, leicht, gewandt, geflügelt zu werden, wenn ich nicht wollte, daß das Leben scheitert wegen einer einzigen ...

Alles, was ich angepflanzt hatte, war aufgegangen, es würde zur nächsten Ernte reif sein, und ich sah mich schon mit einem runden Korb auf dem Kopf zum Markt nach La Ramée hinabgehen. Unterdessen fehlte mir aber das Wurzwerk aus dem Garten der Man Cia, fehlten mir ihr Öl, ihr Salz, ihr Petroleum, die Schachtel Streichhölzer, die sie für ihre Dienste als Zauberin erhalten und jeden Sonntag mit mir geteilt hatte. Wollte ich nicht noch vor der Ernte Hungers sterben, mußte ich auf die Zuckerrohrfelder der Fabrik gehen. Aber ich fürchtete das Zuckerrohr mehr als den Teufel, ich ernährte mich von Wildfrüchten, von denen meine Haut gelb wurde und nach deren Genuß mich seltsame

Launen und Sinnestäuschungen befielen. Als ich eines schönen Morgens die Tür meiner Hütte öffnete, erblickte ich zu meinen Füßen eine Kalebasse mit Reis. An den folgenden Tagen fand ich Malangas, eine kleine Flasche Öl und sogar zwei oder drei eingelegte Tamarindenfrüchte. Eines Nachts, als ich mich hinter der Hütte auf die Lauer gelegt hatte, sah ich eine Gestalt, die sich heimlich, mit der Behutsamkeit eines Diebes, über die Straße stahl. Nach einigen Augenblikken tauchte die Gestalt in einem Mondstrahl wieder auf, und ich erkannte den kleinen, schmalrandigen Panamahut der Frau Olympe ...

Sie wohnte unterhalb meiner Hütte auf der anderen Seite der Straße, und wenn sie sich nicht in ihrem Hause aufhielt, nahm ich sie undeutlich durch ihre mit Kawalasträuchern bunt gesprenkelte Hecke wahr. Als sie an jenem Tag aus dem Zuckerrohr heimkam, spürte ich eine Süße in meinen Gliedern, ich ließ meine Hacke fallen und stieg den Hang hinab, der zu der Frau Olympe führte. Sie saß auf einer kleinen Bank im Schatten ihrer Laube mit strengem, ein wenig verzogenem, hochmütigem Gesicht, als wollte sie mich von vornherein warnen, mich darauf hinweisen, daß sie nicht meines Alters und meines Schlages sei, daß ich mich keinesfalls für einen Gegenstand im selben Regal halten sollte. Sie blieb starr und steif sitzen, mich von oben bis unten musternd, und schien jeden meiner Schritte zu prüfen, als ich mich ihrer Bank näherte. Aber so irreführend dieses Verhalten war, gehörte es in Fond-Zombi doch zur Taktik von mehr als einer Gevatterin, und ohne mich einschüchtern zu lassen, stellte ich mich Olympe vor, nannte, wie es sich gehört, meinen Namen, den Namen der Frau, die mich aufgezogen hatte, und sagte schließlich, ich sei gekommen, sie über das Zuckerrohr auszufragen, da ich am nächsten Tag dort anfangen wollte ...

Sie schaute mich aufmerksam an.

»Ich kenne alle Dinge, alle«, sagte sie mit einem eigenartigen Ton, doch dann besann sie sich fast sofort ... »nein, ich kenne nicht alle Dinge.«

Sie schien mich vergessen zu haben, schaute zum Hügel, dann zum Gebirge, schließlich zum Meer, von dem in den späten Nachmittagsstunden ein silberner Streifen zu sehen war. Plötzlich erhob sie sich, ging in ihre Hütte und kam nach einem Weilchen mit einer zweiten kleinen Bank in der Hand zurück. Nachdem sie mich zum Sitzen eingeladen hatte, sagte sie würdevoll, sie heiße Olympe, und bot mir an, ich könne im Morgengrauen Glut zum Anzünden meines Feuers holen kommen ... sie gebe allen davon ab, das sei für sie so etwas wie eine Pflicht ... ja, eine Pflicht, betonte sie. Und als ich ihr dankte und sagte, ich würde es von nun an wie die anderen halten und auch Glut von ihr holen, begann das Eis zwischen uns langsam zu brechen. Sie schaute mich aus neugierig aufgerissenen Augen an und bemerkte zuerst, ich habe wohl zum erstenmal meine Heimat verlassen, es sei doch das erste Mal?, während sie schon zahlreiche Orte hinter sich gelassen hatte, bevor sie hier auf diesem Hügel inmitten der Bruderschaft der Ausgestoßenen gestrandet war ... oh, nicht die Stille des Ortes oder die Tollheit der Schwarzen hätten sie verlockt, denn die gebe es hier wie überall; was ihr am Hügel La Folie gefalle, sei die Qualität des Schauspiels ... das bäumt sich auf, das speit Flammen, das ist durchaus bereit, den Augen Jesu Christi zu trotzen, schloß sie mit Bewunderung in der Stimme und lachte leise bei dem Gedanken an das schöne Schauspiel, das ihr die Schwarzen des Hügels boten. Sie beugte sich zu mir und erzählte mir von einigen, von Tasie, die nie etwas sagte, von Vitaline und Léonore, die dieselbe Hütte bewohnten und denselben Mann liebten; von allen, die ihr einfielen. Sie breitete sie vor meine Augen hin mit dem Eifer, der Zartheit, der Sorgfalt einer Stickerin, die ihre schönste Arbeit vorzeigt. Über das ganze Gesicht strahlend, wies sie dann auf den Vorhang aus Balata- und Mahagonibäumen, der die Spitze des Gebirges überzog . . . aber all das ist noch gar nichts, flüsterte sie, dort oben lebt der Verlorenste von uns Ausgestoßenen, der Mann mit dem Voum-tac . . . ah, der kann wirklich sagen, er kenne alle Sprachen der Welt, alle Sprachen, wie man sie sprechen muß, die Sprachen . . . zumindest wenn er seine Bambusflöte nimmt, sind es nicht Worte eines verlogenen Hundes, die er in die Luft wirft, dann sind es reine Wahrheiten, die da zum Himmel aufsteigen, sag ich dir . . . Und noch immer auf jenen Vorhang aus Baumen dort jenseits der Zuckerrohrfelder starrend, murmelte sie wie zu sich selbst . . . und du, kleines Mädchen, was hältst du von den Worten?

Olympes Augen wanderten vom Himmel zu meinem Gesicht, vom Gebirge zu meinem Gesicht, von ihrer kleinen, bunten Hecke zu meinem Gesicht, und endlich sagte sie, wie um diese Prüfung abzuschließen, ich habe recht, das Wort nicht zu schätzen. Sie schien zufrieden mit mir und meinte sogar, ich sei ziemlich jung, um ohne Schwierigkeit der Bruderschaft anzugehören. Ich schaute sie überrascht an, in der Erwartung eines Zeichens, irgendeiner Erklärung für ihre geheimnisvollen Äußerungen, aber es kam nichts. Gleich würde es Nacht werden, ich konnte ihre Züge nicht mehr gut erkennen. Sie war nichts weiter als eine beliebige Silhouette, die ein wenig steif auf einer Bank saß, und vielleicht gab das Dämmerlicht mir den Mut, sie noch einmal zu fragen, was es mit dem Zuckerrohr auf sich habe.

Da stand Olympe auf, füllte ein Glas randvoll mit Rum und sagte in entschuldigendem Ton ... ah, das Zuckerrohr ... dann leerte sie ihr Glas, zündete sich eine Pfeife an und schwieg.

Am nächsten Tag, als die Nacht noch schwarz war, ging ich zu Olympe hinunter, die mir ein wenig Glut gab zum Anzünden meines Feuers, wie sie es noch lange Jahre tun wird, bis zu meiner Abreise vom Hügel La Folie. Nachdem dann jede ihren Topf Essen gekocht hatte, machten wir uns schweigend auf den Weg ins Tal zu den Zuckerrohrfeldern der Fabrik. Wir bewegten uns im verblassenden Schein der Sterne vorwärts, vor und hinter uns gingen Arbeiter, die denselben Weg hatten, ein Zug schemenhafter, scheuer Gespenster, in dem ab und zu ein Messer, ein im Dunkeln lachender Mund, ein glitzernder Ring am Ohr einer Frau aufblitzten, einer Frau vor uns, die mit nachtwandlerischem Schritt vorwärtsging, auf dem Kopf einen Korb, in dem ihr schlafendes Kind lag. Mehreren folgte auch ein plärrender Kinderschwarm, bisweilen hingen zwei oder drei Kinder an einem Rock und ließen sich wie Fische durch die Dämmerung ziehen, die Augen geschlossen, die Münder vom Schlaf geschwollen. Olympe ging ruhig vorwärts, ihre Machete hatte sie flach über die Schulter gelegt wie ein Gewehr, auf dem Kopf trug sie eine Flasche Rum, und die Beine hatte sie mit Lappen umwickelt, die mit Lianen festgebunden waren. Ich ging neben ihr und blieb ein wenig zurück, als wollte ich ihren Vorrang unterstreichen, und als ich diese Kinder des Zuckerrohrs sah, fragte ich mich, wo meine eigenen in der ganzen Zeit geblieben waren? Sie waren in meinem Bauch, in meinem Gedärm festgekrallt, und dort sollten sie bis auf weiteres auch bleiben, in der tiefsten Tiefe meiner Eingeweide, sagte ich mir.

Unten auf dem Grunde des Tals wogten die Zuckerrohrfelder im Wind. Die Schnitter stellten sich in einer Reihe auf, um die Welle mit einer einzigen Bewegung von hundert Macheten anzugehen, gefolgt von den Binderinnen, die die Stengel und das Futterstroh aussortierten, die safthaltigen Stücke eilig zusammenbanden und hinter den ihnen zugeteilten Schnittern in Stößen zusammenstellten. Schon fuhr ein kleiner, vollbeladener Zuckerzug den Feldrain entlang in Richtung der hohen Schornsteine der Fabrik, die in der Ferne glühten. Ein Vorarbeiter wies mir meine Arbeit zu, und mit einemmal sah ich mich mitten in den Fluch hineingeworfen. Die Haumesser schnitten dicht über dem Boden, und die Stengel fielen zusammen, die Stacheln flogen wie Glassplitter umher und drangen überall ein, in meine Lenden, meinen Rücken, meine Nase, meine Beine. Auf Olympes Rat hatte ich meine Hände sehr fest mit Binden umwikkelt, aber diese teuflischen Stacheln drangen durch das Gewebe, meine zusammengepreßten Finger gehorchten mir nicht mehr, und bald warf ich alle Binden fort und stürzte mich unbedacht in das Feuer des Zuckerrohrs. Olympe schwang ihre Machete wie ein Mann, ich sammelte hinter ihr, lief gebückt, band gebückt, sortierte und stapelte so schnell wie möglich, um nicht hinter den anderen Frauen zurückzubleiben, die um mich herum hantierten, ohne zu klagen, ängstlich bemüht, die zwanzig Stapel zu schaffen, die ein Tagewerk waren, zwanzig Stapel zu fünfundzwanzig Paketen; zehntausend Machetenhiebe, ein paar Zinkstücke mit den Initialen der Fabrik, Stockfisch, Öl, Salz, französisches Mehl und Rum aus der Fabrik, Melasse aus der Fabrik, Rohzucker aus der Fabrik, zum obligaten Preis der Fabrik, Gaunereien, zwei Sous für einen. Allmählich wurde ich zu einer Verfluchten, und einige Tage später band ich schon kein Zuckerrohr mehr, sondern ging mit meiner alten Machete mitten hinein in den Tanz der Stacheln, der Bienen- und der Hornissenschwärme, die mit der Sonne aufstiegen, angezogen von dem schweren, berauschenden Duft des frischen Zuckerrohrsaftes. Ich hatte schon denselben Rhythmus wie Olympe, ich erreichte den Tagelohn der Männer und wußte bald, daß die Fäuste von Mütterchen Victoire, die sie an das Ende meiner Arme gesetzt, aus Eisen waren. Wir kamen um vier Uhr früh auf dem Feld an, aber gegen neun Uhr stand die Sonne hoch genug am Himmel, im wahrsten Sinne auf uns herabzufallen, die Strohhüte und die Kleider, die Haut der Menschen zu durchbohren. Dort im Feuer des Himmels und der Stacheln schwitzte ich das ganze Wasser aus, das meine Mutter in meinen Körper getan. Und endlich verstand ich, was der Schwarze ist: Wind und Segel auf einmal, Trommler und Tänzer zugleich, ein Heuchler ersten Ranges, der sich bemüht, jene Süßigkeit, die bisweilen vom Himmel fällt, körbeweise zu ernten, und die Süßigkeit, die nicht über ihm niederfällt, die erdichtet er, und das ist das mindeste, was er besitzt, wenn er nichts hat. Als ich das begriffen hatte, begann ich Rum zu trinken, erst in kleinen Schlucken, später in großen Zügen, um dem Schweiß das Fließen, den Austritt aus meinen Poren zu erleichtern. Ich faltete ein Tabakblatt zusammen, stopfte meine Pfeife damit und begann zu rauchen, als wäre ich mit so einem Ding im Mund geboren. Ich sagte mir, hier, mitten unter den Stacheln des Zuckerrohrs, hier müsse der Schwarze sein. Aber abends, wenn ich zum Hügel La Folie zurückkehrte, das Sackleinen um den Bauch gebunden, Hände und Gesicht zerschunden, fühlte ich mich von einer sanften, lächelnden Traurigkeit erfüllt und dachte, wenn ich weiter so im Zuckerrohr schufte, werde ich mich in ein Tier verwandeln und selbst die Mutter der Menschen wird mich nicht mehr erkennen. Ich stieß die Tür meiner Hütte zu, aß etwas Warmes, zündete für Reine einen Kerzenstummel an, sprach ein Vaterunser, und schon lag ich auf meinem Strohsack, über all dem die Augen zu schließen. Bisweilen zog ich mich nicht einmal aus, fiel nieder wie ein Stein. Wenn es Tag wurde, machte ich mich wieder auf den Weg, mit dem Schweiß des Vortages, den Stacheln des Vortages, und auf den Feldern der Fabrik angekommen, schwang ich mein Messer und zerhackte mein Leid wie jedermann, irgendwer begann zu singen, und unser aller Leid fiel in das Lied, das war das Leben im Zuckerrohr. Von Zeit zu Zeit hielt ich inne, um die Dinge in meinem Geist an den rechten Platz zu rücken, und schon wieder lächelnd und heiter sagte ich mir . . . es gibt einen Gott für jedes Ding, einen Gott für den Ochsen und einen Gott für den Ochsentreiber . . . und dann wiederholte ich in aller Ruhe für meinen Körper: Hier ist es, wo der Schwarze sein muß, hier.

Jetzt ging ich an jedem Sonntagvormittag mit dem ganzen Hügel La Folie zum Marktflecken hinab und lachte und spreizte mich dort bis zum Abend. Ich war schon im Elend, ich trug mein Joch, ich zog und wieherte, wollte man, daß ich wegen des Elends bekümmert sei? Da wurde also gelacht auf dern Vorplatz der Kirche von La Ramée, da waren die erholsamen kurzen Aufenthalte in den Schenken ringsum, während die Leute aus Fond-Zombi, die ich zufällig traf, mich erstaunt ansahen, so schwitzend, ungekämmt, anstoßerregend, wie ich war inmitten meiner Bruderschaft der Ausgestoßenen, Olympe, Vitaline, Léonore und allen anderen, von denen ich mich nicht eine Handbreit entfernte. Wenn die Glocken das Ende der Messe läuteten, zog uns Olympe zur Kirche hin, um die braven Seelen zu ängstigen.

Gestikulierend wie ein Satansweib, Ehre und Anstand verhöhnend, schrie sie ... die Sklaverei ist zu Ende: liebt mich, könnt mich doch nicht kaufen ... haßt mich, könnt mich doch nicht verkaufen! ... Und dann kamen von allen Seiten die Tadel, jeder sagte seine Meinung über Olympe, die euch eine Messe zerriß, wie eine Grundwelle den Ozean zerreißt. Manchmal schien eine Nachbarin oder eine Bekannte aus Fond-Zombi auf mich zutreten zu wollen, doch im letzten Augenblick wandte sie mit schmerzlicher Miene den Blick ab. Zwei- oder dreimal fing ich auch den auf mir ruhenden Blick des Schwarzen Amboise auf, einen unergründlichen Blick, eine Mischung aus Spott, Furcht und vielleicht auch Erinnerung an das, was ich einst gewesen. Er ging barfuß wie ich und trug ein Hemd und eine Hose, beides ausgeblichen, nichts unterschied ihn von dem alten rotbraunen Schwarzen, den ich in meiner Jugendzeit kennengelernt hatte. Aber ich fand, er habe jetzt das Benehmen eines Prinzen, den Gang, die Kopfhaltung, die Nase mit den beiden Orgelpfeifen, den düsteren und abwesenden Blick eines richtigen Prinzen. Und wenn er mich zufällig ansah, wandte ich mich verlegen ab, zutiefst beschämt bei dem Gedanken, daß ein so schöner Schwarzer mich geliebt. Als ich eines Sonntags in einer Schenke des Marktfleckens im Kreise der Bruderschaft der Ausgestoßenen saß, hörte ich Amboises Stimme in meinem Rücken murmeln: »Télumée, Télumée, was machst du mit dem Leben?«

Ein heftiger Schmerz stieg in mir auf, und ich antwortete ihm lässig über die Schulter, ohne den Kopf zu wenden, damit er mein neues Gesicht nicht sehe:

»Überhaupt nichts, Amboise, entfliehen sehe ich es, entfliehen, sonst nichts.«

»Höre«, raunte er, »ich bin gekommen, um ernsthaft mit

dir zu reden ... bist du noch immer allein ... genauso allein?«

»Allein, in tiefster Einsamkeit, Amboise.«

Nach einem kurzen Schweigen sprach dieselbe Stimme hinter meinem Rücken in einem Atemzug weiter:

»Erinnere dich an das, was ich dir gesagt habe ... sogar in der Hölle hat der Teufel seine Freunde ... aber das ist nur eine Redensart, denn wenn von uns beiden einer ein Teufel ist, dann bin ich es ...«

»Vielen Dank, Amboise, vielen Dank für die Worte, die du gesprochen hast ... aber heute bin ich eine Frau ohne Hoffnung, und ich weiß nicht, wann sie wiederkehren wird ...«

Ich hatte diese Worte sehr leise gesprochen, aus Furcht, die Trinker um uns herum könnten etwas davon mitbekommen. Ich wartete eine lange Weile, und als ich keine Antwort vernahm, drehte ich mich schließlich zu Amboise um und sah einen leeren Stuhl, einen Tabaksbeutel auf dem Tisch und daneben ein unberührtes Glas Rum. Ich fragte mich, was an meinen Worten den Mann Amboise hatte in die Flucht schlagen können, und die Tiefe meines Falls bedrückte mich den ganzen Nachmittag über, während ich ein Glas Rum nach dem anderen hinunterkippte, die Verworfene spielte, lachte und angab wie noch nie. Zum Hügel La Folie zurückgekehrt, schützte ich Unwohlsein vor, verließ die beschwipste Gesellschaft, trat in meine Hütte und ließ langsam den Stock herab, der die Tür verriegelte. Und als ich dann auf meinem Strohsack lag, stahl ich mich aus der Welt, um Großmutter zu treffen, voller Bedauern bei dem Gedanken an dieses Geschlecht großer Schwarze, das mit ihrem Atem erloschen war. Mein Segelboot war im Sande aufgelaufen, woher würde der Wind kommen, es wieder flottzumachen?

AM NÄCHSTEN Tag, als ich inmitten der Stacheln ganz vernünftig meinen Platz auf Erden ausfüllte, hörte ich Amboises Stimme in den Himmel steigen, da überkam mich ein Gefühl der Bitterkeit, und mein Körper wurde mir schwer. Dann schwand die Bitterkeit, und es blieb nur die Überraschung, diese Stimme im Zuckerrohr erklingen zu hören, denn Amboise hatte stets gesagt, sein Schweiß werde die Erde der Weißen nicht düngen. Ich wollte ihn sehen, wagte aber nicht, mich in die Richtung zu wenden, aus der seine Stimme kam. Hoch über dem Gebirge stand weißglühend die Sonne, und der Schnitt hatte schon vor geraumer Weile begonnen. Es war an der Zeit, gegen den Schweiß, die Müdigkeit, die Auflösung der Seelen zu kämpfen, und plötzlich schleuderte Amboise eine mitreißende Caladja über die Herde hinweg:

»En ce temps-là vivait une femme
Une femme qui avait une maison
Derrière sa maison un Bassin bleu
Bassin bleu à tourniquet
Les prétendants y sont nombreux, nombreux
Mais doivent se baigner dans le Bassin
Se baigner pour la femme
Qui la posséda?« *

Und Schnitter und Binderinnen sangen im Chor den Refrain:

»Ces jeunes hommes-là qui s y baignèrent
Sont à l'estuaire de la rivière, noyés« **

* Einst lebte eine Frau, eine Frau mit einem Haus. Hinter ihremHaus ein Bassin bleu, Bassin bleu mit Drehkreuz. Zahlreich sind die Freier, zahlreich, doch sie müssen baden im Bassin, baden für die Frau. Wer hat sie besessen ?

** Jene jungen Männer, die dort gebadet, sind ertrunken in der Mündung des Flusses.

Ich hatte den Mund nicht aufgetan, weil die Bitterkeit wieder da war und ich fürchtete, sie um mich zu verbreiten, sie über die im Zuckerrohr gekrümmten Rücken auszugießen, ohne es zu wollen. Aber mit einemmal, ich wußte nicht, wie, trennte sich meine Stimme von mir und stieg, gellend, lebhaft und fröhlich wie in alten Zeiten, hoch über die anderen, so daß Amboise sich erstaunt zu mir drehte; mein Gesicht war tränenüberströmt. Der Mann wandte sich sogleich wieder ab, und man hörte das Lied bis zum Mittag. Dann war Pause, und die in den Hütten der Fabrik wohnten, gingen weg, die anderen, die ihr Essen mitgebracht hatten, blieben da. Ich suchte den Schatten eines Wollbaumes am Feldrain auf, und der Mann Amboise folgte mir wortlos. Unter dem Wollbaum angelangt, schlug ich die Schöße meines Kleides zwischen meine Schenkel und setzte mich, die Beine seitlich angewinkelt, auf einen flachen Stein. Ich stützte einen Ellenbogen auf mein Knie, stellte das Eßgeschirr auf die Handfläche und fing an, mit den gekrümmten Fingern der anderen Hand in dem Malangabrei herumzurühren, wie es sich für eine Frau geziemt. Ich tat so, als bemerkte ich Amboise nicht, und schüttelte von Zeit zu Zeit sanft den Kopf, als wollte ich irgend etwas verscheuchen, einen Gedanken, der ständig wiederkehrte, welchen, wußte ich aber nicht. Und so floh ich vor mir selbst, meine Augen schauten suchend zum Himmel, beobachteten aufmerksam die Straße. Und Amboise sah meine Pein und fürchtete, daß es bis zu meinem Tod so bliebe. Wir schwiegen beide, bis er folgendermaßen sprach: oTélumée Lougandor, die Schwarzen schwitzen so sehr, daß die Frauen der Weißen es müde sind, nichts als den Schweiß zu sehen . . .«

Sogleich kam mir der Gedanke, der Mann hoffe vielleicht, mich mit seinen Worten zum Lachen zu bringen, obschon sie mit ernster und trauriger Stimme gesprochen worden waren. Und das belustigte und peinigte mich gleichzeitig, so wie mich eben im Zuckerrohr die Stimme dieses großen rotbraunen Schwarzen belustigt und gepeinigt hatte, der offensichtlich seinen Platz auf Erden nicht kannte. Überrascht, belustigt und voller Pein fragte ich mich, ob er denn mich, Télumée, zum Lachen bringen wollte, die Télumée vom Hügel La Folie, oder ob er eine verzweifelnde junge Frau zum Lachen bringen wollte. Und ich hielt mein Lachen zurück, weil ich keine befriedigende Antwort fand. Die Pause war zu Ende, wir gingen nachdenklich in das Feuer des Zuckerrohrs zurück.

An den folgenden Tagen setzten wir uns in den Schatten desselben Wollbaumes, ich auf den flachen Stein und der Mann ein wenig abseits, den Rücken an den glatten Stamm des Baumes gelehnt. Wir aßen genauso schweigend. Und in jenen leuchtenden Tagen trat mir keiner zu nahe, wie es im Zuckerrohr geschieht, denn Amboises Machete war mein Sonnenschirm. Eines Morgens dann legte der Mann heimlich ein Paket seines Zuckerrohrs zu meinem Schnitterinnentagwerk, und ich konnte meine Tränen nicht zurückhalten. Sein Lied stieg an jenem Morgen so hoch hinauf, daß sich die Aufseher zu Pferde in der Ferne vergewisserten, ob die Waffe unter ihren Satteltaschen bereit lag. Ich aber war fern von alledem, fern von der Sonne, fern von den Stacheln und den Vorarbeitern und fragte mich nur, ob der Mann dieses Zuckerrohrpaket zum Tagwerk von Télumée gelegt hatte oder zum Tagwerk einer verzweifelten Frau oder aber, und das war in meinen Augen das Schlimmste, ob er damit nur das Andenken von Reine Sans Nom würdigen wollte. Und deshalb unterbrach ich später, als wir unter dem Wollbaum saßen, das Schweigen mit den Worten: »Amboise, ich kenne dich, du hast eine stärkere Natur als viele Männer, aber du bist ebenso feige wie alle Männer.«

Amboise schien meine Worte nicht gehört zu haben, er schwieg, er wälzte einen Gedanken und betrachtete seine Hände, als wollte er sie zu Zeugen rufen für das, was er sagen würde . . .

»Télumée«, sprach er plötzlich mit unruhiger Miene, »Télumée, schönes Glück, du bist viel grüner und strahlender, als ein Siguineblatt unter dem Regen, und ich möchte bei dir sein, was sagst du dazu, antworte . . .«

Ich schaute Amboise lange an und dachte, wenn die Männer schon die Liebe erfunden haben, werden sie eines Tages auch das Leben erfinden; nun werde ich meinen Platz einnehmen, werde diesem Schwarzen helfen, das Leben aus der Tiefe heraufzuziehen, es wieder auf die Erde zu holen. Dennoch antwortete ich ihm kühl, mit langsamer und verhaltener Stimme: »Amboise, ich bin ein einfaches Stück Holz, das schon am Winde gelitten. Ich habe vertrocknete Kokosnüsse am Baum hängenbleiben sehen, während alle grünen Kokosnüsse herabfielen. Das Leben ist eine Hammelhälfte, die an einem Ast hängt; alle hoffen, ein Stück Fleisch oder ein Stück Leber abzubekommen: die meisten aber finden nur Knochen.« Und mit äußerster Mühe, fürchtend, ganz die Fassung zu verlieren und den Rest meiner Würde dahinschwinden zu sehen, fügte ich hinzu: »In Anbetracht all dessen, Amboise, mein Schwarzer, nehme ich deinen Vorschlag an.«

12

Wir hatten vereinbart, daß Amboise in drei Tagen zu mir kommen sollte, denn dann würde der Himmel wiedergeboren werden und mit ihm der aufgehende Mond, der neuen Vereinigungen immer günstig ist. Amboise wollte, daß ich zu ihm käme, ich zog es aber vor, ihn in meiner Hütte, unter meinem eigenen Dach, zu erwarten. Zuallererst richtete ich die Hütte her, schaufelte alle Zugänge frei, brachte den zur Hütte führenden Pfad in Ordnung, wischte und putzte den Innenraum wie ein weibliches Wesen, ein sauberes weibliches Wesen, das allerdings seine Zeit gelebt hat, eine Frau ist, kein junges Mädchen mehr. Indessen übte ich mein Herz, sich in einen Stein zu verwandeln, denn ich hielt es nicht für hart genug, um in meiner Hütte einen Mann zu empfangen. Ich war darauf gefaßt zu leben, aber mit einer sanften Schwermut, der Schwermut des Endes vielleicht, wenn die Lebenslust schon geschwunden ist. Manchmal sah ich mich im Zentrum einer Hahnenkampfarena, mitten im Kampf, blutend, bald der eine Hahn, bald der andere, Sporen, Schnabelhiebe, bald der eine, bald der andere, und solche Eindrücke kamen immer überraschend, ganz unerwartet, wenn ich plötzlich zu lachen anfing und Gefallen daran fand, mein Lachen zu hören, oder wenn ich mich über eine Eisenkrautpflanze beugte, die neben meiner

Hütte wuchs, und plötzlich Gefallen daran fand, einen Geruchssinn zu besitzen ...

Die letzten Stunden des dritten Tages vergingen sehr langsam. Ich hatte mich gebadet, war in eine Mixtur Man Cias getaucht, bis der letzte Stachel aus meiner Haut verschwunden und unter meinen Fingernägeln entfernt war. Dann hatte ich meine Zöpfe gewaschen, mit Kakaowasser behandelt, mein Sonntagskleid angezogen, eine Kongoteesuppe aufs Feuer gestellt, deren Brodeln mir in den Ohren klang, während ich, auf einem Stein an der Schwelle meines Hauses sitzend, wartete und aufmerksam die zarte Sichel des Mondes beobachtete, die über dem Gebirge erschienen war. Stille breitete sich über den ganzen Hügel. Von dem Geist der Gegend benachrichtigt, saßen die Leute schweigend vor ihren Hütten, spähten, eine Hand vor den Augen, zum Tal hin und warteten ebenfalls auf meine Stunde. Plötzlich erklang das leise Klopfen des Tamtams, auf den Hängen tauchten die Lichter von Fackeln auf, bildeten einen leuchtenden Streifen, der sich die Straße entlangschlängelte und jetzt den Hügel La Folie erreichte. Nachbarn und Nachbarinnen gingen den Besuchern voraus, ich aber blieb reglos auf meinem Stein sitzen, um mein Blut zu hören, das in sanftem, geschmeidigem, schleppendem Rhythmus dahinfloß. Nun hielt die Menge vor meiner Hütte, Amboise an der Spitze, der mit leichten Schlägen eine Brusttrommel bearbeitete. Ihm folgten eine Bauernfiedel, ein Brummholz und ein paar Chachas, die von den Händen Adrianas, Ismènes, Filaos und einiger anderer aus Fond-Zombi zum Klingen gebracht wurden. Alle traten auf mich zu und grüßten mich kurz, nur mit einem Kopfnicken, als wollten sie sagen, daß sie mich am Abend zuvor verlassen und daß mein Leben seit dem ersten Tage, da sie mich als Kind in der Hütte von Reine Sans Nom gesehen, immer in demselben klaren Wasser verlaufen sei, ohne Überraschungen und widrige Strömungen. Amboise näherte sich als letzter, ich konnte ihn nicht ansehen; plötzlich erschöpft und kraftlos, blieb ich auf meinem Stein sitzen. Er beugte sich herab, nahm meine geschwollenen Hände, streichelte sie leicht und murmelte, um mich zum besten zu halten: »Die Frau ist entschieden ein kühles Wasser, das tötet . . .«

Und langsam, gerade mit der Spur Ironie in der Stimme, die es gestattet, Dinge zu sagen, ohne sie so zu meinen, fuhr er fort: »Ach, so eine Frau, das ist erhaben wie ein Land, und wenn du spürst, daß du die Erhabenheit nicht erreichst, beiß dir auf die Zunge und schweig . . .«

Die Leute begannen zu lachen, Gläser und Flaschen gingen reihum, und die Erzähler warfen aufmerksame Blicke in die Runde, um die Zuhörerschaft einzuschätzen und abzuwägen, damit sie sich nicht in der Wahl ihrer Scherze vergriffen. Alles war an seinem Platz, das Fest konnte beginnen. Amboise setzte sich rittlings auf eine Trommel, warf den Kopf zurück und hob mühsam seinen rechten Arm, als hinge alles, was er gesehen und gehört, alles, was er seit heute und seit gestern wußte, an den Spitzen seiner ausgestreckten Finger. In diesem Augenblick verschwanden wir vor den Augen des Mannes, es war für ihn ein Moment vollkommener Einsamkeit. Dann fiel seine Hand kraftvoll herab, während sich seine Kehle zur traditionellen Anrufung der Geister, der Lebenden, der Toten und der Abwesenden auftat, sie einzuladen, daß sie zu uns herabstiegen und in diesen von der Stimme der Trommel geschaffenen Kreis träten.

»Je vous annonce: nous arrivons
Nous arrivons Les Rhoses
Je vous annonce: nous arrivons« *

Olympe trat als erste in den Kreis, hob großmütig an beiden Seiten ihr Kleid hoch, wie um anzudeuten, daß sie vor der Versammlung ihren Bauch, ihre Brust öffne. Rund und voll, erinnerte sie an eine lockige Brotbaumfrucht, und sobald sie zu tanzen begann, war sie die Brotbaumfrucht, die eine Stange vom Baum geworfen hatte und die nun von der Höhe des Hügels herabrollte, über Spuren und Pfade hinweg, auf und ab in mächtigem Schwung, so daß wir vergaßen, daß die Erde unter ihren Füßen eben war. Ihre Haut glänzte, in ihre vollen und glatten Wangen kam Farbe, und ihre Augen hoben sich zum Himmel, als erblickten sie, was sie schon immer erwartet hatten. Amboise folgte ihrer Spur, und wenn sie zur Erde zurückzukehren schien, gönnte er seiner Trommel eine Entspannung, die Olympe wieder von sich losriß, sie von ihren Gliedern, ihrem Körper, ihrem Kopf, ihrer Stimme und von allen Männern befreite, die ihre Liebe getreten, zerrissen und zerfetzt hatten. Sie drehte sich, bückte sich, erhob sich wieder, nahm uns mit einer Bewegung unsere Sorgen, trug unsere Leben bis in den Himmel und gab sie uns, von allem Schmutz befreit, rein zurück. Aber dann ließ der Schwung nach, sie blieb atemlos mitten im Kreis stehen, und schon führte eine andere Tänzerin sie mit einer kleinen freundschaftlichen Gebärde in die Runde zurück, bevor sie selbst ihren Platz einnahm, um zu erzählen, wie es um sie und ihre Träume stand ... um das Leben, das sie erstrebt, und jenes, das sie gehabt hatte ...

* Ich verkünde euch: wir kommen, wir kommen zu Les Rhoses.
Ich verkünde euch: wir kommen.

Amboises Rufe erklangen die ganze Nacht. Die Leute traten in den Kreis und verließen ihn, während ich auf meinem Stein sitzenblieb und der Trommel des Mannes weder zu widerstehen noch nachzugeben wagte. In den frühen Morgenstunden schob mich Olympe ruhig in die Mitte des Kreises. Alle schwiegen. Ich stand reglos vor dem Trommler. Amboises Finger bewegten sich sacht auf dem Ziegenfell und schienen dort ein Zeichen zu suchen, den Ruf meines Pulses. Ich ergriff die beiden Schöße meines Kleides und begann mich wie ein verrückter Kreisel zu drehen, den Rükken gekrümmt, die Ellenbogen ragten über die Schultern, vergebens suchte ich, unsichtbare Schläge zu parieren. Mit einemmal spürte ich das Wasser der Trommel über mein Herz rinnen und ihm das Leben wiedergeben, zuerst mit kleinen, feuchten Spritzern, dann mit großen Güssen, die mich besprühten und benetzten, während ich mich in der Mitte des Kreises drehte, der Fluß strömte über mich hinweg, ich sprang auf und war Adriana, beugte mich nieder und richtete mich wieder auf und war Ismène mit den großen staunenden Augen, ich war Olympe und die anderen, Man Cia als Hund, Filao, Tac-Tac, der vor seiner Bambusflöte herflog, und Laetitia mit ihrem kleinen schmalen Gesicht und jener Mann, den ich einst gekrönt und geliebt hatte, ich war die Trommel und die hilfreichen Hände Amboises, ich war seine kleinen Augen einer lauernden, gejagten Wildtaube, da nun öffneten sich meine Hände der Runde, ich ergriff die Leben und formte sie nach meinem Sinne, ich gebar und war nichts, nur eine Rauchspirale, die in der Nachtluft hing, nichts als die Schläge der Trommel, die unter Amboises Händen erklangen, und doch lebte ich mit aller Kraft, von den Haarwurzeln bis zu den kleinen Zehen meiner Füße.

Das war mein erster Tanz und der letzte der Nacht, mit ihm verklang diese eigenartige Trommel. Als wir, auf der Schwelle der Hütte stehend, die Leute fortgehen sahen, stieß einer von ihnen einen leisen Schrei aus und wies auf ein rosenrotes Stückchen Himmel, das plötzlich auf der höchsten Erhebung des Gebirges, über dem Vulkan, erschienen war. Sehr bald bedeckte die rosenrote Helligkeit die eine Hälfte des Himmels, während die andere in Finsternis gehüllt blieb, und bei diesem Anblick murmelte der, der vorher gerufen hatte, wie im Traum ... nun mögen die häßlichen Seelen ohnmächtig werden ...

Man hörte Gelächter, erstickte Seufzer, und mit einem letzten Gruß an die Runde schlossen wir die Tür unserer Hütte hinter uns.

In dieser schönen Zeit meines Lebens war die Blume meines Glücks neu erblüht, die Tage glichen den Nächten, die Nächte glichen den Tagen. Unsere Saaten keimten gut aus dem Boden dieses kaum urbar gemachten Stücks Hügel, das von Steinen übersät war und von Baumstümpfen, die sich jedes Jahr wieder belebten und aus deren verkohlten Massen leuchtendes Grün sproß. Nach jeder Ernte strich ein Abgesandter Monsieur Boissanvilles die Hälfte unserer Erträge ein, und wir lebten von dem Rest, der uns Öl, Petroleum, gelegentlich auch ein Kleid oder eine Hose einbrachte. In diesen Jahren erfuhr ich nur Zufriedenheit, gute Worte und Entgegenkommen. Sprach Amboise mir von Zitronen, so antwortete ich ihm von Zitronen, und sagte ich Schnitt, so fügte er Hacke hinzu. Es machte uns Freude, Keimlinge zu versetzen, Furchen zu ziehen, Saaten in den Bauch der Erde zu streuen. Unser Grundstück fiel bis zur Talsohle sanft ab, dort floß ein Bach, der hochtrabend auf den Namen Wildbach getauft worden war. Am unteren Teil des Hanges kam dann schwarzer, fetter Boden, bestens geeignet, lange, trokkene und saftige Yamswurzeln hervorzubringen. Der nahe Wildbach spendete uns sein Wasser und den Schatten seiner Bäume. Amboise grub um und zerbrach die Erdklumpen, die ich zwischen meinen Fingern zu feinem Regen zerrieb. Von Jahr zu Jahr hielt uns dieser entlegene Ort fester, beanspruchte uns immer mehr. In dem Maße, wie unser Schweiß in diesen Boden eindrang, wurde er unser eigen, nahm er den Geruch unserer Körper an, unserer Ausdünstungen, unseres Essens, des ewigen herben und beißenden Räucherwerks aus grünem Orleanholz. Längs des Ufers war ein Beet Paccala-Yamswurzeln entstanden, und rundherum wanden Hunderte Wickelranken ihre zarten und stachligen Schlingen, gleich einer gequälten Seele, die dem Menschen die Bande liefert, mit denen sie gebunden wird. Eine Doppelreihe von Eibischen rahmte diese Wurzeln ein, und auf einem Beet daneben wuchsen in dichtem Durcheinander Malangas, Krokantmais und ein paar Paradiesfeigen und Pisangbananen. Der Garten wurde von Jahr zu Jahr schöner, und wir verbrachten hier den lichtesten Teil unserer Zeit. Eine Hütte von Kokospalmen empfing uns in den heißen Stunden, und auf den Blättern der Bäume ringsum schienen sich unsere Worte niedergelassen zu haben. Die Bäume wirkten dadurch schwerer und bewegten sich behutsam im Wind. Dort unter der Hütte sprachen wir über alles Gegenwärtige und Vergangene, über alles, was unsere Augen auf Erden gesehen, über alle Menschen, die wir gekannt, geliebt oder gehaßt hatten, und so vervielfachten wir unsere schwachen Leben und erreichten, daß der eine durch den anderen mehrfach lebte. Mit den Jahren wußten wir alles voneinander, kannten unsere Taten, unsere Gedanken, unsere Eitelkeiten. Wir sprachen oft über den Sturz des Schwarzen, über das, was in den alten Zeiten geschehen war und noch geschah, ohne daß wir gewußt hätten, wie oder warum. Amboise war damals ein Mann in den Fünfzigern, er hatte weißes, von roten Strähnen durchzogenes Haar, und unter der scheinbaren Ruhe seiner Züge bemühte er sich voller Eifer, ein inneres Brodeln, eine Sturmflut zurückzuhalten, die er mit aller Kraft zügelte. Von Leidenschaft gepackt und beunruhigt, fragte ich ihn, ob es in seinen Augen so viel bedeute, Schwarzer im Dreck zu sein ... er wandte sich mir zu und murmelte mit einer Stimme, die friedlich, besänftigend und frei von jeder Angst sein sollte ... Télumée, teures Land, wer den ebenen Weg nicht verlassen hat und nicht in die Gosse gefallen ist, wird nie wissen, wie verehrungswürdig er ist ...

Schon ging die Pause zu Ende, wir verließen die Hütte, um uns erneut an die Arbeit zu machen, unter einer Sonne, die sich mit uns mitbewegte, uns auflauerte, stehenblieb, wenn wir verweilten, dann ihren Lauf fortsetzte, hinabstieg, immer weiter hinab, um rötliche Feuerbrände auf uns herabzuschleudern. Der Schweiß rann über unsere Bäuche, aber wir gaben nicht auf, und schließlich ermüdete die Sonne und wurde schwächer. Das war der Beginn des Nachmittags. Nichts bewegte sich, die Vögel schwiegen und saßen betäubt in reglosen Bäumen, denen kein Geruch entströmte. An einigen Stellen brach die rote Kruste der Erde auf, und aus den Rissen krochen unermüdliche Ameisen. Wir setzten uns in die Nähe der Hütte, in ihren Schatten, und dann kam eine der Stunden, die ich sehr liebte. Ich beugte mich über den steinernen Herd, holte das heiße Wurzwerk aus dem Topf und schnitt lange Gurkenstreifen darauf, die im

Dampf zergingen. Dann pflückte ich halbgrünen Pfeffer, schmückte damit den Rand eines jeden Tellers, und auf der bloßen Erde sitzend, mit gelockerten Knien und auseinandergespreizten Zehen, begannen wir unser Mahl. Mit den Zinken seiner Gabel nahm Amboise eine Wurzelscheibe auf, tunkte sie von allen Seiten in die verteufelt scharfe Soße, betrachtete sie einen Augenblick, führte sie dann zum Gaumen und kaute viel länger als notwendig, so, als empfände er irgendeine Scham, ein Unbehagen, sie nicht mehr zu schmecken, als hätte jeder Bissen seinen eigenen Geschmack, dem er bis zum Ende nachspüren müßte.

So war das ein großes, geheimnisvolles Fest, eine stumme Anregung, das Leben weiterzuführen in allen seinen Formen, besonders in jenen, die niemand kaufen kann: wie ein zufriedener Bauch, den alle Früchte der Erde besuchen . . .

Wenn der Nachmittag zu Ende ging und das Vieh im Stall war, entledigte er sich seiner groben, dicken und zerschlissenen Kleidung, die die Farbe unserer Erde hatte, faltete sie zusammen, legte sie auf das Laubdach eines jungen Orangenbaums, und nackt erwartete er mich im sinkenden Tag. Auch dies war so eine Stunde, die ich liebte, da seine ausgeruhten Muskeln mich erwarteten und ich auf ihn zutrat, ihn mit Wasser begoß, das ich mit Zitronenkraut parfümiert und sorgsam schon seit dem Morgen von der Sonne hatte wärmen lassen. Murmelnd floß das Wasser über seinen Körper, und der Duft des Wassers erfüllte die Luft, die ihn aufsaugte wie einen Saft, während Amboise schnaubte und mit Wasser spritzte, das mich durchdrang, näßte und begeisterte. Jeden Tag streifte ich mein Zuckerrohrkleid über, meine zweite Haut, zwei Mehlsäcke, die durch das Waschen geschmeidig geworden und ganz mit meinem Schweiß durchtränkt waren. Das war ein formloses Ding, ohne Leben, in meiner Taille zusammengehalten von einem Madrastuch der Reine, dem mit den großen Karos in der blaßgelben Farbe der untergehenden Sonne. Ich faltete das Madrastuch schräg, genau in Höhe meiner Lenden, daß es sie stütze, wenn ich mich den ganzen Tag über beim Säen und Jäten bückte und aufrichtete, aufrichtete und wieder bückte. Ich hatte gar kein Talent, mich der Mode des Tages entsprechend zu frisieren, hochgebauscht oder flachanliegend, und jeden Morgen bedeckte sich mein Kopf mit Zöpfen, die so schön wie möglich zu trennen ich mich mühte, bevor ich sie zu einem Kranz legte. So geschmückt, saß ich im Schatten der Hütte und fürchtete, in Amboises Blick könnten sich Bedauern oder Enttäuschung schleichen. Aber er durchschaute mich immer, warf den Kopf zurück, um den Landwind, der sich des Abends erhob, zu atmen, schenkte mir dann seinen wissenden, leidenschaftlichen und unschuldigen Blick und sagte mir, wie schön er mich in diesem Kleid, passend zu meiner Figur, ohne Schminke und ohne Putz finde ... denn, fügte er lächelnd hinzu, die man so zurechtmacht und anmalt, das sind die Kadaver; die etwas zu verbergen haben ...

Er war in Pointe-à-Pitre geboren, in einer kleinen Hütte, die drei Generationen von Schwarzen beherbergte, bis hin zur Ahne, die noch die Sklaverei erlebt hatte und deren eine Brust mit dem Brandmal ihres Herrn gezeichnet war. In seiner Jugend hatte er in der Fabrik von Carénage Zuckerrohrzüge entladen, die aus Grande-Terre kamen, und an einem Streiktag war er, ohne recht zu wissen, warum, einem Gendarmen zu Pferd, der in die Menge hineingaloppierte, an die Kehle gesprungen. Er erinnerte sich nicht gerne seines Gefängnisaufenthalts. Anfangs, so scheint es, hatten ihn die Stockschläge aufgebracht, dann aber war er gefügig geworden und hatte gelernt, seine Lage als Schwarzer auf Erden mit anderen Augen zu betrachten. Sein Zellengefährte hatte ihm die Welt erklärt und ernsthaft gesagt . . . mein Bester, ein Weißer ist weiß und rosig, der liebe Gott ist weiß und rosig, und wo ein Weißer ist, da ist auch das Licht. Schon aus dem Munde seiner Großmutter hatte Amboise erfahren, daß der Schwarze in der Welt ein Reservat von Sünden sei, *das* Geschöpf des Teufels schlechthin. Aber im Gefängnis, den Kopf mürbe von den Schlägen, den Sonntagspredigten und den Reden seines Zellengefährten, stockte ihm angesichts der »Schwärze« seiner Seele der Atem, und er hatte sich gefragt, was er tun könne, um sie zu waschen, damit Gott ihn eines Tages ohne Ekel betrachte. Und so, erzählte er mir belustigt, war ihm der Gedanke gekommen, nach Frankreich zu gehen, wo er sieben Jahre gelebt hatte.

Er sprach auch nicht gerne von Frankreich, weil er fürchtete, bestimmte Worte, bestimmte Beschreibungen könnten sich der Seele der Menschen bemächtigen, sie vergiften. In jener Zeit waren Schwarze in Paris selten, sie konzentrierten sich in den zwei oder drei Hotels, die keine Schwierigkeiten machten. In seinem Hotel wohnten vor allem Orchestermusiker, Kaffeehauskellner, Tänzerinnen, und es gab sogar einen, der sich seinen Lebensunterhalt damit verdiente, schlicht und einfach den Schwarzen zu spielen, in einem Käfig, wo er sich wie ein Tobsüchtiger benahm, Schreie ausstieß, und genau das sahen die Weißen nach Amboises Meinung gerne. Da er keine besonderen Talente hatte, setzte er von morgens bis abends kleine Eisenstückchen in irgendwelche Löcher. Anfangs hatte er eine gewisse Bewunderung für die Seelenstärke der Weißen empfunden, die alle eine abgeklärte Miene zur Schau trugen, alle sich selbst genügten, wie Götter. Das Qualvollste in den ersten Monaten war, daß er sich so gar nicht verpflichtet fühlte zu leben, daß er jederzeit verschwinden konnte, ohne daß man es bemerkt hätte, da er nichts aufrechterhielt, nichts ausglich, weder im Guten noch im Bösen. Aber nach zwei oder drei Jahren vermeinte er in einem Alptraum zu leben, einem jener Alpträume, wie sie ihn in der Kindheit nach gewissen Geschichten, die abends erzählt wurden, heimgesucht hatten. Sobald er aus dem Hotel trat, war ihm, als durchquerte er Orte, die von bösen, seinem Fleisch und Blut fremden Geistern bevölkert waren und die ihn mit dem größten Gleichmut vorübergehen sahen, so, als existierte er gar nicht in ihren Augen. Die ganze Zeit über parierte er nun die unsichtbaren Schläge, die euch diese Leute austeilen, anscheinend ohne sich dessen bewußt zu sein. Mochte er auch sein Haar glätten, es an der Seite scheiteln, einen Anzug und einen Hut kaufen, die Augen weit aufsperren, um das Licht einzusaugen, er ging trotzdem auf der Straße, bei seiner Arbeit, im Restaurant unter einem Hagel unsichtbarer Schläge dahin, die Leute nahmen seine Anstrengungen nicht wahr, und er hätte alles austauschen, alles ersetzen müssen, denn welches Stück ist schon gut an einem Schwarzen? . . . fragte sich Amboise während der sieben Jahre seines Aufenthalts in Frankreich. Er konnte nie sagen, was in ihm vorgegangen und wie es gekommen war, daß er am Ende seines Aufenthalts in den Weißen Münder sah, die sich mit Unglück vollstopfen, zerplatzte Blasen, die sich als Laternen aufspielen, um die Welt zu erleuchten. Als er nach Guadeloupe zurückkam, sehnte er sich nur danach, in den Straßen von Pointe-à-Pitre mit nackten Füßen in der Sonne herumzulaufen und die Worte von früher zu sprechen . . . wie kommst du zu Rande, Bruder? . . . laß die Beute nicht fahren, bleib standhaft, denn der Kampf ist hart, mein Freund, ganz einfach hart, Bruder . . . das war sein Traum, und dann wollte er sich in das tiefe Wasser der hiesigen Frauen stürzen, unser kurzes, krauses Haar streicheln, das nicht wachsen will. Er hatte seinen Kopf von allen weißen Ideen reingewaschen, aber er bewahrte ihnen kein bitteres Andenken. Die Menschen dort standen auf dem einen Ufer und er auf dem anderen, sie schauen nicht von derselben Seite des Lebens, weiter nichts, Bruder . . .

Nach einigen Wochen hatte er sein früheres Leben, seine Gewohnheiten, seinen kleinen Job in Carénage wiederaufgenommen, er wahrte völliges Schweigen über Frankreich und die Weißen, vermied es sogar, diejenigen anzuschauen, die er in den Straßen von Pointe-à-Pitre traf, mit jenem Ausdruck im Gesicht, als schwebten sie über ihrem Körper, als steckten sie nur ungern darin. Eines Tages, als er einen von ihnen auf dem Bürgersteig entlanggehen sah, verspürte er auf einmal den rätselhaften Wunsch, ihm mit seinem kleinen Messer die Kehle durchzuschneiden. Der Mann hatte nichts Besonderes an sich, er war nur ein weißer Körper unter anderen, mit weißen Gedanken, die auf der weißen, geäderten Haut seiner Stirn entlangliefen. Amboise hatte indessen tief in der Tasche sein kleines Messer gepackt und schickte sich an, ihn mitten auf der Rue Frébault wie ein Schwein abzustechen. Im letzten Augenblick hielt ihn die Vorstellung von dem, was er tun wollte, zurück. An den folgenden Tagen erneuerte der Geist, der sich seiner bemächtigt hatte, seinen Angriff, und nun begann ein unsägliches Leid, ein Hin-und-Hergerissensein zwischen dem Wunsch, ein weiße Haut zu zertrennen, und dem Entsetzen vor einer solchen Tat. Sein Wille gehörte ihm nicht mehr, er ging, ihn in die Hände eines Zauberers zu legen, der ihm erschrocken sagte . . . Amboise, mein Sohn, ich kann nichts für dich tun, denn in dir wohnt der Geist Satans, du stehst unter seinem Befehl. Am nächsten Tag sagte er seinen Freunden adieu, verkroch sich in die hintersten Hügel von Guadeloupe, erreichte die Ausläufer des Gebirges, weit weg von den Straßen Pointe-à-Pitres, weit weg auch von den Zuckerrohrfeldern, weit weg von jeglichem weißen Gesicht. So wurde er in unseren Wäldern, in Fond-Zombi, Brettschneider.

Wenn er hier von Frankreich sprach, sahen ihn die Leute an wie ein verirrtes Schaf, das so überaus viel gesehen hat, daß es davon verrückt geworden ist. Dann schwieg Amboise und tat tagelang den Mund nicht auf, zum Zeichen stummen Protests. Er stand auf dem Boden des Landes, wie er es gern tat, sehr aufrecht auf seinen beiden Beinen oder an einen Baum, einen Stuhl, die Wand unserer Hütte gelehnt, wobei sein ganzer Körper auf einem Bein ruhte und das andere Kreise und Arabesken auf den Boden zeichnete, während er die Abgründe berechnete und abwog. In solchen Augenblicken verrenkte sich sein Hals, sein Kopf bildete nicht mehr die Verlängerung seines Körpers, sondern drehte sich zur Seite, der Sonne zu, so daß er gezwungen war, die Lider zu senken, um zu sehen, was unten, bei den Menschen, geschah. In seinen Augen war dann so etwas wie eine ständige Bereitschaft zu lesen, als könnte er jederzeit das Wort vernehmen, das ihn für immer besänftigen würde, und als könnte dieses Wort zu jedem beliebigen Zeitpunkt aus jedem beliebigen Munde kommen. Es kam aber nicht, dieses Wort, er hörte es nie, denn hienieden konnte es keiner aussprechen, und selbst sein Mund schwieg betrübt. Dann beugte er sich über mich und murmelte sanft mit einer aus tiefster Einsamkeit und Kälte dringenden Stimme . . .

Télumée, wir sind hundert Jahre lang geschlagen worden, aber wir haben Mut für tausend Jahre, sag ich dir, sag ich dir ...

Wir verbrachten jene Tage wie zwei Tintenfische, die am Meeresgrund gejagt werden, wir stießen Tinte aus, um nichts zu sehen. Und dann gelangte er doch immer wieder ans Ufer, kehrte auf die verlorene Erde von Guadeloupe zurück, die so sehr der Liebe bedurfte. Doch die erste Zeit nach seiner Rückkehr täuschte er Gleichgültigkeit vor und sagte in ziemlich barschem Ton, der Mensch sei bloß ein Fisch, der Menschen frißt, und darum nicht berechtigt, zu tadeln. Nun, der Himmel war das Dach der Welt, weitläufig und verschiedenartig war das Heim, aber die Türen waren untereinander nicht verbunden, denn sie waren alle verschlossen. Dann nahm er seine alte Pfeife, die er mit sehnsuchtsvoller Miene stopfte, und zum Himmel schauend, schickte er ein paar Rauchschnörkel nach oben ...

Mit den Jahren wurden diese Anzeichen von Weltabgewandtheit seltener, dann verschwanden sie ganz und machten einem ruhigen und friedlichen Erstaunen über die Phantasie des Schwarzen Platz, über seine Schönheit, die etwas Unvollendetes, ständig Sprühendes hatte. So konnte uns nur ein Mann betrachten, der das Meer übersprungen, die Versuchung erfahren hatte, vom Heimatlande entfernt zu leben, es mit den Augen eines Fremden zu sehen, es zu verleugnen. Er sagte, feindliche Hände hätten sich unserer Seele bemächtigt und sie umgeformt, damit sie sich gegen sich selbst aufbäume. Und nun spitzten die Leute die Ohren wegen der Art, in der er diese Worte aussprach, und so mancher riß sogar die verblümen Augen weit auf, darauf bedacht, sein dahintreibendes Leben zu begreifen. Und wenn jemand sagte, der Schwarze verdiene sein Schicksal, weil er unfähig sei, den Sprung zu machen, der ihn retten würde, stellte ihm Amboise immer dieselbe Frage in immer demselben Ton ... sage mir, Bruder, welcher Sprung wird das Zicklein, das mitten in der Savanne angebunden ist, vorm Messer retten? ... Die Leute lächelten, und wir fühlten uns wie das in der Savanne angebundene Zicklein und wußten: die Wahrheit unseres Schicksals lag nicht in uns selbst, sondern in der Existenz der Klinge.

Als der Mann Amboise zu mir gekommen, war er Anfang fünfzig, und seitdem war er weiter gealtert, sein Körper jedoch voller Jugend und Kraft geblieben. Deshalb sagten die Leute, wenn sie über ihn sprachen, lachend ... ihr wißt doch ... der Mann mit dem Kopf eines Vaters auf dem Körper eines Sohnes. All die Jahre waren vorübergeeilt, die Flüsse hatten neue Arme bekommen, und ich hatte nicht gespürt, wie die Zeit verging, dieses Mannes wegen, der mir einen Hauch Ewigkeit geschenkt hatte. Unsere Wasser hatten sich vermischt und vermengt, und kleine, warme Strömungen durchflossen sie den ganzen Tag über. In dieser schönen Zeit meines Lebens schien es mir, als lebten selbst die Bösen in Frieden, als übten sie nur eine für ihre Ausstrahlung unentbehrliche Tätigkeit aus, und ich sah ihnen bei ihrem Tun mit nachsichtigen Blicken zu, mit Blicken, die ich für den Stachel der Bienen, den durchsichtigen Schwanz des Skorpions, die Federkrone der wunderschönen Safranblüten hatte, die euch vergiften, wenn ihr sie mit dem Finger berührt. Für unsere Arbeit hatten wir uns einen Ochsen gekauft, der sich an Amboises Stimme gewöhnt hatte und seinen Schritt verhielt, um besser hören zu können, wenn dieser etwas Wichtiges sagte. Ich liebte diesen Ochsen und beglückwünschte mich jeden Tag aufs neue, von dieser Welt zu sein.

Gegen Ende seines Lebens, in den letzten Wochen, waren seltsame Gerüchte durch das Land gegangen und bis zu unserer kleinen Hütte am Hügel La Folie gedrungen. Man sagte, die Schnitter von Grande Terre seien in den Streik getreten, angeführt von tapferen Schwarzen, die in der Fabrik gesprochen hatten, von dem gesprochen, was es zu erreichen galt, und die es geschafft hatten, daß die Männer zwei Sous und die Binderinnen einen Sou mehr erhielten. Amboise hatte sich jeden Kommentars enthalten, aber in seine Augen war ein sonderbarer Glanz gekommen, den man bald auch in den Augen der Männer aus der Nachbarschaft sah, in La Folie, Valbadiane, La Roncière, Fond-Zombi und sogar in den Hütten der Schwarzen, die auf dem Talgrund im Schatten der Fabrik wohnten. Die Erträge hatten in den letzten Jahren sehr zugenommen, aber die Zahlmarken mit den Initialen der Fabrik hatten sich nicht vermehrt. Seit langem hatten die Läden ihre Kredithefte zugeschlagen, und die Leute aus dem Zuckerrohr rackerten sich ab, während ihre Kinder der Barmherzigkeit des Himmels preisgegeben waren wie die Vögel auf den Zweigen. Die Zungen arbeiteten, die Hälse wurden lang, und einige fragten sich, wo denn die Gesetze der Erde geblieben seien, wenn selbst die Läden keinen Kredit mehr gewährten. Im Vorgefühl kommenden Unheils schleuderten die Vorarbeiter vom Rücken ihrer Pferde aus Drohungen, wenn sie unruhigen Auges die Reihen der Schnitter entlanggaloppierten. Aber die Worte gingen ihren Weg und trieben unter den hohen Zuckerrohrhalmen andere Worte hervor. Ein Streik wurde beschlossen und wehe demjenigen, der sich ins Zuckerrohr wagte, er fände vielleicht den Tod anstelle von Brot. Eines Abends traten, aus Fond-Zombi, Valbadiane und La Roncière kommend, drei Männer in unsere Hütte und baten Amboise, am nächsten Morgen die drei Gemeinden der Fabrikleitung gegenüber zu vertreten. Die Leute aus Grande-Terre, so erklärten sie, hätten gebildete Schwarze gefunden, um den Fabrikherren ihre Klagen vorzutragen, und deshalb hätten sie die zwei Sous erhalten. In diesen verlassenen Gemeinden hier aber sei Amboise der einzige weitgereiste Mann, der einzige, der in dem Französisch, das in Frankreich gesprochen wird, die Worte finden könne, die gefallen würden und dennoch die Entschlossenheit des Schwarzen offenbarten: wie sei seine Antwort? . . .

Ich sah, wie mein Mann in eine lange Träumerei versank, und als er auf das Mundstück seiner Pfeife biß, ein Rauchwölkchen in den Himmel blies, sagte einer der drei Gesandten barsch zu ihm: »Amboise, welcher Sprung wird das Zicklein vor dem Messer retten?«

Amboise zog die Pfeife aus dem Mund, lächelte bei der Erwähnung seiner eigenen Worte und murmelte mit ruhiger Stimme: »Du hast es gesagt, Bruder.«

Seit dem Morgengrauen hallten die Hügel vom Klang der Lambismuschelhörner wider, die über das ganze Land hinweg bliesen und Unentschlossene, Ängstliche und Enttäuschte herbeiriefen. Von allen Seiten bewegten sich ungeordnete Züge zerlumpter Schwarzer auf die Fabrik zu, sie gingen in einem großen, erstaunten Schweigen vorwärts, das schwer war von Jahrhunderten der Angst und der Bitterkeit. In der Nähe der Fabrik bildeten die Leute einen Marschblock, den Amboise anführte, gefolgt von den drei Männern, die ihn gewählt, ausersehen hatten. Sobald der

Zug auf dem Hof angelangt war, erschien auf dem Absatz der Treppe, die zu den Büros führte, ein Weißer. Amboise trat einen Schritt vor und erklärte mit lauter, klarer, ein wenig bebender Stimme:

»Die Schnitter sind neulich gekommen, sie haben mit Ihnen gesprochen und nur Drohungen zu hören bekommen. Was denken Sie, ist der Mann, der arbeitet, denn ein Vogel? Sind seine Kinder Vogeljunge? Ich schlage mir an die Brust und frage Sie: wer schuftet hier, wer bepflanzt diese Zuckerrohrfelder, wer schneidet sie, wer brennt sie ab? Nun weiß aber jeder, daß ein leerer Sack nicht stehen bleibt. Er fällt zusammen, fällt ganz hübsch zusammen. Deshalb sind wir gekommen, Sie zu fragen, ob Sie entschlossen sind, das Ihre zu tun, damit der Sack stehen bleibt, was antworten Sie?«

»Meine Antwort ist noch dieselbe.«

Nach diesen Worten vollführte der Mann der Fabrik eine Art Pirouette und verschwand. Die Leute begannen zu schreien, zu drängeln, sie wollten alle gemeinsam in die Fabrik eindringen, um sie zu plündern und alles in Stücke zu schlagen. In diesem Augenblick setzte drinnen jemand die Kessel in Betrieb, deren Rohre auf den Fabrikhof mündeten. Kochendheißer Dampf fiel in Schwaden über die Leute, die sich vor dem Gebäude herumstießen. Drei wurden vollkommen verbrüht, darunter der Mann Amboise, andere wurden verletzt, einer erblindete. Die Gendarmen, die über Nacht aus La Ramée gekommen waren und sich seit dem Morgengrauen bereithielten, trieben ihre Pferde gegen die Menge, die begonnen hatte, den Leuten der Fabrik und den Gebäuden Schaden zuzufügen. Man hat nie erfahren, wer den Befehl erteilt, den kochendheißen Dampf ausströmen zu lassen. Amboise wurde in einen Sack gewickelt und auf vier Männerschultern bis zu unserer Hütte auf dem Hügel

La Folie getragen. Nach einer Nachtwache ohne Worte, Lieder und Tänze trug man ihn eilends zum Friedhof von La Ramée, denn die Verbrühungen hatten die Zersetzung seines Fleisches beschleunigt.

SEIT DEM Morgengrauen saß ich im Schatten unserer Palmenhütte und sah Amboise essen, lange kauen, zu seinem Vergnügen, und dann spritzte das Zitronenkrautwasser gegen seine Haut, während sein Duft die Luft, das Innere der Hütte, sogar die Tücher unserer Lagerstatt erfüllte. Als der Abend kam, schob ich den hölzernen Riegel vor die Tür, und die Nacht verging wie ehedem, in derselben Glorie, derselben Verzauberung des Körpers, der gibt und nimmt und vergeht. Nach einigen Monaten wurde ich wächsern, sah aus wie eine Leiche. Die Leute flehten mich an, nicht mit einem Toten zu leben, denn er werde mich aussaugen, auslaugen, und in kurzer Zeit werde die Erde mir ihre Arme öffnen. Ich mußte mich wieder fangen, bevor es zu spät war, mußte mit dornigen Akazienzweigen zum Grab des Mannes hinuntergehen und es peitschen, so sehr ich konnte. Aber ich konnte nicht gegen Amboise kämpfen, ich erwartete ihn allabendlich, und so verließ das Leben meinen Körper in gleichmäßigem Strom. Eines Nachts erschien er mir im Traum und bat mich, ich solle ihm helfen, zu den Toten zu gelangen, zu denen er nicht richtig gehörte durch meine Schuld, ebenso wie ich seinetwegen nicht richtig lebendig war. Er weinte, flehte mich an und sagte, ich habe meine Stellung als Schwarze bis zum Ende zu halten. Am nächsten Morgen schnitt ich drei Akaziengerten ab, damit ging ich zum Friedhof von La Ramée und peitschte das Grab des Mannes Amboise, peitschte und peitschte es . . .

13

Die Alten erinnern sich noch jenes Streiks, den sie den Todesstreik genannt haben. Er dauerte einige Tage und erstarb dann von selbst, wie eine Welle, die kommt und geht und auf dem Sand ein wenig Schaum zurückläßt. Da die Schwarzen begriffen hatten und spontan die Arbeit wiederaufnahmen, verkündete die Fabrik, daß die zwei Sous gewährt seien. Die Lambismuscheln hielten den Boden um die drei neuen Gräber auf dem Friedhof von La Ramée noch eine Zeitlang frisch, feucht und glänzend. Dann führten die Sonne, der freundliche Schnabel der Vögel und die zerstreuten Füße der kleinen Kinder die Gräber dem allgemeinen Schicksal zu. Es war alles zu schnell gegangen, der Tod der einen, die Rückkehr der anderen ins Zuckerrohr, ins Leben, und ein Mißgeschick vom Himmel hüllte Fond-Zombi, La Roncière und den Hügel La Folie ein. Das Wasser kam in Strömen, auf die eine glutrote Sonne folgte, die die Haut in Fetzen abzog. Und des Morgens erblickte man nirgendwo mehr diese Spuren, lang wie ein Männerkörper und leicht wie ein Kinderschritt, die hienieden den Durchzug Gottes kennzeichnen. Allnächtlich hörte man das Rollen der Ketten, die die Toten schleppten, Sklaven, die in den Orten Fond-Zombi, La Roncière und La Folie hingemordet worden waren, hier, wo auch der Mann Amboise auf üble Weise umgekommen. Und wenn die Krankheit das Maul der Haustiere befiel, schüttelten die Leute den Kopf, schweigend und wissend ...

Meine Augen waren zwei blinde Spiegel, die kein Bild mehr zurückwarfen. Aber als man mir schäumende Rinder brachte, deren Widerrist von schwarzen Borken geschwollen war, machte ich die Gesten, die Man Cia mich gelehrt, und die Tiere fanden eines nach dem anderen wieder Gefallen am Leben. Es ging das Gerücht, ich könne zusammenfügen und auseinanderbringen, ich sei im Besitz der Geheimnisse, und mit einem gewaltigen Aufwand an Speichel erhob man mich gegen meinen Willen in den Rang einer Wahrsagerin, einer erstrangigen Zauberin. Die Leute stiegen zu meiner Hütte herauf und legten das Unglück, die Wirrnis, die Widersinnigkeit ihrer Leben, die geschlagenen Körper und die Seelen, die schreiende und die schweigende Tollheit, das im Traum durchlebte Elend, all den Nebel, der das Menschenherz umhüllt, in meine Hände. Noch immer eine Gefangene meines eigenen Leids, sah ich sie voller Sorge und Überdruß kommen, doch dann beunruhigten mich ihre Augen, weckten mich ihre Stimmen aus dem Schlaf, zogen mich ihre Leiden zu ihnen wie einen Papierdrachen, den man aus den hohen Zweigen löst. Ich konnte Einreibungen machen, konnte gewisse Pfeile dorthin zurücksenden, woher sie gekommen, aber eine Wahrsagerin, ach, eine Wahrsagerin war ich nicht mehr als die Jungfrau Maria. Indes drängten mich die Leute, baten sie mich, zwangen sie mich, ihren Kummer auf meine Schultern zu nehmen, alle Nöte ihres Leibes und ihrer Seele ... die Schande, das ganze Ärgernis des vertanen Lebens ... Da zündete ich meine Nachtkerze an und machte ein paar Gesten, einige davon hatte ich bei Man Cia gelernt, von anderen hatte ich gehört, wieder andere waren nirgendwoher gekommen, waren aus dem Schaum und den Schreien entstanden . . .

Eines Tages kam aus der Gemeinde Vieux-Habitants am fernen anderen Ende der Insel eine Frau mittleren Alters in meine Hütte, auf den Armen trug sie ein Mädchen von vier oder fünf Jahren, dessen Körper mit eiternden Wunden bedeckt war. An jenem Tag war das Wetter unbeständig, der bleifarbene, wolkenlose Himmel streifte die dunkle Masse des Laubes, und die Gegenwart dieser niedergeschlagenen Frau, die so weit weg war von zu Haus, ängstigte mich . . . Sie sagte mir, sie habe mit elf Kindern die Not auf Erden ausreichend verbreitet und die letzte hier hätte getrost anderswo als in ihrem Bauch keimen können . . . dieser Same hatte nicht sterben wollen, obgleich er wahrlich die Schlacke ihres Gedärms gewesen, und sie habe die Tochter dann Sonore genannt, um sicher zu sein, daß sie sie gut höre und ihre Atemzüge nicht unbeachtet lasse . . . Sie hatte sich schließlich an diesen kleinen Starrkopf gehängt und jetzt . . . Sie hatte sie mir also hergebracht und vertraute sie mir an . . .

Ich begann nachzusinnen, über meinen Bauch, der nicht fruchtbar gewesen, über den bleifarbenen Himmel, über die Kopflosigkeit dieser Frau, und als ich ihr das Kind aus den Armen nahm, spürte ich, daß sich in mir etwas seit sehr langer Zeit nicht Gehörtes und Vergessenes regte: das Leben. Die Frau seufzte vor Zufriedenheit und ging dann weg. Ich begann, das Kind mit Sennesblättern, Zitwersamen und Kräutersäften zu behandeln. Ich bereitete ihm Kassienbäder, betupfte es an den Gelenken mit Knoblauch, rieb es sanft von Kopf bis Fuß ab. Es stieß die Würmer aus, die es auffraßen, dem Wimmern folgten Schreie, und nach und nach verschorften die Abszesse, wurden zu harmlosen rosa Flecken, die ich in sonnengewärmtem Wasser wusch. Das Kind konnte sich kaum auf den Beinen halten, aber das Gesicht von einem schüchternen und unerklärlichen Lächeln verschönt, wollte es mir schon überallhin folgen. So verging ein Jahr. Die Mutter kam das Kind besuchen und kehrte allein und erleichtert heim. Sonore war bei mir geblieben, als mein Sprößling. Sie wuchs mit allen ihren Blättern, sie entfaltete sich im Licht, und wenn es Abend geworden war, setzte sie sich ganz andächtig im Schein der Laterne auf meine Knie, und ich erzählte ihr die alten Märchen, von Zemba, von dem Vogel und seinem Gesang, von dem Mann, der seinem Eindruck lebte, und hundert andere, dazu auch alle die Geschichten von Sklaverei, von hoffnungslosen Schlachten, von den verlorenen Siegen unserer Mulattin Solitude, die mir die Großmutter früher erzählt hatte, in demselben Schaukelstuhl sitzend, wo jetzt ich saß. Ich wurde wieder jung, und so manch einer versuchte sein Glück, indem er vor meiner Hütte Schüsselchen mit Krebsen und süßen Erbsen stehenließ. Doch ich lachte darüber, flocht Bänder in die Zöpfe des Kindes, das nun zur Schule ging und mit ernster Miene allen, die es über mich ausfragten, sagte ... meine Mutter, die ist ein Eisenkraut, denn sie beugt sich vor keinem Mann.

Sonore hatte volles, saftiges Fleisch, und wenn ich sie berührte, hatte ich den Geschmack einer Mangofrucht im Mund, das verwunderte mich sehr, denn ich hatte noch nie so etwas gehört, von keinem Kind und auch nicht aus dem Munde einer Frau. Wer sie zum erstenmal anschaute, sah nur ein zartes, von der Sonne entzücktes Wesen. Sie schien dazusein, um zu leben, einfach zu leben, so wie die Vögel singen, die Fische schwimmen, und sogar ihre beiden Nasenlöcher gaben euch solche Gedanken ein, weit zur Welt hin geöffnete, zuckende Nasenlöcher, die eigens geformt waren, Luft einzuatmen und Leben zu geben. Doch es war etwas Zerbrechliches zurückgeblieben in ihr, in ihrem Nakken zum Beispiel, in ihren durchsichtigen Fingerspitzen, in ihrem noch immer zögernden Gang, bei dem man an weiche Knie denken mußte, obgleich nichts daran war, es war nur ein Zögern ihrer Seele, ein leichtes, inneres Erbeben angesichts des Lebens. Ihre Zerbrechlichkeit, ihre Anhänglichkeit, ihr unendlicher Reichtum verwirrten mich. Sie war sehr stolz über meine Talente als Zauberin, und wenn ich ihr meine Unkenntnis, meine Unfähigkeit, die Botschaften der Geister zu entschlüsseln, darlegte, blieb sie taub und stumm, eine List vermutend. Ich versuchte vergebens, meinen Ruf aufzuwerten, und beschränkte mich mehr und mehr darauf, Einreibungen zu machen, Arzneigetränke zuzubereiten, den schwarzen Babys ans Sonnenlicht zu verhelfen. Ich lehnte jeden Lohn ab, und enttäuscht entfernten sich die Leute, in dem Glauben, ich hätte, wie es so geschieht, den größten Teil meiner Kräfte verloren. Ich konnte mich also wieder meinem Garten zuwenden und stellte bald fest, daß die Pflanzen meinen Einfluß zu würdigen wußten, mit Ausnahme des Mais und der Angolaerbsen, die meine Hand nicht mochten, und einiger männlicher Bäume, die von einem Mann gepflegt werden wollten. Ich hatte in jeder Jahreszeit etwas zu verkaufen und sah schon einen zusätzlichen Raum an der Hütte von Reine Sans Nom, den ersten Schritt zu dem Laden, der Sonore eines Tages vom Zuckerrohr befreien würde. Sie hatte die Schule verlassen, hatte meine Nachfolge angetreten, wusch, kochte, bügelte, ging überallhin, jätete, wußte alles, kannte nicht das Böse auf Erden. Ich bekam jetzt weißes Haar, an meinem Hals zeichneten sich Falten ab, ich wurde schrullig und geschwätzig wie eine Alte, wälzte den ganzen Tag einen einzigen Gedanken hin und her: die Hoffnung, die in einem Kinde ist. Indessen hatte Sonore schon gewisse Formen bekommen, und ich hänselte sie wegen ihrer »Prachtstücke«, wie ich ihre kleinen Brüste und ihr Hinterteil nannte. Ich sagte ihr, sie sehe genauso aus wie ich, so, wie mich alle im Alter von dreizehn Jahren sehen konnten: mit den Formen einer Gitarre. Dieser Vergleich belustigte Sonore sehr, und sie fragte mich stets, was für einen Ton ich von mir gegeben hätte, als man zum erstenmal auf mir spielte. Und als sie den geraden und klaren Strahl ihres Kinderblicks auf mich richtete und dabei tief auf dem Grunde ihrer schwarzen, glänzenden, treuherzigen Augen wohl auch unsichtbar der Schalk lauerte, verlor ich die Fassung und murmelte träumerisch, ausweichend ... ach, ach, listiger Krake, es ist lange her, daß die Musik gespielt wurde ...

Seltsam, seit ich mich von der Zauberei abgewandt hatte, klagten mich einige Frauen vom Hügel an, die Geister zu beschwören, die Frucht aus dem Bauch ihrer Kühe zu stehlen, kurzum, ich hätte das Leid der Menschen ersonnen und geschaffen, ich sei die Fürchterliche. Doch Sonore blieb in meinem Kielwasser, und des Abends beim Schlafengehen tröstete sie mich stets mit einem guten Wort ... oje, Man Tétèle, alles, was man von dir sagt, ist Wind, die Leute kennen dich nicht, sie wissen nichts von deinem Atem ...

Dann schmiegte sie sich ganz dicht an mich und sagte, mich mit einer beschützenden Gebärde umfangend: »Man Tétèle, weinen wir denn vor Einsamkeit, wenn wir des Abends die Türen hinter uns schließen? ...«

Sie murmelte diese Worte mit einer sonderbaren, beruhigenden Stimme, der Stimme, die ein Erwachsener gegenüber einem Kinde hat, und während wir im Dunkeln zu lachen anfingen, aus reiner Freude, wie zwei Diebinnen, sagte ich bei mir, daß sie das ganze Dorf wiederaufrichte, wie das rote indische Blumenrohr den ganzen Wald wiederaufrichtet …

Zu jener Zeit baute ein Herumtreiber, der von der Côte-sous-le-vent gekommen war, eine Bambushütte jenseits des Wildbachs, der das Stück Land begrenzte, das Monsieur Boissanville mir zugeteilt hatte. Es war ein alter Schwarzer mit stumpfer, kohlschwarzer Haut und trüben Augen, die von roten Fädchen durchzogen waren und in die ein unschuldiges Leuchten trat, sobald sich ein menschliches Wesen zeigte. Im einzelnen betrachtet, hatten seine Züge nichts Bemerkenswertes, aber sie paßten schlecht zueinander, und man konnte nicht verstehen, was diese kurze, flache Nase, diese feinen, weiblichen Brauen, dieser lippenlose, breite, verkniffene Mund, dieses vollkommen glatte und runde Gesicht miteinander zu tun hatten, über dem wenige weiße, korkenzieherförmig gedrehte Haare emporragten, die sich an einigen Stellen seines kugeligen Schädels erhalten hatten. Mit seinen kleinen dünnen Armen, die sich ständig bewegten, wirkte er beinahe wie eine Fledermaus, und man erwartete von einem Moment zum anderen, daß aus seinen Nasenlöchern ein grelles, markerschütterndes Gekreisch käme. Er sagte, er heiße Médard, doch die Leute vom Hügel La Folie tauften ihn sofort in einer Art spontaner Verhöhnung mit dem Namen, der ihm verblieb: Ange Médard, Engel Médard. Er pflanzte etwas Gemüse, legte Schlingen für Waschbären aus, ernährte sich zweifellos von Gras und Wind, und wenn des Abends auf dem anderen Hang des Wildbaches eine Rauchfahne aufstieg, sagte Sonore mit unglücklicher Stimme zu mir … ich frage mich, ob dieser

Mann nicht gerade einen Haufen Kieselsteine kocht, nur damit wir glauben, daß auch er zu essen hat ...

Ein paar Tage nach seiner Ankunft begannen seltsame Gerüchte über ihn umzugehen. Der einzige würdige Beiname des Mannes sei der, den ihm die Leute aus seinem Dorf gegeben: der Mann mit dem tanzenden Gehirn. Dies war ein Wortspiel der Menschen, das indes das Geheimnis eines für das Böse geschaffenen Wesens offenbarte. Gott hatte Ange Médard gemacht, um die Welt zu verderben, und deshalb hatte die Welt ihn gezeichnet, hatte ihm das endgültige Siegel ihrer Pranke aufgedrückt. Es war in Boucan, seinem Heimatdorf, geschehen. Eines Tages hatte ihm sein Bruder, der kleinlichen Schikanen müde, einen gewaltigen Machetenhieb verpaßt, der ihm die eine Seite seines Schädels spaltete und aufriß, genau dort, wo unter der Kopfhaut immer noch ein undeutliches Zucken wahrnehmbar war. Man sagte, wäre sein Kopf heil geblieben und hätte der Schaft seiner Lenden sich aufrichten und seinen glänzenden Strahl in den Bauch einer Frau ergießen können, so hätte die Fortpflanzung des Bösen kein Ende gefunden. Gott selbst hatte dem Feuer, das er ihm gegeben, Grenzen gesetzt. Kaum bekannt geworden, schuf dieses Gerücht eine Leere um ihn, und die Kinder warfen im Vorübergehen Steine in Richtung seiner Bambushütte. Als Sonore ihn durch die Dunkelheit schleichen sah, den Kopf nach der gespaltenen Seite hin geneigt wie ein verletzter Vogel, sagte sie ganze leise ... Man Tétèle, er kann trotzdem nicht von der Erde verschwinden, ich schlag mir an die Brust und sage: dieser Mann müßte von der Erde verschwinden, um alle zufriedenzustellen. Ich wußte nicht recht, was ich davon halten sollte, und sagte mir, die Bosheit des Schwarzen sei wie ein ungeladenes Gewehr, während die Bosheit des Lebens eine scharf geladene Waffe ist, die euch durchlöchert und tötet. Als ich kurz darauf den neuen Laden auf dem Hügel betrat, stand Ange Médard vor dem Ladentisch und wollte eine Flasche Rum kaufen. Staubiges, silbriges Licht kam vom Himmel herab, und irgendwo, vielleicht in der Nähe des Flusses, sang eine Frau mit schmelzender Stimme eine Romanze vom Verlassen sein. Zwei oder drei Schwarze, ein Glas Anislikör in der Hand, schwatzten unter der Veranda. Die Verkäuferin zwinkerte ihnen zu und stellte dann lachend eine Flasche Petroleum auf den Ladentisch. Trink doch einen Schluck, sagte sie zu Ange Médard und reichte ihm ein Glas. Der Mann verlor die Fassung, er wurde grau im Gesicht, und als die Leute das sahen, platzten sie laut los. Ich hatte selbst einen Liter Rum verlangt, und als Rose-Aimée ihn mir brachte, schob ich die Flasche über den Ladentisch zu Ange Médard, während aus meinem Munde ein schriller und verdrießlicher Wortschwall drang . . . ihr habt mich ziemlich schief angesehen, wißt ihr . . . und habt ihr je bemerkt, daß auch mein Gehirn tanzt? . . .

Médard starrte mich mit seinen trüben Augen an, in denen ein schwacher ungläubiger Schimmer aufblitzte. Am nächsten Tag kam er in unseren Hof, stellte sich vor, setzte sich, schwieg und ging wieder. Allmählich taute er auf, schlug Holz für uns und brachte Sonore wilde Mispeln. Er sprach, und aus seiner Kehle drang kein tierisches Geheul. Er durchstreifte nun unsere Gegend wie ein zahmes Tier, das um eure Füße schleicht, ohne euch zu stören. Jeden Morgen kam er zu uns Kaffee trinken, grub ein paar Wurzeln aus, zog eine Furche oder befestigte ein Dachblech, das sich im Wind gelöst hatte. Daraufhin wusch ich ihm die Wäsche, bügelte sein Zeug und ließ ihn an unserem kleinen Tisch sitzen. Als dann die Regenzeit kam und ich ihn jeden

Tag naß wie einen Hund in seiner Bambushütte sah, wo er allmorgendlich vor Wasser triefte und mit von der Schlaflosigkeit wilden Augen um sich blickte, spannte ich einen Vorhang auf, der unsere Hütte teilte, und legte für Ange Médard einen Strohsack in eine Ecke neben der Tür. Da er nun bei mir lebte, meinten die Leute auf dem Hügel, die Welt drehe sich verkehrt herum und das sei ein Zeichen der Zeit. Sie begegneten mir nun mit einem unmerklichen Schauder, und Schweißperlen standen auf ihren Lippen, wenn sie mit mir von Ange Médard sprachen und sagten, dieser Schwarze sei ein Hinterhalt des Verbrechens in der Welt ... und warum mußte ich in trüben Wassern fischen, wo es doch so viele klare und durchsichtige Gründe gab, warum? ... Die Leute vom Hügel wußten mehr als ich, sie kannten die Existenz des Bösen in allen seinen Formen, sie sahen irgendeine Pflanze und sagten: gieße sie ... und bei einer anderen: verbrenne sie. Das Böse war schon lange vor dem Menschen auf Erden und würde nach der Vernichtung der menschlichen Rasse weiterbestehen. So wie sie sich darbot, überschritt diese Affäre bei weitem den Rahmen des Hügels La Folie, sie war ihnen aus den Händen geglitten, und sie sahen ihrem weiteren Verlauf mit Vorsicht zu, um nicht den Willen Gottes zu verletzen. Wer ich war, wußten sie nicht mehr, und wovon sollten die Geier sich ernähren, wenn die Esel nicht verendeten? ...

Ange Médard begann, Sonore mit einem Netz kleiner, zarter Aufmerksamkeiten zu umstricken: grüne Kokosnüsse, Küken zum Aufziehen, Krebse, die er gefangen, Bündel von Malakkaäpfeln, von der Hand des Mannes geflochtene Sandalen, die sie beim Erwachen am Fußende des Bettes fand. Er gab ihr traumschöne Namen, beherrschte die Kunst, alle Dinge zu verwandeln, sagte bei Regenwetter, der

Himmel sei blau, und wiederholte dies, bis das Kind in die Hände klatschte und den Tag wunderschön fand. Sonores Füße, Hände und Augen waren die einer Fee, und unablässig sagte er ihr, kein Kleid, kein Haarband seien zu teuer, tagelang streifte er durch das Gebirge, um ein Aguti, ein Pärchen Wildtauben, ein Palmenherz heimzubringen, die er im Laden gegen irgendeinen Flitterkram eintauschte. Er hatte eine Vogelsprache erfunden, und bisweilen hielt sie ihm eine Handvoll Samenkörner hin, die er vorwitzig aus ihrer Hand pickte, wobei er Grimassen schnitt und leise Schreie ausstieß, über die sie laut lachen mußte. Dann kraulte Sonore ihm lächelnd die Wange, und Ange Médard wandte sich mir zu und sagte in klagendem Ton, er habe unvorhersehbare Stürme des Lebens, dieses ungesattelten und ungezügelten Ungeheuers, durchlebt, aber nichts sei an seinem Fleisch hängengeblieben, nichts in sein Blut gedrungen, alles sei neu für ihn, jede Gemeinheit habe noch ihre ganze überraschende Wirkung, denn er habe sich ein Kinderherz bewahrt. Unmerklich wurde er launisch, bildete sich alle möglichen Wehwehchen ein, wurde naschhaft, stellte alle möglichen kindlichen Forderungen, die ich ihm in Anbetracht der gerührten und nachsichtigen Beachtung, die Sonore ihm schenkte, nicht abzuschlagen wagte. Wenn ich zornig wurde, flehte er mich an, mich an ihm auszutoben, damit ich mich erleichtert fühlte. Ich sei eine glückliche Frau und es sei seine ganze Freude, mich zu betrachten, sagte er, der glücklose Tote. Aber das Essen war schlecht gekocht, der Strohsack kratzte ihn während der ganzen Nacht, und sogar meine Hemden waren nicht mehr so glatt gebügelt wie früher. Wenn ich fegte, warf ich ihm absichtlich den Staub in die Augen, wenn ich ihm kochendheißes Essen anbot, so in der Hoffnung, seinen Gaumen. zu zerfetzen, und wenn ich

Sonore kämmte, behauptete er, ich würde mit aller Kraft an ihren Zöpfen ziehen, aus Eifersucht auf ihr schönes Haar. Ich wußte nicht mehr, was ich tun sollte, ich wagte ihn weder in meiner Hütte zu behalten, noch wagte ich, Sonores wegen, ihn davonzujagen. Man war jedesmal vor ihm geflohen, so daß er keine wirkliche Gelegenheit gehabt hatte, sich zu offenbaren, er war ein Geiger ohne Geige geblieben: und nun besaß er in mir ein Instrument. Er stand früh am Morgen auf und benutzte den Rest seines Gehirns, um Spitzfindigkeiten auszuklügeln, Schliche, die mir das Leben verdrießen sollten. Das war offensichtlich sein einziges Ziel, denn es bedeutete ihm nichts, für sich selbst zu leben. Er schlug kein Holz mehr, riß nicht das kleinste Grasbüschel mehr aus und bewahrte seinen kostbaren Schweiß heil in der Tiefe seines Marks. Und wenn ich in Sonores Abwesenheit eine Machete über seinem Kopf schwang, unterdrückte er ein Lächeln und sagte, den Himmel zum Zeugen anrufend, mit weinerlicher Stimme, daß der Mensch nichts verhindern könne, weder seine Geburt noch seinen Tod. So gingen die Tage dahin, und mein Hirn wurde allmählich mürbe, ohne daß ich Ange Médard je hätte erwischen können, die Hand im Sacke seiner Niederträchtigkeit. Später erfuhr ich, daß er Sonore heimlich beiseite genommen und mit ihr über ihre Pflegemutter gesprochen hatte, über Télumée, diese Frau, die sich mit den Geistern erhob und niederlegte . . . ich verzaubere Kinder, wolle mich ihrer nur bedienen, ihrer, der Unschuld, die mit Leib und Seele den Händen dieser Hexe ausgeliefert war, mit Haut und Haar zu ihrer Verfügung stand . . . und wer sagt denn, daß ihre Mutter sie hier auf dem Hügel La Folie gelassen, sie mir aus freien Stücken anvertraut habe? . . .

Er hatte den Karren der Angst um die Schultern des

Mädchens geschirrt und brauchte nur noch mit der Peitsche zu knallen. Eines Abends, als ich aus meinem Garten heimkam, fand ich das Haus leer. Während ich am Grunde der Schlucht schuftete, hatte dieser Mann eilig die Kleider meines Kindes zusammengerafft, hatte es zur Kolonialstraße gebracht, wo beide in den Autobus stiegen, der zur Gemeinde Vieux-Habitants fuhr. Ich sollte Sonore nie mehr wiedersehen. Man sagt, sie lebe ruhig in ihrem Heimatdorf, noch immer so strahlend und lächelnd, trotz ihrer Arme voller Kinder. Es gibt die Zeit, da man ein Kind austrägt, es gibt die Zeit der Niederkunft, die Zeit, in der man es heranwachsen sieht zu einem Bambusrohr im Wind, und wie heißt die Zeit, die danach kommt? ... das ist die Zeit des Trostes. Als ich an jenem Abend ganz allein in meiner Hütte saß, trug ich mich noch nicht mit solchen Gedanken. Ich weinte nicht, griff nicht zur Rumflasche, ich sann nur darüber nach, daß die Umfriedung des Unglücks, daß seine Tür nie verschlossen ist.

Am nächsten Tag ging ich zu Rose-Aimées Laden hinunter, kaufte eine Schere, die größte, die ich finden konnte, eine Schneiderschere mit einem breiten Griff, die man gut handhaben konnte. Gerade war Olympe im Laden, mit zerzaustem Haar, vom Rum geröteten Lidern und dem ewigen schmalrandigen Panamahut, der auf ihrem Kopf wippte. Als sie sah, was ich kaufte, trat sie mit unruhiger Miene auf mich zu und stammelte, beschämt wie die anderen und bestürzt, nichts gesagt zu haben, als es an der Zeit war: »Télumée, liebe Frau, du wirst doch deine Hände nicht wegen einer Luftblase beschmutzen ... Médard, Médard ist weniger als nichts, ich, die Frau Olympe, sage es dir ...«

Ich antwortete nichts, ich sprach in der Tiefe meiner Eingeweide, war zu einer roten Ameise geworden.

Ange Médard tauchte gegen Ende der Woche wieder auf, an einem frühen Nachmittag; immer engere Kreise ziehend, strich er um meine Hütte, als wollte er seine Augen noch besser an meiner Traurigkeit, an meiner Verlassenheit weiden. Doch meine Hütte war sauberer denn je, der Staub auf meinem Hofe glänzte wie ein neuer Sou, ich steckte in Sonntagskleidern, war gekämmt, geschnürt, von Kopf bis Fuß herausgeputzt, und ging meinen Beschäftigungen nach mit einer Miene, als wenn ich sagen wollte, das Leben könne sich ruhig auf die Hinterbeine stellen, es werde mir die Federn nicht ausreißen. Verzweifelt ging Ange Médard zum Laden und trank hinten in der von allen Stammkunden verlassenen Schenke ohne Pause bis zum Abend. Als die Nacht hereingebrochen war, eine schöne, staubige, sternenhelle Nacht mit einem weißblauen Mond, kehrte ich nach Hause zurück, schloß die Tür, ohne den Riegel vorzuschieben, legte mich nieder, unter dem Bettuch die Schere vorsorglich auf meinem Bauch geöffnet. Bald darauf hörte ich Schmähungen von draußen, von der Straße, dann öffnete sich die Tür mit einem Ruck, und ein schwankender Schatten zeichnete sich im hellen Mondlicht vor einem zarten Himmel, vor vom Wind gebeugtem Bambusrohr und vor den Bergen ab, die sich in der Ferne drängten wie Herden fremdartiger, schlafender Tiere. Ange Médard strauchelte, wackelte mit seinem wahnsinnigen Kopf, hob die Arme, fluchte, machte plötzlich einen Schritt nach vorn und packte alles, was ihm unter die Hände geriet, Gläser, Teller, Vorratskörbe, Stühle und Bänke, die er mit vollem Schwung durch die weitgeöffnete Tür warf. Ich blieb reglos in meinem Bett liegen, durch den Tisch von ihm getrennt, der noch zwischen uns stand, zwischen der dunklen Ecke, in der ich mich befand, und diesem wahnsinnigen Sturmwind. Von Zeit zu Zeit schaute er zu mir herüber, seine Wut wurde durch meine Reglosigkeit gesteigert, er fuchtelte mit den Armen, brüllte, er sei mein Herr und er werde mich beim Würfeln verspielen, jawohl, wann immer er wolle, und ich würde dort hinabstürzen, ich, meine Hütte, mein Bett würden diesen Hügel hinabstürzen, für alle Ewigkeit. Plötzlich Anlauf nehmend, stürzte er sich auf mich, und in seiner Hand blitzte ein langes Küchenmesser auf. Da stieß sein Fuß gegen einen umgekippten Stuhl, er drehte sich einen Augenblick in der Luft, bevor er gegen eine Kante des Tisches stürzte, die sich geradewegs in seine Schläfe bohrte, genau an der Stelle, wo sein Gehirn tanzte. Er stieß ein entsetzliches Keuchen aus und blieb am Tisch knien, den Kopf gebeugt, festgehalten von der hölzernen Kante, die in ihn eingedrungen war. Dann war alles still.

Aus Furcht vor einer List behielt ich unter dem Bettuch die offene Schere an meine Brust gepreßt. Aber nach einer Weile begann Ange Médard leise zu wimmern wie ein ganz kleines Kind. Die Schere noch immer in der Hand, erhob ich mich, zündete eine Kerze an und näherte mich der Gestalt, die im Licht des Mondes, das bis in die Mitte des Zimmers drang, am Tisch kauerte. Die Augen von Ange Médard gingen im Dunkel hin und her, und seine Hand krampfte sich um das Holz des Tisches wie bei jemand, der sich zwingt, nicht zu schreien. Näher tretend fragte ich ihn, ob ich ihn befreien, von der in seinen Schädel eingedrungenen Kante lösen solle. Aber er machte mir ein Zeichen, daß ich mich nicht rühren solle und daß alles gut sei. Sein Gesicht spiegelte nicht die geringste Angst wider, seine Augen waren fest auf mich gerichtet mit der Verwunderung dessen, der nicht nach draußen, sondern in sich selbst hineinschaut, der nicht draußen, sondern in sich selbst entdeckt, was er bis dahin nie vermutet hat. Zeitweilig ergriff wieder die Niedrigkeit Besitz von seinem Gesicht, von seinem weichen, verkniffenen Mund, von seinen Augen, die sich mit schwärzlichem, schmutzigem Wasser füllten. Es war, als wüchsen ihm kleine, kurze, knorrige Zweige voller Dornen von selbst durch den Kopf, die er aber fast sofort ausästete, worauf seine Augen wieder zu einem klaren, stillen, friedlichen Wasser wurden, das ruhig zum Meere floß. Ich wußte nun, was er wollte, was er immer in seinem tiefsten Innern, unter der Gallenblase, die auf seinem Herzen lag, gewollt hatte, und ich kniete nieder, wischte ihm den Schweiß ab, der über seine Wangen rann, und sagte zu ihm mit klarer, deutlicher Stimme, die ebenso friedfertig sein sollte wie sein neues Gesicht ... wir sehen die Raben und sagen: sie sprechen eine fremde Sprache ... aber nein, die Raben sprechen keine fremde Sprache, die Raben sprechen ihre eigene Sprache, wir verstehen sie nur nicht ...

Ange Médard lächelte. Neben ihm kniend, hielt ich ihm bis zum Morgengrauen die Hand, während die Leute sich schweigend vor meiner Hütte versammelten, die Szene, die sich vor ihren Augen abspielte, betrachtend und schon bemüht, daraus eine Geschichte zu machen, eine Geschichte mit einem Sinn, einem Anfang und einem Ende, wie es hienieden nötig ist, will man sich in der Wirrnis der Geschicke zurechtfinden. Als es Morgen geworden war, halfen sie mir, Ange Médard zu waschen, anzuziehen und ihn in würdiger Weise auf mein Bett zu legen. Schon maß einer den Leichnam aus, und die Leute aus dem Tal kamen und gingen, besprengten die Hütte mit Weihwasser, betrachteten aufmerksam das riesige Gehirn Ange Médards unter der Binde, die ich um seinen Kopf geknotet hatte, direkt über seinen geschlossenen Augen. Kerzengerade auf einer kleinen Bank sitzend, sann ich darüber nach, daß Ange Médard auf Erden zwar eine menschliche Gestalt angenommen hatte, daß er aber doch kein Mensch geworden war, weil er keine Seele bekommen hatte. Er war ein giftiger Manzanillabaum, der am Ufer wächst und der hofft, daß man ihn berühre und sterbe. Ich hatte ihn berührt, und nun hatte ihn sein eigenes Gift vernichtet. Hienieden erhält jeder zwei lebensdurstige Lungen, doch die Luft dringt oft nicht ein. Der erstbeste preßt eure Lungen mit seinen beiden Händen zusammen und hindert euch am Atmen, und würde man ein Fisch werden und unter Wasser gehen, um zu atmen, fänden immer noch einige die Luftblasen zu glänzend, die aus euren Bronchien zur Sonne dringen. So war das gewesen mit uns beiden, mit Ange Médard und mir ...

Draußen begannen die Leute mit großem Hin und Her und viel Geschrei, das am Eingang der Hütte verebbte, die Totenwache vorzubereiten. Ab und zu beugten sie sich vor, sahen mich an, wie ich da kerzengerade auf meiner kleinen Bank neben dem Verschiedenen saß, warfen mir neugierige, wissende, abwartende Blicke zu, erwogen, was weiß ich für eine Idee, dachten sich ein neues Hirngespinst aus. So war es die ganze Nacht lang, diese ganze sonderbare Totenwache über. Als aber über dem Sarg von Ange Médard der Morgen graute, als der Tanz zu Ende war und die Geigen verpackt, traten die Leute vor mich hin, tiefe Friedfertigkeit auf ihren Zügen, und sprachen ... liebe Frau, Ange Médard hat als Hund gelebt, und du ließest ihn als Menschen sterben ... seit du auf dem Hügel La Folie angekommen bist, haben wir vergeblich nach einem Namen gesucht, der zu dir paßt ... heute bist du zwar schon recht alt, um einen Namen zu bekommen, aber solange die Sonne nicht untergegangen ist, kann noch alles geschehen ... wir jedenfalls werden dich von nun an Télumée Miracle, die wundertätige Télumée, nennen ...

14

SCHON VOR LANGER ZEIT habe ich mein Kampfgewand abgelegt, und nicht erst seit heute berührt mich das Treiben der Welt nicht mehr. Ich bin zu alt, viel zu alt für all das, und das einzige Vergnügen, das mir auf Erden bleibt, ist rauchen, hier auf der Schwelle meiner Hütte zusammengesunken auf meiner kleinen Bank zu sitzen und meine alte Pfeife zu rauchen, dem Seewind, der meinen Körper wie lindernder Balsam umschmeichelt, den Weg versperrend. Von Sonnenaufgang bis Sonnenuntergang sitze ich auf meiner kleinen Bank, verloren, die Augen anderswo, durch den Rauch meiner Pfeife hindurch suchen sie meine Zeit, sehen sie wieder alle Regengüsse, die mich durchnäßt, die Winde, die mich geschüttelt haben. Aber Regen und Winde sind nichts, wenn euch ein erster Stern am Himmel aufgeht, dann ein zweiter, ein dritter, wie es mir geschah, die ich beinahe alles Glück der Erde an mich gerissen hätte. Und selbst wenn die Sterne untergehen, so haben sie doch geschienen, und ihr Licht blinzelt noch immer da, wo es sich niedergelassen hat: in eurem zweiten Herzen.

DIE SIEDLUNG La Ramée liegt auf einem Hügel, der zum Meer hin abfällt. Das einzige Steingebäude, das so gebaut ist, daß es den Zyklonen standhält, ist die kleine, bunt bemalte Kirche, in deren Nähe ich wohne. Ein paar Hütten scharen sich um sie und ihren bescheidenen Kirchhof, wo Kassien- und Flammenbäume einen breiten, roten und menschlichen Schatten auf die Gräber werfen. Am Fuße des Hügels dehnt sich ein unendlicher Strand von schwarzem Sand, der schön wäre mit seinen Mandelbäumen, seinen verstreut liegenden, im Grün versunkenen Fischerhütten, wenn nicht die Moskitos ihn in großen Schwärmen heimsuchten und Mensch und Tier im Sand auf Schritt und Tritt verfolgten. Die Bewohner sagen geduldig, daß es auf der Erde des lieben Gottes keinen solchen Ort geben dürfte, daß sie, ihre Eltern oder Großeltern unrecht gehabt, sich hier niederzulassen, denn anscheinend war dies Stückchen Erde der Hand des Allerhöchsten entglitten. Schon lange werden solche Worte gesprochen, aber die Leute werden geboren, sterben, die Generationen lösen einander ab, und die Siedlung besteht weiter, ja man muß sogar einräumen, daß sie so lange bestehen wird, wie Sonne und Mond am Himmel sind. In Wirklichkeit ist La Ramée nicht La Ramée, sondern das Herz des ganzen Hinterlandes: Fond-Zombi, Dara, Valbadiane, La Roncière, der Hügel La Folie, so daß ich, als ich mich mit dem Rücken zum Meer hier niederließ, immer noch, wenn auch fernab, meine großen Wälder vor mir hatte.

Dort oben, ganz in ihrer Nähe, in ihrem Duft hatte ich Sonore nicht vergessen können. Die Mütter schickten mir ihre Töchter zum Waschen, zum Kämmen, zum Schaukeln, sie sagten, ich würde hier auf dem Hügel La Folie eine neue Sonore finden, aber das Tau, das mich an diesen Ort gebunden hatte, war zerrissen. Ich habe versucht, in Bel Navire, in Bois Rouge, in La Roncière zu wohnen, fand aber nirgends einen Hafen. Des Kampfes müde, ging ich eines Tages nach

Pointe-à-Pitre hinunter, aber auch dort hielt ich es nicht lange aus. Wer große Bäume und den Gesang der Vögel bei der Arbeit gewöhnt ist, für den wird die Stadt zu einer Wüste. Ohne einen Brotfruchtbaum, einen Johannisbeerstrauch oder einen Zitronenbaum fühlte ich mich dem Hunger und dem Bettelstab preisgegeben, das Land rief nach mir. Da griff der heilige Antonius persönlich ein und setzte mich hier in der Siedlung La Ramée auf ein Stückchen Land dicht neben der Kirche, zwei Schritt vom Kirchhof entfernt, das die Gemeinde mir bewilligt hatte. Ich besitze hier einen Altfrauen-Garten, ein kleines Kohlenbecken mit Griff, einen Kessel, in dem ich Erdnüsse röste, die ich auf dem Kirchplatz verkaufe. Ich liebe es, mit der Sonne aufzustehen, eine Wassermelone zu pflücken, eine nachtkühle Wasserkokosnuß aufzulesen, meine spitzen Tüten mit Erdnüssen in einen Korb zu legen, ihn auf meinen Kopf zu heben und loszugehen, sie auszurufen und auf der Straße zu verkaufen, und während die Sonne ihrem Tagewerk nachgeht, gehe ich meinerseits meinem Tagewerk nach. Die Leute hier mögen mich gern, ich brauche nur einen kleinen schwarzen Jungen anzurufen, der vorübergeht, und schon läuft er los, um mir Wasser zu holen. Bisweilen bitten mich die Leute von La Folie, zurückzukommen ... Mütterchen Miracle, du bist der Baum, an den sich unser Weiler lehnt, was soll aus dem Hügel werden ohne dich, weißt du es? ... Dann erinnere ich sie daran, was ich bin, kein Baum, sondern ein trockenes altes Stück Holz, und sage ihnen, sie seien nur gekommen, mich zu hindern, unter den Blättern zu vergehen. Sie lachen, dann gehen sie schweigend weg, denn sie wissen, daß ich einzig und allein versuche, meinen Seelenhafen, meine Stellung als Schwarze auf Erden zu bewahren. So erfülle ich meine Aufgabe als Greisin, bestelle meinen Garten, röste meine Erdnüsse, empfange die einen und die anderen, fest auf beiden Beinen stehend, mit gestärkten Unterröcken gepolstert, um meine Magerkeit vor ihnen zu verbergen. Des Abends, wenn die Sonne untergeht, wärme ich mein Essen, reiße hier und da ein Unkraut aus und denke über das Leben des Schwarzen und über sein Geheimnis nach. Uns zu helfen, haben wir nicht mehr Spuren als der Vogel in der Luft, der Fisch im Wasser, und in dieser Ungewißheit leben wir, lachen die einen und singen die anderen. Ich habe geglaubt, bei einem einzigen Manne zu schlafen, doch er hat mich erniedrigt, ich habe den Schwarzen Amboise für unsterblich gehalten, ich habe einem Kind vertraut, das mich allein gelassen, und dennoch, ohne recht zu wissen, warum, halte ich nichts von alldem für verlorene Zeit. Vielleicht gehören alle die Leiden und selbst die Stacheln des Zuckerrohrs zum Gepränge des Menschen, und wenn ich Ange Médard unter einem bestimmten Blickwinkel betrachte, wenn ich den Kopf auf bestimmte Weise neige, wird es mir vielleicht eines Tages gelingen, auch ihm eine gewisse Schönheit zuzubilligen. Über solchen Träumen senkt sich der Abend herab, ohne daß ich es merke, und auf meiner kleinen Greisinnenbank sitzend, hebe ich, verwirrt durch das Schimmern bestimmter Sterne, plötzlich den Kopf. Die Wolken ziehen, Helligkeit entsteht und schwindet dann wieder, und ich fühle mich machtlos, fehl am Platze, ohne jedes Recht auf ein Dasein unter diesen Bäumen, diesem Wind, diesen Wolken. Irgendwo aus der Tiefe der Nacht erklingen die immer gleichen unharmonischen Töne einer Flöte, die bald ferner und leiser werden. Nun sinne ich auch nicht mehr über den Tod nach, sondern über die Lebenden, die von mir gegangen sind, ich höre den Klang ihrer Stimmen und glaube, die verschiedenen Schattierungen ihrer Leben zu unterscheiden, die Farben, die sie hatten, gelb, blau, rosenrot oder schwarz, verblichene, vermischte, ferne Farben, und genauso suche ich den Faden meines Lebens. Ich höre die Worte, das Lachen von Man Cia, dort, inmitten ihrer Wälder, und ich sinne nach über das Unrecht auf Erden und über uns, die wir noch immer an der Sklaverei leiden und schweigend sterben, nachdem sie zu Ende und vergessen ist. Ich versuche es, ich versuche es jede Nacht und komme doch nicht dahinter, wie all das anfangen, wie all das weitergehen konnte, wie all das andauern kann in unserer gequälten, unentschlossenen, zerfetzten Seele, die unser letztes Gefängnis sein wird. Manchmal zerreißt es mir das Herz, und ich frage mich, ob wir überhaupt Menschen sind, denn wären wir Menschen, hätte man uns vielleicht nicht so behandelt. Dann stehe ich auf, zünde meine Mondlaterne an und schaue durch die Schatten der Vergangenheit auf den Markt, jenen Markt, auf dem sie feilgeboten werden, ich hebe die Laterne hoch, um das Gesicht meines Ahnen zu suchen, aber es sind alles dieselben Gesichter, alles meine. Ich suche weiter und gehe um sie herum, bis sie alle gekauft worden sind, blutend, zerstückelt, allein. Ich beleuchte mit meiner Laterne jede dunkle Ecke, umrunde diesen sonderbaren Markt und sehe, daß wir als Geschenk des Himmels einen Kopf bekommen haben, der eingetaucht ist in das trübe Wasser der Verachtung, der Grausamkeit, der Kleinlichkeit und der Zuträgerei. Aber ich sehe auch, ich sehe, daß wir darin nicht ertrunken sind ... wir haben gekämpft, um geboren zu werden, und wir haben gekämpft, um wiedergeboren zu werden ... und wir haben den schönsten, den stärksten, den gesuchtesten Baum unserer Wälder, der am häufigsten gefällt wird, Résolu, »den Resoluten«, genannt ...

So gehen meine Gedanken, meine Altfrauen-Träumereien, während sich die Nacht sanft über meine Phantastereien herabsenkt und dann mit dem ersten Hahnenschrei zurückflutet. Da rühre ich mich auf meiner kleinen Bank, schüttle die Tautropfen ab, gehe zu der kleinen Tonne unter der Regentraufe, schöpfe aus der hohlen Hand ein wenig Wasser und spüle mir damit den Mund, um alle Träumereien der Nacht abzuwaschen ...

Das Leben ist wirklich, wirklich überraschend ... ihr habt euer Boot auf den Strand gezogen, habt es im weichen Sand einsinken lassen, und wenn ein Sonnenstrahl herabfällt, spürt ihr die Wärme, und wenn man in dieses alte, trockene Stück Holz hineinsticht, läuft Blut heraus, noch immer ...

Lange, fast ein halbes Jahrhundert lang, hatte ich mir jedesmal, wenn man auf Elie, Vater Abels Sohn, zu sprechen kam, die Ohren zugestopft und war fortgegangen, denn ich wollte weder wissen, ob er tot war, noch ob er lebte, noch ob er je gelebt hatte. In den letzten Jahren dann machte sich die Vergeßlichkeit bemerkbar, und ich hörte von einigen, er sei gestorben, von anderen, er sei in Frankreich, und wieder von anderen, er sei in Pointe-à-Pitre und lebe dort vom Betteln. Kürzlich erst erhielt ich die Kunde, er käme wieder hierher zurück, um zu sterben, seinen Körper auf dem Friedhof von La Ramée bestatten zu lassen, in der Hoffnung, daß zu Allerheiligen ein Schwarzer sich seiner erinnere, eine Kerze auf sein Grab stelle und ein paar Worte zu ihm spreche ...

Nachdem ich diese Neuigkeit vernommen, blieb ich einige Zeit in meiner Hütte, kraftlos, alle möglichen Gedanken von früher wälzend, um noch einmal zu untersuchen, wie das klare Wasser zu Blut geworden war. Und vorige Woche dann, als ich auf meiner kleinen Bank saß und den Verkauf für den nächsten Tag vorbereitete, begann der alte Elie wortlos hinter meiner Oleanderhecke herumzustreichen, die meine Hütte von der Straße trennt. Ich sitze da, röste meine Erdnüsse und sehe ihn plötzlich hinter meiner Hecke auf und ab laufen, als hätte er etwas vergessen, ich bin blind, stumm, gut verdeckt im Schutze meines Oleanders, und beobachte Elie, der die Straße auf und ab läuft wie eine tolle Ameise auf der Suche nach einem Nest und von Zeit zu Zeit einen unschuldigen Kinderblick auf meine Hecke wirft. Ich sitze da, mir ist kalt bis in die Knochen, ich sage mir, daß die ganze Sonne des lieben Gottes nicht ausreichen wird, mich wieder zu erwärmen, und ich lasse Elie die Straße auf und ab laufen und sich dann still entfernen, den Rücken über seinen Knotenstock gebeugt . . .

Und am vergangenen Sonntag dann, als ich meine spitzen Tüten formte, sah ich durch mein Laub dieselbe schwankende, schlottrige Gestalt, an denselben Knotenstock geklammert, doch ein Filzhut thronte jetzt auf Elies Haarberg, der noch genauso zerzaust, tanzend, voll Feuer und Phantasie war, trotz des Schnees, der ihn bedeckte. Er zupfte an den fadenscheinigen Ärmeln seiner Weste und schrie dicht an meiner Oleanderhecke mit vorgerecktem Hals: »Ich wünsche guten Tag, ich wünsche guten Tag, Herrschaften!«

Sein Gesicht ist mit Falten überzogen, aber wie soll man es sagen, das sind keine richtigen Falten, ich sehe keine Höhlung, keine Furche auf dieser Haut; sie ist wie eine Zeitung, die man gelesen, zerknüllt und zu einem Ball zusammengedrückt hat, die sich danach aber von selbst auseinandergefaltet hat, ohne wieder ganz glatt zu werden. Vielleicht hat er den Tod mit den Flügeln schlagen hören und sich bis zu mir geschleppt, dieser Mann, den ich geliebt habe, wie der Fisch das Wasser liebt, wie der Vogel die Luft liebt, wie der Lebende die Erde liebt. Ich öffne den Mund, aber ein seltsames Gewicht liegt auf meiner Zunge, und da ich fortfahre, meine spitzen Tüten zu formen, Erdnüsse hineinzutun und meinem Kleinkram nachzugehen, als hätte ein milder Wind über die Hecke geweht, beugt Elie sich vor und ruft mir durch die Oleandersträucher hindurch zu . . . na, Télumée, so ist's nun wohl? . . . Und wie ich höre, daß er um ein Wort bettelt, ein ermunterndes Wort, das ihm hilft, das Gewicht der Erde zu ertragen, das er schon auf seiner Brust spürt, bin ich für einen Augenblick wieder das kleine Mädchen von damals mit den wilden Zöpfen, mit der glatten, festen Haut, sehe ich den Elie aus vergangenen Zeiten wieder vor mir, mit seinen Khakishorts, die ihm um die geschwollenen, einwärts gebogenen Knie schlotterten, als er unter dem Flammenbaum der Schule zu mir sagte . . . Télumée, wenn ich im Wald die Spur verliere, darfst du nicht vergessen, daß du die einzige bist, die ich wirklich liebe . . .

Tränen erstickten mich, eine unerklärliche Scham überkam mich, und aus der Tiefe meiner zusammengepreßten Kehle konnte ich nur sagen: »Ja, es ist sehr traurig . . . aber es ist nun einmal so . . .«

Dieser wackere kleine Sou, diese wenigen Worte, die ich nicht zu geben wußte, sind das einzige in meinem Leben, was ich wirklich bedaure.

HEUTE, da ich seine Totenglocke höre, wird mein »es ist nun einmal so« selbst zum Glockenklang, der durch mein Herz peitscht. Vom Himmel strömen Wellen flüssigen Lichts herab, laufen in Bodennähe auseinander und teilen sich in waagerechte Schichten, die ein wenig an die Jalousien in den Fensterläden einer Hütte erinnern. Durch diese merkwürdigen Persiennes hindurch sehe ich den Trauerzug vorüberziehen. Die letzten Sonnenstrahlen legen sich sanft auf den Sarg, hellen die dunklen Kleider auf, liebkosen die friedlichen Gesichter der kleinen Gruppe, die ihm folgt. Nichts erscheint nutzlos oder häßlich. In diesem Licht scheinen der kleinste Kieselstein, das kleinste Blatt im Wind ihre eigene Melodie zu spielen, sehr große Weisheit an den Tag zu legen. Ohne recht zu wissen warum, bin ich fast freudig gestimmt, und mein eigener Tod erscheint mir in ungewohnter Weise frei von Wirrnis und Traurigkeit. Ich denke an Reine, die mit einem ganz bestimmten Lächeln damals gern zu sagen pflegte ... das Leben ist ein Meer ohne Hafen, ohne einen Leuchtturm ... und die Menschen sind Schiffe ohne Bestimmungsort ... wenn sie das sagte, warf sie sich stets in die Brust, wie geblendet von dem prächtigen Glanz menschlicher Ungewißheit. Ich frage mich, ob die Leute diese Ungewißheit ertragen, diesen schillernden Glanz des Todes. Jedoch trotz ihres Leichtsinns dem Tod gegenüber und trotz allem, was auch immer sie tun mögen, in welcher Richtung sie sich mühen, ob sie hacken oder schneiden, im Zuckerrohr schwitzen, ihre Position halten oder aufgeben, sich in der Nacht der Nichtigkeit verlieren – stets bleibt eine Art Schutzschirm um sie herum. Sie kommen und gehen, sie bauen auf und zerstören mit der Ungewißheit im Herzen, und daraus ergibt sich ihr Gepränge. Und deshalb glaube ich, daß Gott sogar auf eine Kreatur wie Ange Médard neidisch sein muß ...

Ich habe meine Hütte in den Osten gebracht; und ich habe sie in den Westen gebracht, Winde aus Ost und aus Nord, Stürme haben mich überfallen, Regengüsse haben mich gebleicht, aber ich bleibe eine Frau auf meinen beiden Füßen, und ich weiß, daß der Schwarze keine Salzfigur ist, die der Regen auflöst. Wenn ich des Sonntags ein paar Leute aus Dara, Fond-Zombi, Valbadiane oder vom Hügel La Folie treffe, beglückwünschen sie mich zu meinem Brunnen und zu meinem nagelneuen elektrischen Licht. Und dann erzählen sie, sagen, die Straße sei geteert worden, Autos führen über die Brücke von Autre Bord, die Maste der Stromleitungen kämen schon näher, stünden schon auf halbem Wege nach La Roncière, dort, wo einst wilde Tamarinden- und Balatabäume gewesen. Dann überkommt mich ein sehnsuchtsvolles Gefühl, ich entgleite mir und erkenne meine Zeit nicht mehr wieder. Man wird vielleicht sagen, sie sei wild gewesen, man wird sogar sagen, sie sei fluchwürdig gewesen, man wird ihr abschwören, aber wieso kümmere ich mich um das, was man morgen sagen wird ... wo ich längst der Saft eines Unkrauthalms sein werde?

So wie ich mich durchgeschlagen habe, werden andere sich durchschlagen, sehr lange noch werden die Menschen denselben Mond und dieselbe Sonne kennen, dieselben Sterne anschauen und darin die Augen der Verstorbenen sehen, wie wir. Die Sachen, die ich unter meinem Leichnam spüren möchte, habe ich schon gewaschen und gespült. Die Sonne geht auf, die Sonne geht unter, die Tage gleiten dahin, und der Sand, den der Wind aufwirbelt, wird mein Boot verschütten, aber ich werde hier sterben, wie ich bin, aufrecht in meinem kleinen Garten stehend, welche Freude!

194,—